刘秀玲 著

《红楼梦》情理探源新论

黑龙江人民出版社

图书在版编目(CIP)数据

《红楼梦》情理探源新论／刘秀玲著．—哈尔滨：黑龙江人民出版社，2020.3（2023.1重印）
  ISBN 978-7-207-12041-0

Ⅰ．①红… Ⅱ．①刘… Ⅲ．①《红楼梦》研究 Ⅳ．
①I207.411

中国版本图书馆 CIP 数据核字(2020)第 048762 号

责任编辑：孙国志
责任校对：秋云平
封面设计：欣鲲鹏

《红楼梦》情理探源新论
刘秀玲 著

出版发行	黑龙江人民出版社
地　址	哈尔滨市南岗区宣庆小区 1 号楼（150008）
网　址	www.hljrmcbs.com
印　刷	北京一鑫印务有限责任公司
开　本	787×1092　1/16
印　张	13
字　数	200 千字
版次印次	2020 年 3 月第 1 版　2023 年 1 月第 2 次印刷
书　号	ISBN 978-7-207-12041-0
定　价	58.00 元

版权所有　侵权必究　　　　　　举报电话：(0451) 82308054
法律顾问：北京市大成律师事务所哈尔滨分所律师赵学利、赵景波

序

美国《时代周刊》评选史上最伟大的100部小说,中国唯一进入榜单的就是《红楼梦》。

《红楼梦》自诞生以来就是一部读者众多的作品,其读者在古代是上至帝王将相下至乡野小民,在今天是上至专家学者下至普通群众,而且任谁都能说上几句感想。这部常读常新的伟大作品不但成就了声名显赫的"红学",也使"红学"成为对研究者身份和研究方法最没有要求、最不拘一格的学问。

我与秀玲老师都是《红楼梦》的忠实读者,都是从十几岁起一直读着《红楼梦》长大的。因了这份共同的爱好,我们有时也会就一些问题进行意见交换,既有温暖和软的探讨,也有针锋相对的论争。我进行的更多的是文本细读,而她却一心向学问的更深处探索和开拓。所以当她凭借这部《〈红楼梦〉情理探源新论》拿到省里的出版基金时,我一点都不意外,也格外生出一份由衷的欣喜——因为我没有想到这位时常吵着准备一两年后就退休的姐姐居然从未懈怠,更是从来没有停下"红学"研究的脚步。也许正是由于这份持之以恒的坚持,书中的内容让我惊喜尤多。

许多人在面对《红楼梦》时都会不由自主地被人物和情节吸引,将更多的注意力投注于宝、黛、钗等人的感情生活和日常相处,甚至始终心心念念注目于人性之恶,总是努力发掘和总结出各种各样的"阴谋论";或是无法跳脱现代意识和阶级分析观念,认为小说行文无一处不是在对所谓"封建文化"大加挞伐,完全忽略曹雪芹的家庭出身和认识局限。秀玲老师却能够不被成见所拘束,试图从"现象"回溯"本质",回到文化的源头去观照"人"本

情理探源新论

身,从"人情"与"人之常情"的角度和细微之处去破解小说中流露的重重信息。

小说是中国文学史上相对晚出的文体,成熟自然更晚。人们公认的中国古典小说最杰出的代表非《红楼梦》莫属。而说起《红楼梦》的来历,许多人的归因都止步于《金瓶梅》的影响,可是刘秀玲却将溯源的脚步一直追踪到了《易经》,不得不说这是一个相对艰深的话题。作为中国哲学的重要奠基性著作,《易经》虽是儒家典籍却与佛家、道家思想均有诸多融通会合之处,也影响了几千年间的中国思维。关于《易经》与《红楼梦》之间的关系虽然论者不多却也时有新声,只是人们的论断大多停留在表象起于阴阳亦止于阴阳,甚至有人借此大肆演绎职场江湖。秀玲老师坚守自己的学者身份,紧紧抓住"易理"这一核心,采取抽丝剥茧的方式分析和论证其对《红楼梦》思想的影响,显示了平稳而扎实的学术思想和学术功力。在明白晓畅的观点、步步为营的论证以及有理有据的结论面前,在"易理"的求中守正和对立统一面前,我们不得不点头称是。

有了上篇"理源论"的铺垫,中篇"情源论"就显得十分顺理成章了。对生命、对社会、对人的美好本质的揭示,让我们不难看到红楼之"情"的先进性,而对书中人物"无情""滥情""重情"的三分法,则算得上是面对复杂问题时展露的一点巧思妙想。缘"情"而下,下篇没有四平八稳地平淡收束,而是以"异态论"为题尽显异峰突起之势,探讨起了贾宝玉的同性交友及秦钟异态社会关系事宜。

秦钟、蒋玉菡和柳湘莲常被视为"宝玉三友",他们虽性情有异却总不脱柔美、秀美、俊美之外在,在一些学者眼中他们被当作贾宝玉"同性恋爱"甚至肉体关系的对象。秀玲老师在自己的研究中,以贾宝玉对红楼女儿的纯净心思推断出他内心对于纯粹友情的需要与追求,认同宝玉与三人之间的朋友情意,却否定关于他们同性恋爱关系的认定。这不是出于对心有偏爱的人物的回护,也不是出于保守的文化态度,而是出于对小说文本的尊重与学术的严谨。不妄加猜想,不无端揣测,也不赶时髦,无疑是一个热闹喧嚣时代的学者所应当具有的操守。

秀玲老师对待日常工作是出了名的仔细、认真,看文字就知道这种精神也被她用到了对《红楼梦》的研究之中。秀玲的研究始终与教学相结合,她的学术思想通常都是首先应用于教学传道授业,得到检验之后才会落实于文字,转化成深情的学术表达和厚重的学术成果。

虽然《红楼梦》差不多是中国文学最不讲求阅读门槛的一部著作,喜爱《红楼梦》的读者来自社会的各个阶层,拥有各种身份,但我相信秀玲老师的见解会给所有人以启发。我愿与秀玲老师一道聆听各方朋友的意见,与同道切磋,也祝愿秀玲结识更多的良师益友,在"红学"之路上越走越远。

高 方
2019年6月1日

前　言

在文学作品中我一直青睐《红楼梦》，看过不少有关小说思想和艺术表现形式方面的研究文献。自己在阅读欣赏作品的过程中也生发出一些看法和体悟，于是日常就把所思所想的东西写了出来。最初我有意地把这些内容设计为自己的专业课教学内容，后有些章节经过加工后发表在了不同学术刊物上。鉴于本人对《红楼梦》情理内涵和表现有浓厚兴趣，特别是本人认为有关《红楼梦》思想与《易经》哲学之间的关系、《红楼梦》情文化渊薮及贾宝玉异态交友等方面在现有研究中莫衷一是尚有发言的余地，于是就有了撰写此书的想法，希望在有关研究方面与同行进行信息交流和观点切磋。

《〈红楼梦〉情理探源新论》一书共有三篇十六章内容，三篇分别是上篇理源论、中篇情源论、下篇异态论，其中理源论四章内容，情源论四章内容，异态论八章内容。

上篇理源论，主要论述《红楼梦》思想与《易经》哲理之间的关系。因为笔者发现20世纪80年代以来的《红楼梦》哲学思想研究，学者大多站在儒释道三家角度，以道、佛为重点，以佛教释家色空观念为核心，对小说思想的来源及本质探究的还不够深入。而《易经》作为中国传统思想文化的源头活水，深刻影响中国儒、道思想的产生和发展。就连中国佛教也在其中国化的历史进程中，因与中原文化广泛交流融合而与《易经》思想有智慧联系。所以，纵观中国思想文化发展的历史进程，《易经》基本思想始终是一以贯之的主线。阅读《红楼梦》文本我们发现曹雪芹对儒、释、道三家思想有充分的认识和把握，且对《易经》哲学思想及其本质也有艺术的呈现。如在《红楼梦》中我们看到有对立统一、变化发展、循环往复、物极必反、天人合一、以人为

《红楼梦》情理探源新论

本等易理思想;小说的构思和艺术表现也体现出《易经》观念,如小说描写的宏观视角、阴阳化合的人物塑造、意象表达方式、象征暗喻手法,等等。基于此上篇内容集中对《红楼梦》易理接受问题进行探讨分析,分别阐述《红楼梦》易理接受的必然性、《红楼梦》易理接受的要点、《红楼梦》易理接受的文化价值等问题,力求通过分析揭示小说思想与《易经》哲学的本质联系,丰富人们对小说思想的历史的深刻的文化认知。

中篇情源论,集中论述曹雪芹"情理念"的来源、小说情文化思想的先进性、小说情文化结构设置、小说情文化价值等问题。我们知道《红楼梦》之所以两百多年来文化魅力长盛不衰,很大程度上在于它吸纳了中国古典文化的精髓开创性地建立了一种全新的"情文化"结构体系,并努力构建起了理想的"有情"世界。在《红楼梦》的"情文化"结构体系中,"情"的内涵丰富并具有普遍意义,其包含爱情、亲情、友情以及人与物之间的自然感通之情。小说"情感"内涵表达具有品位的层次性,以"人之常情"为基准,最高品位是"至情",即至真、至善、至美之情;最低品位是"滥情",即脱离人性、违背人性、亵渎人伦的私情。其中贾宝玉的"泛爱之情"的价值取向具有超越时代的先进性,即在"男女相爱"关系层面上,提出了超越性爱的"意淫"观念,表达了以思想志趣一致为基础的现代情爱思想;在亲情、友情、人情的关系层面上,融入了尊重、关爱、自由、平等的内涵,表达出具有初步民主色彩的人文思想;在人与物的关系层面上,广泛地容纳了天人合一、感化感通的和谐思想,体现出人类善待自然万物的博大情怀等。当代视角《红楼梦》"情文化"内涵,既是中国和谐社会建设发展的需要,也是世界范围内文化信息交流的思想情感基础。书中从作家和小说文本出发,结合历史和当时的社会时代背景,对曹雪芹情理念产生、小说情文化内涵品质和小说的情文化结构布局等方面进行分析,意在启发当代社会汲取曹雪芹"情理念"和《红楼梦》"情文化"中的感情养分,发掘小说丰富的、重要的感情文化价值,助力中国社会和世界范围内的文化交流和传播。

下篇异态论,论述贾宝玉异态交友和秦钟异态社会关系本质问题。贾宝玉异态交友问题,论述贾宝玉同性交友价值取向及成因、贾宝玉交友异态表征及本质、贾宝玉异态交友描写的文学价值等内容。这一部分内容力图

前　言

通过个性化的分析给长期以来的"同性恋交友"说法一个另类解释，从中也揭示贾宝玉异态交友的本质及所展现出的文学价值。因为在《红楼梦》中贾宝玉日常最喜在内帏厮混，而对要接触的男人则或惧怕，或厌恶，或应付，或躲避，似乎贾宝玉极不情愿也绝不与男性打交道的。不过例外的是他与秦钟、蒋玉菡、柳湘莲三个同性朋友却交往甚欢。观察发现贾宝玉与这三个同性朋友间的交往多情体贴、难舍难分，而这种微妙而又复杂的关系即成为其"异态"人格的依据，这在一定程度削弱了贾宝玉人文理想代表的人性光辉。著作从贾宝玉和秦钟、蒋玉菡、柳湘莲的友情关系入手，对他们交往行为所体现出的不俗的特质，对他们的交往行为所蕴含的情感本质及文化意蕴进行探讨，力求丰富贾宝玉异态交友问题研究的内涵，明确贾宝玉异态交友描写的必要性，即正是像秦钟、蒋玉菡和柳湘莲这样的小人物的陪衬，贾宝玉典型人物形象才更生动、更形象，小说主题的表达才更充分更鲜明。另外，秦钟在小说中虽然是个小人物，但由于秦钟是贾宝玉第一个知己朋友，长期以来他也是研究的热点。人们关注秦钟与贾宝玉的异态交往行为，提出秦钟是贾宝玉生命阶段的象征和化身的观点不一而足。而秦钟的异态表现不仅如此，还有他与姐姐秦可卿、与尼姑智能儿的关系也非寻常。基于此，也有必要对秦钟异态社会关系及其描写的文本意义进行集中探讨分析，于是在本书异态论中就有了秦钟异态社会关系论述的内容。由于不同时期、不同角度、不同方式方法，对相关问题的研究得出的观点结论会有不同。对贾宝玉异态交友和秦钟异态社会关系的研究分析，会有助于人们认识贾宝玉与其同性朋友交往的本质，引发对贾宝玉思想感情进行再认识；而关注秦钟异态社会关系问题，则有助于人们认识相关描写的文本意义，增强对小人物在小说中有大作为的认知。

　　由于本人能力有限，本书不免有不如意之处。如对作品深入挖掘和梳理做得还不够充分，所提出的见解还不够鞭辟入里，力求结合历史和现实进行当代视角解读，但由于文化学和社会学等方面的修养还不够高，而我认为这种角度的评价分析比纯文学的更有效更锐利，所以自感本书分析论述的深度和广度还不是理想状态。如果一定要说本书与其他相关著作的不同之处，那就是个体性和时代性比较强些。个体性是说书中的角度和观点具有

本人个体特性,论述理论分析和文本依据具有个体选择后的说服力。再有书中内容体现以往研究基础认知,又一定程度上结合了当代社会价值取向,具有时代性鲜明的特征。也许从这一点上来说,本书对《红楼梦》情理文化的研究、交流、传播尚有积极可取之用。

目 录

上篇：理源论

第一章 《红楼梦》易理接受的必然性 ………………………… (3)
  一、是儒家的思想基础 ……………………………………… (3)
  二、与道家思想契合 ………………………………………… (9)
  三、与佛家智慧相通 ………………………………………… (15)

第二章 《红楼梦》易理接受要点分析 ………………………… (19)
  一、对立统一 ………………………………………………… (19)
  二、不断变化 ………………………………………………… (21)
  三、物极必反 ………………………………………………… (25)
  四、天人合一 ………………………………………………… (27)

第三章 《红楼梦》非儒思想易理关系分析 …………………… (30)
  一、"言情主旨"与"重礼抑情" ………………………… (30)
  二、"崇女贬男"与"男尊女卑" ………………………… (34)
  三、"刚健有为"与"自然随性" ………………………… (37)

第四章 《红楼梦》易理接受的当代文化价值 ………………… (43)
  一、化解阶段性社会问题 …………………………………… (43)
  二、把握时代机遇获得发展 ………………………………… (45)
  三、求中守正促良性循环 …………………………………… (48)

四、返璞归真面对现实 ………………………………………… (50)

中篇：情源论

第五章　曹雪芹情理念渊薮探究 ………………………… (55)
一、对生命意义的理性思考 …………………………………… (55)
二、对社会感伤品质的深刻认知 ……………………………… (58)
三、对人类美好本质的积极探寻 ……………………………… (59)
四、对过往生活的追忆和省悟 ………………………………… (63)

第六章　曹雪芹情思想的先进性 ………………………… (66)
一、突破艳情小说思想局限 …………………………………… (66)
二、否定传统价值取向 ………………………………………… (68)
三、批判封建等级观念 ………………………………………… (72)
四、超越传统情爱思想 ………………………………………… (75)

第七章　《红楼梦》情文化结构设置 …………………… (79)
一、无情人物及表征 …………………………………………… (79)
二、滥情人物及表征 …………………………………………… (84)
三、重情人物及表征 …………………………………………… (88)

第八章　《红楼梦》情文化价值 ………………………… (102)
一、尚善的人生价值追求 ……………………………………… (102)
二、助益社会的精神影响 ……………………………………… (106)
三、情真意切的艺术创造 ……………………………………… (107)

下篇：异态论

第九章　贾宝玉同性交友价值取向 ……………………… (115)
一、率性脱俗的求真 …………………………………………… (115)
二、形貌才艺的求美 …………………………………………… (118)

目　　录

三、至诚至爱的求善 …………………………………………（121）

第十章　贾宝玉同性交友价值取向成因 ……………………（123）

一、否定封建价值观念 ………………………………………（123）

二、厌恶男人劣迹败行 ………………………………………（127）

三、身份地位特殊 ……………………………………………（127）

四、纯情女儿影响 ……………………………………………（129）

第十一章　贾宝玉同性三友的共性特点 ……………………（130）

一、家境清贫、地位低微 ……………………………………（131）

二、形貌俊美、举止不凡 ……………………………………（132）

三、任性率意、脱俗不羁 ……………………………………（133）

第十二章　贾宝玉异态交友特点及心态分析 ………………（137）

一、一见钟情、相见恨晚 ……………………………………（137）

二、情深意厚、难舍难分 ……………………………………（139）

三、与女儿相处心态 …………………………………………（141）

四、与同性交友心态 …………………………………………（143）

第十三章　贾宝玉异态交友行为的本质 ……………………（148）

一、自然率性的坦诚 …………………………………………（148）

二、平等待人的纯净 …………………………………………（151）

三、娱情悦性的美好 …………………………………………（152）

第十四章　贾宝玉异态交友描写的文化价值 ………………（155）

一、女儿世界情感体验的延伸和扩展 ………………………（155）

二、贾宝玉情爱观内涵的补充完善 …………………………（157）

三、主人公命运阶段性的暗示 ………………………………（160）

四、美好人性主题的呼唤 ……………………………………（162）

五、作者愿望的内心独白 ……………………………………（163）

第十五章　秦钟异态社会关系分析 …………………………（165）
　　一、秦钟与贾宝玉的关系 ……………………………………（165）
　　二、秦钟与秦可卿的关系 ……………………………………（169）
　　三、秦钟和智能儿的关系 ……………………………………（172）

第十六章　秦钟异态社会关系描写的文本价值 ……………（176）
　　一、推动故事情节的发展 ……………………………………（176）
　　二、揭示了贾府衰败没落的原因 ……………………………（178）
　　三、反映封建社会现实生活 …………………………………（180）

结　　语 ………………………………………………………（184）

参考文献 ………………………………………………………（189）

上篇

理源论

第一章 《红楼梦》易理接受的必然性

《红楼梦》是中国哲学思想的集大成之作,在小说中有诸多中国诸子百家特别是儒道佛哲学思想内涵。在学界《易经》思想被认为是中国哲学思想的来源和理论基础,《易经》基本思想和精神品质是中国思想文化发展史上一以贯之的主线。这里把《红楼梦》和《易经》放在一起说,是因为20世纪80年代以来的《红楼梦》哲学思想研究,学者大多站在儒道佛立场,以佛道为重点,以佛教释家"色空"观念为核心,角度单一,对于小说哲学思想的渊源和本质探究分析的不够深入。而分析《红楼梦》不难发现小说儒道佛思想中有诸多《易经》哲学思想元素。历史上儒道佛与《易经》哲理有什么关系?从丰富对《红楼梦》哲学思想认知、彰显小说思想文化魅力角度,有必要对小说进行儒道佛基础上的易理接受关系分析。

一、是儒家的思想基础

《易经》哲学思想是儒家的思想来源和理论基础在学界已经达成共识。

首先,《易经》是儒家经典"五经"之首,注释《易经》的《易传》是儒家的经典著作。我们知道儒家创始人孔子熟读《易经》,《论语·述而》篇载孔子言"加我数年,五十以学《易》,可以无大过矣";《论语·子路》篇也引《易经》恒卦九三爻辞"不恒其德,或承之羞"来说明没有恒心的害处;《史记·孔子世家》还有"孔子晚而喜《易》,序《彖》《系》《说卦》《文言》,读《易》,韦编三绝。曰:'假我数年若是,我于《易》则彬彬矣。'"的记载。这里孔子是否为《易传》的作者至今有争议,一派以马王堆出土的帛书《易传》及郭店楚墓竹简上的记录为依据,认为《易传》是孔子所著;另一学派以《易传·系辞》前后内容矛盾且《易传》成书春秋之后与孔子所处年代不同为依据，认为《易传》当是春秋战国之后儒家弟子和再传弟子所作。持这种观点的有我国著名思想家哲学家冯友兰先生，他认为："旧说十翼都不是孔子所作。其实这些篇并不是一个人作的，也不是一个时期的作品，大概说，是战国末期以至秦汉之际儒家的人的作品。"①《易传》是孔子还是孔子弟子所作学界目前还没有定论，但《易传》是儒家解释《易经》的经典著作这一点上学界是没有异议的，也就是说历史上原始儒家解读了《易经》并传播易理是事实存在的。

其次，原始儒家对《易经》思想进行了充分全面的解读。"由于《易传》是建立在对《易经》经义的阐释、发挥的基础上，《易传》的思想常常是《易经》六十四卦大义的直接引申，就是一些《易传》作者的独特的见解，也是在阐'经'的过程中得出的。"②所以《易传》的思想与《易经》的本旨无法割裂，《易传》思想与《易经》观念有历史接受关系。其中尤以治国策略方面的解读最为突出，很多源于《易经》的儒家政治观念至今依然对中国社会建设发展具有指导意义。

在原始儒家思想体系中，"仁"是基本概念，"和谐"是基本思想。原始儒家致力于建立一个和谐大同社会，提出了"行仁"走"忠恕"之道的主张。而这里中国原始儒家的和谐大同社会构建理想和"行仁"走"忠恕"之道的道德主张的提出，就是以《易经》的"整体""和谐""诚信"观念为思想指导的社会实践。在《易经》思想体系中有整体观念，其八卦和六十四卦构成自然和人类社会的大小环境，揭示自然万物和人类社会是一个大道运行的整体系统的道理。《易经》揭示社会人事的变迁也具有系统性，其六十四卦阴阳卦互相补充，先后卦互相影响，前后卦互相呼应。六十四卦完全是一个包含了无数变化的系统小宇宙，可见整体有序是《易经》的基本思想。再有《易经》提醒人们掌握"和谐""忠信"之道，并通过各种卦象、卦辞、爻辞来进行方法的指导。如《易经》比卦象征亲密比辅之意，其卦辞是："比：吉。原筮，元永贞，无咎。不宁方来，后夫凶。"《正义》解释："元，善之长，指所比者有尊长之德；永，久也；贞，正也。"这三句话的意思是告诫人们要慎重选择亲近辅助的对

---

① 冯友兰：《易传的哲学思想》，《哲学研究》1960年第2期，第59页。
② 黄寿祺、张善文：《周易译注》，上海古籍出版社2004年版，第22页。

象;所亲近辅助的人必须有尊长之德,永久不变守持正固,才能无咎害;同时想要安宁的话就要相互亲近辅助,行动迟缓都会有凶险。从《易经》立比卦的宗旨来看,是彰显和睦相处、互相帮扶的思想,传达对内和睦亲善得平安吉祥、对外和睦交往得国泰民安的理念。而这一点正体现了中国古代社会对个人的道德规范要求,同时也与儒家"以和为贵"的治国方略息息相通。孔子也反复强调以"信"德施教,《论语》二十篇屡屡强调这一宗旨,如"敬事有信"(《论语·学而》),"主忠信,徙义崇德也"(《论语·颜渊》),"人而无信,不知其可也"(《论语·为政》)等等。而这"诚信"的道理在《易经》中孚卦中早就有体现,中孚卦的卦辞是"中孚:豚鱼吉,利涉大川,利贞。"这里"中孚"是心中诚信之意;"豚鱼吉"是譬喻"中孚"之德广被微物,故获吉祥;"利涉大川,利贞"是说有"中孚"之德则利于涉险,利于守正。《正义》解释中孚卦辞是"既有诚信,光被万物,万物得宜,以斯涉难,何往不通?故曰'利见大人';信而不正,凶邪之道,故利在贞也。"这句话的意思是说"如果诚信对人以仁德治国,就会福泽他人光被万物万人,万物得到益处,做什么能不成。只要坚持诚信坚守正道就不会有凶险咎害。"同时,中孚卦象还从正反角度揭示了诚信的道理。如初爻、二爻、四爻、五爻是安守诚信、诚信感物、专心致诚、广施诚信的正面形象;六三、上九是居心不诚、言行无常、信衰诈起、虚声远闻的无信反面形象。这里原始儒家所阐发的中孚卦"诚信"之义,既泛指一般的社会道德,又兼及特殊的政治伦理。为此《易经》比卦、中孚卦以人之比辅和心之诚信贯通天人物我,是探讨儒家和谐思想、忠恕精神历史渊源的重要参考依据。据此原始儒家提出的"太和"思想,认为"乾道变化,各正性命,保合太和,乃利贞。首出庶物,万国咸宁。"(《乾卦·象传》)其所包含的"整体""和谐""诚信"观念等是有《易经》认识基础的。

再如,在治国安民方面,原始儒家高度重视《易经》依序而动思想,认为:"有天地然后万物生焉,盈天地之间者唯万物。"(《易传·序卦上》)"有天地然后有万物,有万物然后有男女,有男女然后有夫妇,有夫妇然后有父子,有父子然后有君臣,有君臣然后有上下,有上下然后礼义有所错。"(《易传·序卦下》)"女正位乎内,男正位乎外,男女正,天地之大义也。家人有严君焉,父母之谓也。父父,子子,兄兄,弟弟,夫夫,妇妇,而家道正。正家而天下定矣。"(《家人·象传》)并以此规划制定了一系列封建等级制度,"黄帝尧舜垂衣裳而天下治,盖取诸乾坤。"(《易传·系辞下》)"黄帝尧舜治天下,就是确立了治者与被治者的分别,贵者与贱者的分别,据说这是取法于天尊地卑,所以是取诸乾坤。"①儒家还强调为上者要"以人为本",要体察民情勤政爱民,这在《易经》的观卦中也有体现。观卦所揭示的是"观仰"的作用,六条爻辞中,每一条都有"观"字。初爻"童观,小人无咎,君子吝"和六二爻辞"窥观,利女贞"说的是防守、退却只求保持现状或采取隐蔽观察的方式都是不足取的,所以"童观"与"窥观"是两种不正确的观察方式。第三条爻的"观我生"与第五条爻的"观我生"的含义不一样,前者指从主方的角度观察自己的所作所为,后者是观察客方对自己的影响;第四条爻的"观国之光"是客观地观察主客双方关系,而第六条爻的"观其生"则是观察客方的行为。所以,观卦六三爻辞"观我生,进退",意思是观察自己的一生,反思是否进退得当;六四爻辞是"观国之光,利用宾于王",意思是要观察主客双方关系的情况和变化,分析要客观,避免从个人利益出发;九五爻辞"观我生,君子无咎"意思是观察对方对自己的影响,如果有什么不良境遇,应当意识到那是没有得到有效的帮助造成的,不应当受到怪罪。上六爻辞是"观其生,君子无咎",意思是观察对方的情况,对方实力很强,不要贸然行动。从观卦各爻爻辞可知,该卦是说由于情况变化无常,主方必须仔细观察环境,才能适应形势变化,以此提醒人们要察言观色看到事物的本质,即只有认真审视自己了解对方之后制定的行动策略,才能避免因观察失误而遭受损失。这里观卦在强调观察主客双方情况的重要同时,也含有为上者以美德感化于下观民风正君道的思想。所以也可以把观卦看作是要求统治者要根据百官庶民的实际情况来决定自己的施政方针的思想萌芽。综上所述,原始儒家很好地继承、弘扬了《易经》哲学思想文化,彰显了《易经》哲学思想文化张力。

中国封建社会自汉朝董仲舒"罢黜百家,独尊儒术"开始,儒家思想就是封建社会的正统思想。科举制从隋朝大业元年开始实行,到清朝光绪三十一年举行最后一科进士考试为止,经历了1300年。科举考试的项目和内容,

---

① 冯友兰:《易传的哲学思想》,《哲学研究》1960年第2期,第60页。

尽管不同的科目有不同的侧重,如明经科,以五经为主;明法科,以律令为主;明书科,以书法为主。但都有儒家思想的考试内容,特别是明清时特别重经义,考试形式是考八股文和试帖诗,其中八股文题目就出自四书五经。曹雪芹出身清代内务府正白旗包衣世家,自幼接受父兄教育、师友规训,博览群书。通读"四书五经"儒家经典这一点上毋庸置疑,且在小说描写中也随处可见。"尽管由于社会现实和个人生活经历使他对儒家思想中逆情悖理的部分有理性的认识和尖锐的批判,但在儒家的深层上,即儒家对人际温馨、日常情感、世事沧桑的注重以及赋予人和宇宙以巨大情感色彩的文化心理特征,却也进入贾宝玉的生命与日常生活与伦理态度中。"[①]也就是说尽管是以一个批判的姿态出现,曹雪芹仍不失是一个儒家思想文化的接受者,并且他本人的人生实践以及在小说中所传达的人生理想,某种程度上可以看出曹雪芹就是儒家基本思想和精神品质的集大成者。

在小说中,贾宝玉的人生理想是构建一个"有情"世界,在这个世界里有纯情姐妹陪伴,人和人之间关心爱护和谐相处。为此他日常在大观园"待姐妹们都是极好的",他对黛玉、宝钗、湘云等亲眷姐妹嘘寒问暖体贴入微,对袭人、平儿、麝月、晴雯等丫头们也细心呵护关心备至。他还"自降身份"对贾府外地位低微的人友好相待,如刘姥姥进大观园,他没有嫌弃,看到妙玉要把刘姥姥用过的茶杯扔掉,说"不如就给了那贫婆子罢,他卖了也可以度日"。他还为好朋友秦钟重病而亡悲伤,对柳香莲远行难舍难分,为帮助琪官逃出忠顺王府遭到父亲的暴打也不后悔。从这些故事情节中可以看出,贾宝玉的心中有强烈的同情心和怜悯心,他的有情世界构建行为体现儒家人与人和睦相处的仁爱思想。与《易经》认识基础上的儒家和谐社会建设理想目标一致,在贾宝玉身上也可见儒家倡导的"忠恕"品质。小说第三十五回"白玉钏亲尝莲叶羹　黄金莺巧结梅花络",写宝玉自己烫了手倒不觉得,却只管问玉钏儿:"烫了那里了? 疼不疼?"玉钏儿和众人都笑了。玉钏儿道:"你自己烫了,只管问我。"宝玉听了,方觉自己烫了。小说第二十五回"魇魔法姊弟逢五鬼　红楼梦通灵遇双真",写贾环:"素来嫉恨宝玉,今见他

---

① 宋子俊:《〈红楼梦〉中的哲学意蕴及曹雪芹思想价值取向》,《红楼梦学刊》2006 年第 2 辑,第 252 页。

和彩霞闹,硬吞不下这口毒气。虽不敢明言,却每每暗中算计,只是不得下手,今见相离甚近,便要用热油烫瞎他的眼睛。因而故意装作失手,把那一盏油汪汪的蜡灯向宝玉脸上只一推。"宝玉脸上被烫了一溜燎泡,但即便如此贾宝玉也没有责怪贾环和赵姨娘,反倒对王夫人说:"还不妨事。明儿老太太问,就说是我自己烫的罢了。"次日见了贾母,也"承认是自己烫的,不与别人相干"。贾宝玉他因帮助琪官逃出忠顺王府被父亲打得皮破血流伤筋动骨,之后他竟然也没有一句怨言,照样敬重父亲,父亲在面前如此,不在面前也如此。小说第五十二回"俏平儿情掩虾须镯 勇晴雯病补雀金裘",写他出门去舅父王子腾家,从贾政书房经过,周瑞对他说:"老爷不在家,书房天天锁着的,爷可以不用下来罢了。"宝玉笑着回答:"虽锁着,也要下来的。"第五十四回"史太君破陈腐旧套 王熙凤效戏彩斑衣",写荣国府元宵庆家宴,贾珍、贾琏分别奉杯奉壶按序在贾母面前跪下,而平日最受宠爱的宝玉也连忙跪下。史湘云悄悄推他取笑道:"你这会又帮着跪下作什么,有这样,你也去斟一巡酒岂不好?"宝玉悄笑道:"再等一会子再斟去。"史湘云的意思是说,像你这么得宠的人根本用不着多此一举,但宝玉还是觉得爱归爱,礼归礼,还得遵循大家庭的礼仪。贾宝玉这一跪拜行为说明他的情感态度还是尊儒的,或者说其日常生活的行为模式和情感取向还是属于儒家的。在他身上,有深厚的血缘伦理,不仅有父子伦理,而且有深厚的兄弟亲情、兄弟温馨。所以小说中的贾宝玉不仅仅是一个"无事忙"的"情圣",也是一个有"仁爱"思想行"忠恕"之道的"仁者"。"贾宝玉不断释放'爱意'与周围的人和谐相处,他的行为体现了儒家道德规范要求,同时揭示易理和谐诚恕哲学思想张力。"①

再有,曹雪芹及其代言人贾宝玉的人生实践也可见《易经》"刚健有为"精神品质。《易传·象传》揭示《易经》乾卦天性为"天行健,君子以自强不息",坤卦地性是"地势坤,以厚德载物"。《易传·系辞下》说"天地之大德曰生""生生之谓易",启发人们应该依据《易经》宇宙是刚健的大化流行的思想,在人间积极有为、刚健自强、穷通思变。千百年来儒家圣贤继承《易

---

① 刘秀玲:《〈红楼梦〉儒道佛易理接受关系分析》,《佳木斯大学社会科学学报》2018 年第 1 期,第 100 页。

经》刚健有为、厚德载物思想精神,恪守礼教奋发有为,努力尽自己的人伦义务和社会责任,努力达到齐家治国平天下的人生目标。而创作《红楼梦》,曹雪芹是"批阅十载,增删五次"才完成,曹雪芹述创作体会是"满纸荒唐言,一把辛酸泪!都云作者痴,谁解其中味?"从中能够感受到作家内心的苦楚和创作的艰辛。"都云作者痴,谁解其中味?"这其中的"味"就应该是作家的人生理想,即曹雪芹一心要构建一个有情有爱的"世外桃源",这个"世外桃源"寄寓了他人性本真、个性自由、和谐仁爱的生命理想。"满纸荒唐言,一把辛酸泪!"则写出了作家理想追求经历的无数艰难困苦,其中就包括身处"茅椽蓬牖,瓦灶绳床"的窘境,以及现实的封建礼教束缚压迫等等。但他依然执着创作,他小说开篇即说要"借'通灵'之说,撰此《石头记》一书"来记录自己"曾历过的一番梦幻",其目的是"闺阁中本自历历有人,万不可因我之不肖,自护己短,一并使其泯灭也。"这里作家小说创作的动机和经历鲜明地体现儒家倡导的"刚健有为、自强不息"的"有为"精神。曹雪芹的化身贾宝玉在小说中是"无事忙",贾宝玉的忙是忙在构建一个他理想中的有情世界。所以在《红楼梦》中有贾宝玉与大观园女儿们共处的美好画面,有贾宝玉深恶仕途经济的表现,有宫廷内部的权势争斗,有贾府内外巧取豪夺欺压良善的描写。小说包含作家曹雪芹和小说主人公贾宝玉的情感体验和现实认知,有批判和控诉,有向往和追求。尽管小说是以悲剧结局,但《红楼梦》之所以感人,也正是它看破色相之后仍有大缅怀,大忧伤,大眼泪,即放弃一切身外的追求,但仍有对'情义'的大执著,不仅有爱情的执著,还有亲情的执著。"①而曹雪芹的这份理想追求和信念执着可以说正是几千年前《易经》刚健有为、自强不息、厚德载物的思想精神赋予国人的文化基因和传统的秉承。

二、与道家思想契合

在历史上道家对《易经》思想也有接受关系,这一点表现在道家思想与《易经》哲学在理论发现和指导社会实践方面有高度的共识和默契。

---

① 刘再复:《〈红楼梦〉与中国哲学》,《渤海大学学报》2010年第2期,第17页。

情理探源新论

首先,《易经》卦象中的阴阳爻象是古人观察自然人事所得,其作为喻示种种物情、事理的象征符号,表明古人发现了万事万物都有相反对立的两个方面——阴阳的存在,阴类事物和阳类事物在自然界、人类社会都有具体的属类,同一属类事物本身也存在阴阳属性的道理。同时,《易经》八卦和六十四卦象的演变,也可以看出《易经》中普遍存在变化发展思想,即古人发现万事万物都是天地阴阳化合生成的,而主宰天地生成万物的就是"易道",所谓"一阴一阳之谓道"。也就是说《易经》是讲天地间的变易之道(规律)的,宇宙间的一切事物不易是相对的,变易是永恒的,从不易到变易,从变易回归简易(新的不易),循环往复,以致无穷,这就是《易经》三原则:不易、变易、简易之间的辩证关系。并且易道是不能违反的,所以《易传·系辞上》说:"与天地相似故不违。知周乎万物,而道济天下,故不过。"

同理,老子也从天文历法的推移考察天体的运行规律,指出有规律的"道"使得阴阳二气均匀调和,主宰着宇宙万物不失其序地生长变化:"独立而不改,周行而不殆。"(《老子·二十五章》)老子认为"道"是客观世界固有的东西,是宇宙的本体,又是支配物质世界运动变化的普遍规律,也是对客观事物正确反映论述出来的道理。且老子预言:"天下万物生于有,有生于无。"(《老子·四十章》)"有"是有形、有限的东西,指的是现实性、相对性、多样性;而"无"是无形、无限的东西,指的是理想性、绝对性、统一性。同时,老子还从自然现象的变化探索宇宙本原,进而探索人类社会的演变,揭示了对立统一的辩证法思想。老子认识到一切事物都是"负阴抱阳"的统一体,所谓万事万物"有无相生,难易相成,长短相形,高低相倾,声音相和,前后相随";阴阳两种势力对立,在一定条件下得到统一,于是产生出新的物质。所谓"万物负阴抱阳,冲气以为和"(《老子·四十二章》)。"道生一,一生二,二生三,三生万物。"(《老子·四十二章》)老子以数字的方式表述了宇宙万物逐渐生成的过程。这种对世界本源的认识以及相反相成、对立统一、变化发展的思想与《易经》揭示的普遍规律和谐一致,可以说是对《易经》易知简能、对立统一、循环往复等思想的最好注释。由此《老子》作为道家的经典著作"其自然观的形成,可上溯《易经》下启《易传》,并成为《易传》哲学思想的主要骨干。"①

　　道家在自我道德修养方面,也有与《易经》哲学思想相契合的主张。如道家有"上德若谷"之说,意思是圣人的胸怀空虚得好像天地间的风箱,又好似山间的低谷,无边无际。所以圣人对自己从没有过自满。后来人们用"虚怀若谷"形容一个人非常虚心、心胸开阔。其实这一思想在《易经》谦卦中也有思想体现。《易经》谦卦讲谦虚、谦让的道理,《象辞》解释说:本卦外卦为坤为地,内卦为艮为山,地中有山内高外卑居高不傲,这是谦卦的卦象。君子观此卦象,以谦让为怀,裁取多余的,增益缺乏的,衡量财物的多寡而公平施予。不仅如此谦卦卦辞是"亨,君子有终"。其初六爻辞是"谦谦君子,用涉大川,吉";六二爻辞是"鸣谦,贞吉";九三爻辞是"劳谦,君子有终,吉";六四爻辞是"无不利,㧑谦";六五爻辞是"不富,以其邻利用侵伐,无不利";上六爻辞是"鸣谦,利用行师,征邑国"分别从言谈、劳动、辅佐等方面表达了"谦虚、谦让"得利无咎害的道理。"虚怀若谷"可以说是道家借鉴吸收《易经》谦卦述"谦虚、谦让"思想,并把其引申到道德修养范畴,对人们的行为进行规范要求。

　　在学习方面,老子主张"为学日益,为道日损",而这一思想在《易经》益卦和损卦中也有阐述。《易经》益卦象有增益之意,卦象下震雷上巽风,雷动风行无所阻碍,故损上益下之道,往必有利,无险而不可涉。损卦是减损自己的卦,卦象是下兑上艮,艮为山,兑为泽,大泽侵蚀山根。意味损下益上治理国家,过度会损伤国基。从义理上,益卦讲万物增益成长的原理,损卦讲的是事物减损消退的过程。这种减损之道提醒人们在不得已的情况下应适当减损或放弃一部分利益而去追求更大更多的利益。而老子借此进行了为学和为道的具体解释,"为学日益"是说在学习方面人的智慧和才能要不断增长成熟,日益精进不断提升;"为道日损"是要人们从人间凡俗和世间功利中超越出来,净化心灵体悟真道,与天道接近从而获得大智慧。在此基础上,老子又进一步推进《易经》损益思想,说"损之又损,以至于无为,无为而无不为。"这里"为学日益,为道日损"和"损之又损,以至于无为,无为而无不

---

① 陈鼓应:《〈易传·系辞〉所受老子思想的影响》,《哲学研究》1989年第1期,第34页。

情理探源新论

为"二者相辅相成,体现《易经》损、益两卦基本思想,体现了事物相反相成、运动转化的规律。此外《老子》的"上善如水、委曲求全、以退为进",与《易经》的阴阳之道、天动地静、刚柔相推、易知简能等也有思想契合、观念相通的智慧联系。

《红楼梦》深层次揭示了道家特别是原始道家的辩证法、道法自然等哲学思想,而这些哲学思想因道家与《易经》的思想接受关系而与《易经》哲学有思想联系。

小说第一回"甄士隐梦幻识通灵　贾雨村风尘怀闺秀"中跛足道人念的《好了歌》中频繁出现"好了"二字,对于"好了"之间的关系道人解释为:"好便是了,了便是好。若不了,便不好;若要好,须是了。"在第五回"贾宝玉神游太虚境　警幻仙曲演红楼梦"在太虚境横建的石牌两边有一副对联:"假作真时真亦假,无为有处有还无。"出现了"真假""有无"两对意义相反的概念。这里"假"与"真"和"有"与"无"中的关系中亦含有辩证法的思想因素,即假中有真、真中有假,有中含无、无中含有。表达事物不是绝对的,而是相对的,真与假、有与无二者既相互对立,又相互依存,不可截然分割开来,是可以相互转化、相生相成的道理。以上二组概念之间的关系表明世界万物生和死、好和了、阴与阳、真与假、有与无,乃是相反相成、相互转化的关系,这种关系贯穿自然界人类社会,具有普遍的规律性。所以,纵观《红楼梦》,《好了歌》是主题曲,"太虚幻境"大石牌坊上的对联是主旋律。不仅如此,贾雨村的"人性生成论"和史湘云的"阴阳化合生成万物论",也是对道家和《易经》"阴阳之道"进行了具体诠释。小说的第三十一回"撕扇子作千金一笑　因麒麟伏白首双星"中史湘云与翠缕有一段对话:史湘云道:"花草也是同人一样,气脉充足,长的就好。"翠缕把脸一扭,说道:"我不信这话,若说同人一样,我怎么不见头上又长出一个头来的人?"湘云听了由不得一笑,说道:"我说你不用说话,你偏好说。这叫人怎么好答言?天地间都赋阴阳二气所生,或正或邪,或奇或怪,千变万化,都是阴阳顺逆。多少一生出来,人罕见的就奇,究竟理还是一样。"翠缕道:"这么说起来,从古至今,开天辟地,都是阴阳了?"湘云笑道:"糊涂东西,越说越放屁。什么'都是些阴阳',难道还有个阴阳不成!'阴''阳'两个字还只是一字,阳尽了就成阴,阴尽了就成阳,不是阴尽了又有个阳生出来,阳尽了又有个阴生出来。"翠缕道:"这糊涂死了我!什么是个阴阳,没影没形的。我只问姑娘,这阴阳是怎么个样儿?"湘云道:"阴阳可有什么样儿,不过是个气,器物赋了成形。比如天是阳,地就是阴,水是阴,火就是阳,日是阳,月就是阴。"翠缕听了,笑道:"是了,是了,我今儿可明白了。怪道人都管着日头叫'太阳'呢,算命的管着月亮叫什么'太阴星',就是这个理了。"湘云笑道:"阿弥陀佛!刚刚的明白了。"翠缕道:"这些大东西有阴阳也罢了,难道那些蚊子、蚉蚤、蠓虫儿、花儿、草儿、瓦片儿、砖头儿也有阴阳不成?"湘云道:"怎么有没阴阳的呢?比如那一个树叶儿还分阴阳呢,那边向上朝阳的便是阳,这边背阴覆下的便是阴。"翠缕听了,点头笑道:"原来这样,我可明白了。"史湘云在这里所作的解释,意在说明万事万物都具有阴阳属性,阴阳同一,又阴又阳,阴阳结合才是自然之道。这是一段有关天地万物生成的哲学论述,也是小说对立统一思想的艺术表现,它包含了宇宙之间有阴阳之气的对立存在,并且千变万化的自然万物其实就是阴阳之气化合顺逆的结果,同时阴阳两方面是不可分的,每一个事物都是阴阳共同体。同理每一个生命,也如同丰富的宇宙,都秉阴阳二气所生,或正或邪,千变万化,二气实为一体,同一生命,不可以简单把一个丰富生命判定为"好"与"坏"、"仁"与"恶"、天使与魔鬼。小说第二回"贾夫人仙逝扬州城 冷子兴演说荣国府",曹雪芹借贾雨村之口评人论世,"天地生人,除大仁大恶两种,余者皆无大异"。"清明灵秀,天地之正气,仁者之所秉也;残忍乖僻,天地之邪气,恶者之所秉也。"正邪二气相遇,"正不容邪,邪复妒正,两不相下""故其气亦必赋人,发泄一尽始散。"言下之意是说,大仁大恶是少数的特例,其他生命都秉承正邪二气没有太大差别,既不是仁绝,也不是恶绝,而是仁恶并举的第三种人性。贾雨村进一步解说这种正邪一体的人:"使男女偶秉此气而生者,在上则不能成仁人君子,下亦不能为大凶大恶。置之于万万人中,其聪俊灵秀之气,则在万万人之上;其乖僻邪谬不近人情之态,又在万万人之下。若生于公侯富贵之家,则为情痴情种;若生于诗书清贫之族,则为逸士高人,纵再偶生于薄祚寒门,断不能为走卒健仆,甘遭庸人驱制驾驭,必为奇优名倡。"曹雪芹显然在告诉读者,他笔下的主人

情理探源新论

公,正是这种化二气于一身之人,他亦智亦愚,亦聪亦乖,亦柔亦谬,亦巧亦拙,亦灵亦傻,不可用忠、奸、仁、恶这种语言来描述他。这个被视为"孽障"的怪人,实际上是不正不邪,亦正亦邪,在正邪中搏击游走、阴阳难分的正常人,也是一个既可以近女性(阴)也可以近男性(阳),既是至柔之身(情种)又是志刚之身(内心对功名利禄的拒绝力量)的中性人。他拒绝充当世俗社会任何角色,而社会给他的各种命名离他丰富的本色很远,一切是非、善恶、好坏、黑白的两极判断和概念规定,对他都不合适。尽管小说的主题曲和主旋律中充斥着消极和宿命论思想,尽管贾雨村和史湘云的论道中还有一定的片面性,但却揭示出了具有普遍意义的《易经》阴阳对立统一思想。

《红楼梦》"崇尚自然"的道家思想主张也有《易经》"三才"思想认识基础。《易经》八卦是古人"仰观天象""俯察地法"所得,目的是"通神明之德,以类万物之情"。卦象组合揭示古人对自然人事的规律性认识,启发人们要观天察地遵循自然人事的规律。道家据此提出了"天人合一"主张,所谓"人法地,地法天,天法道,道法自然"(《道德经》第二十五章)。而庄子则在继承老子思想主张的基础上,进一步探讨了人的生存处境,强调人生要得其自在,歌颂精神的超脱和解放、生命自我的超拔飞越。这样小说中道家的"道法自然""返璞归真""适己任性"思想某种程度上也是对《易经》"天人合一"哲学思想进行了艺术解读。

小说第十七回贾政带众清客游览大观园,其中三处得到众人的一致好评,而这三处都是少人力穿凿痕迹,具有浑然天成自然妙趣的所在。还有小说第三十五回"白玉钏亲尝莲叶羹 黄金莺巧结梅花络"中写贾宝玉"看见燕子,就和燕子说话;河里看见了鱼,就和鱼说话;见了星星月亮,不是长吁短叹,就是咕咕哝哝的"。这是因为在贾宝玉看来,"不但草木,凡天下之物,皆是有情有理的,也和人一样,得了知己,便极有灵验的"。在贾宝玉看来,"自然而然"的生命状态和"本真"人性是最合乎情理,也是最纯美的。为此他不仅"长在内帏厮混",宁愿整天在大观园里,忙忙碌碌为丫头充役使,虽然"万口嘲谤,万目睚眦"却依然我行我素。另一方面贾宝玉他还对儒家倡导的仕途经济十分排斥,他骂热衷于"仕途经济"的人叫"国贼禄鬼",他对八股文

"平素深恶,说这原非圣贤之制撰,焉能阐发圣贤之微奥,不过作后人饵名钓禄之阶"。而小说第三十一回晴雯撕扇一节贾宝玉谈"爱物"的一段话,则可以看出贾宝玉的"适己任性",不是一种单纯的"乖张任性"而是有价值理念指引的实践。在贾宝玉看来万物之中人为主,人各有自己的"志趣",为了"适性"人尽可以选择自己用物的方式,因为"物"的本质是为人所用。就像晴雯喜欢听撕扇子声,那就由着她自己的兴致,没有不好,只要晴雯高兴扇子也就实现了其为人所用的价值。贾宝玉按照人的自然本性,不作矫饰、不受拘束、自由自在地生活的行为方式,不仅体现道家"道法自然""返璞归真"思想核心,也对《易经》"天人合一"哲学思想进行了人性的诠释。

三、与佛家智慧相通

佛教产生于公元前五世纪的古印度,其基本教义是苦、集、灭、道"四谛"。"四谛"法是探讨人生何以皆苦以及如何修行才能脱离苦海而进入涅槃彼岸的道理。西汉时期张骞出使西域开辟了"丝绸之路",通过"丝绸之路",印度佛教从大月氏传入中原地区。对于佛教从印度传入中国的原因,葛兆光先生总结为三点:"第一是为自己以及自己的父母祖先祈福禳灾;第二是把这种美好的愿望扩大到与自己并无血缘的众生;第三则是把解脱的宗教信仰与世俗的政治希望连接在一起,为国家祈祷。"[①]由于有现实需要,佛教自从进驻中原就经历了中国化的历史演变。如南北朝时期受儒家"人人可以成尧舜"(《孟子·告子下》)的影响,竺道生大力提倡和弘扬"一切众生悉有佛性"和"顿悟成佛"的思想;受儒家心性说的启发,隋唐时期的佛学注重心性,此时期出现的佛教诸宗派,大多"以六经注我"的精神,"说己心中所行法门派"。其中天台宗以"性具善恶"的佛性理论和止观并重的修行方法,改变佛教关于佛性至善的传统说法和"南义北禅"的分裂局面,建立了第一个具有中国特色的统一的佛教宗派。华严宗则糅合百家、兼收并蓄,以"圆融无碍"的理论调和中土佛教史上"众生有性"与"一分无性"的尖锐对

---

① 葛兆光:《中国思想史》,复旦大学出版社2001年版,第156页。

立,改变了《华严经》以"法性清净"为基础说一切诸法乃至众生与佛的平等无碍,为以心为总本的禅宗的产生和发展铺平了道路。而作为中土佛教之代表的禅宗,更是全抛印度佛教之源头而直探心海,由超佛之祖师禅而越祖之分灯禅,完全改变了传统佛教之面貌。在经过了汉代到唐代六百多年的消化,印度佛教完成了其中国化的进程,创造了中国化的佛教哲学。

中国化的佛学渗透了中国哲学的智慧,特别是儒家、道家和魏晋玄学的哲理。大凡一种思想要使当时之人接受,则必与当时之社会政治、经济局势息息相关,能解决当时之思想问题。佛教是一个追求个人解脱和超越的宗教,同时它也能促进社会思想和行为的规范。儒家基于对《易经》和谐思想的认识,一心建立和谐大同社会,认为人天生就有"同情心""怜悯心",建设大同社会要能够推己及人,才能实现亲亲、爱人的和谐社会理想。佛教虽然终极目的是告诉人们解脱人世之苦和极乐升天之道,但其"善恶报应"的观念和"普度众生"的愿望,与儒家以"仁爱"为核心的"和谐"思想共通。佛家积德行善的基础也是认为人人有善性,普度众生需要有善行,所以佛家弟子广结善缘主观为自己,客观上也达到了儒家所希望达到的自身和谐、人人和谐和社会和谐的效果。同时,"与道家相近,佛教智慧也用否定、遮拨的方法,破除人们对宇宙一切表层世界或似是而非的知识系统的执着,获得精神上的某种自由、解脱。启迪人们空掉一切外在追逐、攀缘、偏执,破开自己的囚笼,直悟生命的本性、本真。"①

《易经》和佛教都对自然社会进行了宏观的规律考查,尽管得出的结论不同,但其规律性的认识和发现却有共识。如佛教与《易经》哲学中变化思想本质相通,都有"多变"的规律认识。佛教的"无常道"告诉人们由于世事多变、祸福难料,人生充满苦痛,人们要识时务积善行德及早脱离苦海。而曹雪芹则不仅对世事难料、人事无常有深切的感受和认识,而且还在小说中,从佛教角度为世人展现了人们无法掌握命运的社会现实。在小说中"那红尘中有却些乐事,但不能永远依恃"的预言,道出了现实社会中今非昔比、

---

① 张岱年、方克立:《中国文化》,北京师范大学出版社1998年版,第328页。

物是人非的人事变迁时时都在发生的规律。生活悠闲平静的乡宦甄士隐,人生屡遭不测,让人有祸福难测的感叹,有世情难料、变化无常、万事皆空的佛教意味,同时也体现《易经》"变易"哲学思想普世意义。"佛教认为,世界上一切事物均由各种因素和条件因缘和合而生,处于一定的关系之中,因一定的关系的和合而产生,也因此种关系的分解而消失。"①而《易经》也有简单的因果报应思想,《周易·坤·文言》中说:"积善之家,必有余庆;积不善之家,必有余殃。"同时《易经》的"物极必反"思想也伴随着佛教"因果循环"的合理因素,提醒世人依据自然人事的规律行事才得元亨效果,否则就有咎害。由此佛教"因果循环"和《易经》"物极必反"思想本质内涵相同,即事物的发展演变都会经历因的积累和果的收获,从人事的角度说行善结善缘,作恶收苦果。事物的变化结果都是以先期的变化性质决定的。而在《红楼梦》中有一幅中国封建社会的末世图,其中百姓命运多舛、遭受强人凌辱,没有生活保障,没有把握自己生命的能力。贾府的衰落则更是如此,贾府的人中积德行善积极有为的人少,伤天害理钩心斗角自私自利的人多,所以贾府大厦倾覆,于是贾宝玉、柳湘莲、惜春等人只得遁入空门寻求净土。《红楼梦》"其创作本旨是宣传人生之苦痛及解脱之道;其美学价值则属于悲剧中的悲剧,即既不是由于恶毒之极人物在支配全局,又不是由于出现了意外的变故,乃通常之道德、通常之人情、通常之境遇为之而已,结果却产生了的大悲剧"②。王国维这里所说的包含《易经》"盛极而衰、物极必反"自然规律,也揭示佛教因果循环思想内涵。有其因必生其果,佛教的因果报应和《易经》物极必反思想可谓殊途同归地揭示了自然人事无常道。

综上,《易经》哲学基本思想揭示普遍规律具有普世价值,对诸子百家思想的确立有重要影响。《红楼梦》思想因对儒道佛思想的继承,而与《易经》哲学有历史的文化继承联系。由于曹雪芹的人生经历和文化视角原因,其对儒道佛思想的继承是批判地继承。但无论是褒还是贬,小说对于儒道佛本质思想的揭示是肯定的充分的。如此,"读《红楼梦》只读到了是非,读到

---

① 郭征宇:《简论佛教的因果报应说》,《晋阳学刊》2005年第4期,第62页。
② 王国维:《红楼梦评论》,浙江古籍出版社2012年版,第89页。

情理探源新论

了善恶,读到了好坏,读到了因果,那是远远不够的。因为《红楼梦》是一部无是无非、无善无恶、无好无坏、无因无果的文学圣经,是一种超越了'无'的至境或存在。"①而这"超越了'无'的至境或存在"就有《易经》哲学的独特、永恒的普世智慧元素,它使小说更具普世价值和社会意义。

---

① 郭孔生、佟晓彤:《〈红楼梦〉的易学意蕴研究》,《河南教育学院学报(哲学社会科学版)》2016年第2期,第12页。

第二章 《红楼梦》易理接受要点分析

《红楼梦》之所以被称为中国小说史上独一无二的文学著作，是因为小说具有鲜明的哲学性。上述表明《红楼梦》儒道佛思想与《易经》哲学有历史的接受关系，小说中蕴含丰富的《易经》哲学思想内涵。而在学界以往小说思想研究中这一点并没有得到重视和充分研究，小说与《易经》相关的研究成果也少之又少。近些年红学研究似乎进入饱和状态，人们更多关注冷僻问题的探究，如文本外的考据和索引的研究内容，这使得红学研究进入了远离小说文本进行研究的境地，曲高和寡一定程度上影响了《红楼梦》文化的传播和交流。而在当代中国弘扬中华优秀民族文化的时代大背景下，对《红楼梦》易理接受的思想和艺术表现进行研究分析具有重要现实意义，一方面可以揭示小说思想文化魅力，使小说获得更具历史性深刻性的思想认知，一方面可以展现《红楼梦》哲学思想的普世价值和历久弥新的文化魅力，促进《红楼梦》思想文化的交流和传播。

一、对立统一

对立统一是《红楼梦》最鲜明的哲学思想。小说的对立统一之道有儒道思想认识基础，但其本质内涵则来源于《易经》阴阳哲学。《易经》中有"阴阳二元"思想，《易经》阴阳符号的产生表明中国古人思想已经由具象思维上升到抽象思维，他们的认知已经由个体跃升到了对万事万物甚至宇宙人生的普遍的本质性的认识，即中国古人已经认识到宇宙间万事万物都有相互对立的两个方面——阴阳；相反对立的阴阳两面之间是一种相互对立又相互依存的关系，有阳就会有阴，有阴才有阳，自然万物的生成都是阴阳双方

《红楼梦》情理探源新论

相互消长的结果。如《易经》咸卦的象辞说:"咸,感也。柔上而刚下,二气交感以相与。"这里所说的"二气"就是阴阳二气。"照《易传》的说法,在自然界中阴阳二气的具体表现,就是天地。二气的'交感',就是天地的'交感',万物都是从天地'交感'化生出来的。"①《易经》还把"阴阳二元"思想普遍应用于社会人事,通过卦象组合关系告诉人们因为有了阴阳相互对立面的共生共存社会才得以保持平衡,所谓:"有天地然后有万物,有万物然后有男女,有男女然后有夫妇,有夫妇然后有父子,有父子然后有君臣,有君臣然后有上下,有上下然后礼义有所错。"(《易传·序卦下》)由此《易经》对立统一思想运行于宇宙天地人类之间,既是自然的运行规律,也是人类生生不息的力量源泉。

《红楼梦》中有许多含义对立相反的概念,如阴阳、真假、正邪、盛衰、善恶、好了,等等,这些概念在小说不同情境中出现就揭示出了事物对立统一矛盾相生相克的哲学道理。上面所述的,小说第一回跛足道人唱的《好了歌》、太虚幻境玉石牌坊上的对联,意义相反的三组概念表明作家认识到"好了""真假""有无"之间是相反对立的矛盾关系。同时,三组概念之间又是一种相互依存、不可分割的一体关系,这就是"好便是了","了便是好";"真就是假","假就是真";"有便是无","无便是有"。由此可见在曹雪芹的思想观念中对事物的两面性有客观理性的认识,即曹雪芹"认为事物不是绝对的,而是相对的,且真与假、有与无二者既相互对立,又相互依存,不可截然分割开来,是可以相互转化、相生相成的。"②所以,曹雪芹有鲜明的对立统一辩证法思想,且在小说中进行了艺术诠释。于是小说中所呈现的现实社会是一个真真假假、似有实无、似无实有,假中有真、真中有假,有中含无、无中含有的社会。综观《红楼梦》思想,好了、真假、有无,幻象重生相反相成相互依存是主旋律,并且这个主旋律尽管在小说中充斥着消极和宿命论思想在我们今天看来是糟粕,但在道统的糟粕内容中却已揭示出了《易经》哲学具有普遍意义普世价值的对立统一辩证法思想。从中"反映了《红楼梦》这部

---

① 冯友兰:《易传的哲学思想》,《哲学研究》1960年第2期,第59页。
② 宋子俊:《〈红楼梦〉中的哲学意蕴及曹雪芹思想的价值取向》,《红楼梦学刊》2006年第2辑,第260页。

内涵极为丰富的作品具有深邃辩证的哲理,它也启示我们从'真假''有无'等对立统一的艺术哲学角度,进一步认识《红楼梦》博大精深的艺术成就。"①

小说对立统一思想还通过小说人物语言进行了具体阐释。如在小说第三十一回史湘云发表了"阴阳二气"论,史湘云认为"阴阳都是气,无所谓生灭,但二者互相转化'阳尽了就成阴,阴尽了就成阳'。这是说事物都有对立面转化。"②也就是说,不同的事物都有或阴或阳的属性,而同一事物也有对立的阴阳两面,万事万物都是阴阳两个方面消长化合生成的结果。同理,气载阴阳也载正邪,人类社会生命个体也都是秉承阴阳之气生成,小说第五回贾雨村发表的"正邪二气"论,从人之秉性生成的角度阐述了正邪二气生性之道,在贾雨村看来人之秉性的物质载体就是"气","气"有正邪两面,大恶大善之人很少,更多的是正邪之气合二为一的第三种人。这种化二气于一身之人的第三种人,"他大制不割,亦智亦愚,亦聪亦乖,亦柔亦谬,亦巧亦拙,亦灵亦傻,不可用忠、奸、仁、恶这种语言来描述他。拒绝充当世俗社会任何角色,而社会给他的各种命名离他丰富的本色也很远,一切是非、善恶、好坏、黑白的两极判断和概念规定,对他都不合适。"③贾宝玉秉承正邪二气是第三种人的典型,他本人是一个矛盾统一体,他生活的世界也是一个充满矛盾的现实世界。从中可见矛盾无处不在,矛盾与人与现实并存的哲理思想,而这也鲜明地体现了《易经》对立统一思想内涵。《易经》对立统一思想是古代先哲在长期社会实践中对诸如天地、日月、昼夜、寒暑、明暗、死生、牝牡、雌雄、男女等种种对立现象认识的概括,儒释道对此有认识继承,宋明理学对此有丰富发展。曹雪芹在小说中的艺术解读正表明他对《易经》对立统一思想也有认识和把握。

二、不断变化

中国古人在观天察地审己的过程中发现了自然宇宙社会周行不止、循环不息的规律,于是就把发现用抽象的方式进行了表达。于是在《易经》中我们

---

① 韩伟:《〈红楼梦〉艺术哲学琐论》,《红楼梦学刊》1994 年第 2 辑,第 71 页。
② 徐子余:《曹雪芹哲学思想论辨》,《红楼梦学刊》1983 年第 3 辑,第 8 页。
③ 刘再复:《〈红楼梦〉与中国哲学》,《渤海大学学报》2010 年第 2 期,第 9 页。

情理探源新论

可以看到了卦象组合而成的充满变化的小宇宙，以及承载阴阳变化的八卦大环境，并且在由八卦两叠形成的六十四卦的社会小环境中人事也是在不断变化之中。

《易经》六十四卦每一个时态下的每一爻都代表事态变化的不同阶段，而且承乘比应、当位与否、是否中位等要素也决定不同事态会有不同结果。《易传·系辞下》说："日往则月来，月往则日来；日月相推而明生焉。寒往则暑来，暑往则寒来，寒暑相推而岁成焉，往者屈也，来者信（伸）也。屈信相感而利生焉。"又说："天地之大德曰生"，这就是说天地总不断地生出新的事物，生就是"日新"。又说："关（异体字）户谓之坤，辟户谓之乾。一关一辟谓之变，往来不穷谓之通。"《易传》的看法，宇宙间的变化其内容不过是事物的成毁。事物的成毁，也就是乾坤的开关。事物的成是其来，其毁是其往。一来一往，就是变。这种往来是无穷的，惟其无穷，所以世界无尽。再有"天地之道，恒久而不已者也"（《恒卦·象辞》）。恒久不已，就是永恒的运动。其最明显的表现，就是日月的运行及四时的变化。《易经》变化思想中包含量变到质变的关系，如六十四卦每卦中的两个"八卦"符号，居下者称为"下卦"，居上者称为"上卦"。上下卦象征事物发展的两个阶段，下卦为"小成"阶段，上卦为"大成"阶段，又可以象征事物所处地位的高低，或所居地域的内外、远近等。六十四卦每卦各有六爻，分处六级高低不同的等次，六级爻位由下至上依次逐进，名曰初、二、三、四、五、上。这六种自下而上的排列顺序，即表明事物的生长变化的不同阶段，往往体现着事态从低级向高级的渐次进展。所以《易经》思想主旨之一就是要告诫人们变化无处不在无处不有，人们处在不同阶段不同时态中要识时务循序而动，应遵循变化规律审时度势生活处世。

曹雪芹基于对现实的认识和个人生活体验，对世事难料、人事无常有深切的感受和认识。他在小说中展示了一个变化无常的现实社会，展现了社会中物是人非的人事变迁以及人们无法控制局面、无法掌握自己命运的事实存在。这其中尽管有消极宿命论的思想因素，但从本质上揭示出了《易经》"易变"的哲学思想。

《红楼梦》中有许多世事难料、命运多变的预言。第一回"甄士隐梦幻识

通灵　贾雨村风尘怀闺秀"中写大荒山青埂峰下无才补天的石头听了一僧一道高谈阔论后动了下凡之心,也想要到人间享一享荣华富贵。小说中有这样一段描写:二仙师听毕,齐憨笑道:"善哉,善哉!那红尘中有却有些乐事,但不能永远依恃。况又有'美中不足、好事多魔'八个字紧相连属,瞬息间则又乐极悲生,人非物换。究竟是到头一梦,万物归空,倒不如不去的好。"这里一僧一道的话道出了自然人世的变化规律,即自然界有斗转星移、月盈月亏,春夏秋冬季节、植物的生长荣枯的变化,红尘中的富贵荣华的那些乐事也都不能永远存在持有。万事万物一切都在变,富贵荣华不会永远拥有,这话虽有世情难料万事皆空的消极意味,却也不乏永恒变化的哲理内涵。小说第五回"游幻境指迷十二钗　饮仙醪曲演红楼梦"中写贾宝玉梦游太虚幻境的"孽海情天",在宫殿的配殿"薄命司"中看到了"金陵十二钗"正册、副册、又副册,其中许多女子的判词也不同程度地体现变化道理:如元春判词是"二十年来辨是非,榴花开处照宫闱。三春争及初春景,虎兕相逢大梦归。"香菱判词是"根并荷花一茎香,平生遭际实堪伤。自从两地生孤木,致使香魂返故乡",惜春判词是"勘破三春景不长,缁衣顿改昔年妆。可怜绣户侯门女,独卧青灯古佛旁。"等等。这些判词表面上预示小说女子悲剧命运结局,内在的也暗示女子们多变的人生经历。

　　《红楼梦》故事情节设计别具匠心,为世人展现了一个世事难料变化无常的现实社会,在这个现实社会中今非昔比、物是人非的人事变迁时时都在发生。小说一百二十回大小故事情节无数且充满变化。在贾府有"贾宝玉神游太虚幻境""王熙凤协理宁国府""皇恩重元春省父母"等大事件;有"嗔顽童茗烟闹书房""刘姥姥醉卧怡红院""潇湘馆春困发幽情""俏平儿软语救贾琏"等小事情。大小事情中又有"荣国府归省庆元宵""秋爽斋偶结海棠社""寿怡红群芳开夜宴"的喜事,有"秦可卿夭逝黄泉路""埋香冢飞燕泣残红"的悲剧;有"接外孙贾母惜孤女""慈姨妈爱语慰痴颦颦"的温情,有"王熙凤毒设相思局""欺幼主刁奴蓄险心"的歹意;有"林潇湘魁夺菊花诗""慕雅女雅集苦吟诗"的诗情,有"滴翠亭杨妃戏彩蝶""憨湘云醉卧芍药裀"的画意;有"痴情女遗帕惹相思""尤三姐思嫁柳二郎"的缠绵,有"西厢记妙词通戏语""牡丹亭艳曲警芳心"的悱恻;有"痴情女遗帕惹相思""蒋玉涵情赠茜香罗"的柔情,有"冷二郎心冷入空门""鸳鸯女殉主登太虚"的侠义,等等,不一而足。同时在贾府之外也有"葫芦僧乱判葫芦案""秦鲸卿得趣馒头庵""呆霸王调情遭苦打""贾二舍偷娶尤二姨"等大小故事发生。此外,"《红楼梦》叙事每逢欢场,必有惊恐。如贾政生辰忽报内监来,凤姐生辰有鲍二家之事,赏中秋贾赦失足,贺迁宫薛家凶信,接风报查抄之类,皆是否泰相循,吉凶倚伏变化之理。"①

《红楼梦》中人物难测的命运描写也传递变化思想。在小说中似乎每个人的命运都在发生变化,且大多人的命运变化越来越差,如小说中第一回写到的甄士隐就是最典型的一个。甄士隐本来是一个不愁吃穿生活富足且有威望的乡宦,他性格恬淡不慕功名,每天观花修竹、酌酒吟诗生活得悠闲平静惬意。可是天有不测风云人有旦夕祸福,他们的独生女儿英莲在元宵佳节看社火观花灯时被人拐走了。甄士隐的人生出现了第一次大的变故,代替过去幸福生活的是夫妻俩每日以泪洗面痛不欲生。可是偏偏祸不单行,又一次大不幸发生了,小说中这样描写:"不想这日三月十五,葫芦庙中炸供,那些和尚不加小心,致使油锅火逸,便烧着窗纸。此方人家多用竹篱木壁者,大抵也因劫数,于是接二连三,牵五挂四,将 条街烧得如火焰山一般。彼时虽有军民来救,那火已成了势,如何救得下?直烧了一夜,方渐渐的熄去,也不知烧了几家。只可怜甄家在隔壁,早已烧成一片瓦砾场了。甄士隐眼见家被烧光但也只能顿足捶胸长吁短叹。"如果说第一次丢失了女儿给甄士隐造成的是精神打击,那么这第二次家中失火则是让甄士隐富足望族家资尽毁元气大伤。所幸夫妇二人和几个家人都还在没有伤着,并且还有一处田庄可以安身勉强度日。可屋漏偏逢连夜雨,田庄水旱田近年又没有收成,鼠窃狗偷、官兵剿捕,甄士隐夫妻在田庄难以安生。这是甄士隐人生出现的第三次变故,这次变故使得甄士隐更加落魄,他失去了自我生存的能力不得不依靠他人。万般无奈的甄士隐将田庄变卖,携带妻子和两个丫鬟投靠岳丈。可岳丈又是个势利小人,看到女婿狼狈而来心中就不高兴,接下来又见甄士隐不会种地不会做生意,一两年间日子越过越穷。岳丈就人

---

① 吕启祥:《笔补造化 穿仄入幽——〈红楼梦〉与李贺诗(B)》,《红楼梦学刊》1988年第4辑,第56页。

前人后怨他们不善过活好吃懒做,这让甄士隐急火攻心以致贫病交加。这是甄士隐人生出现的第四次变故,这次变故的影响是彻底摧毁甄士隐的意志,他丧失了自救生存能力,又饱尝人情凉薄给他的屈辱。甄士隐对生活失望对未来绝望了,于是他最后不回家跟随疯道人离去。从甄士隐一波三折的人生经历可以看出他是一个悲剧人物,多灾多难命运坎坷,一路走下坡路。这让人不由得有祸福难测、世事无常的感叹,同时也从中感受到《易经》所揭示的变化哲理。变化无处不在,不以人的意志为转移,人生就是一个变化经历,人的命运就是量变到质变的过程。

三、物极必反

《红楼梦》有鲜明的物极必反、盛极而衰哲学思想,而这一哲学思想《易经》中也早有揭示。《易经》六十四卦图示,每卦六爻从下往上渐进的不同层级代表事态由低到高的变化,依此处于每卦最上的爻位理应占断结果最好。而综观《易经》六十四卦上位卦爻辞有"凶、咎、害"的警诫之意很多,如乾卦的上九爻辞是"亢龙有悔",坤卦的上六爻辞是"龙战于野,其血玄黄",泰卦的上六爻辞是"城复于隍,勿用师。自邑告命,贞吝"等等,由此《易经》从卦图形式上虽然体现的是"阳极生阴、阴极生阳"的象义,但深层次则阐释了事物发展到极限就会向相反转化,变化到一定程度就会向反向转化的道理即物极必反、盛极必衰。

《红楼梦》"其创作本旨是宣传人生之苦痛及解脱之道;其美学价值则属于悲剧中的悲剧,即既不是由于恶毒之极人物在支配全局,又不是由于出现了意外的变故,乃通常之道德、通常之人情、通常之境遇为之而已,结果却产生了的大悲剧。"[①]此话中的"通常之道德、通常之人情、通常之境遇",就是《易经》所揭示的百姓日用而不知的"物极必反、盛极而衰"自然之道。

在社会层面,在《红楼梦》中有一幅中国封建社会的末世图。经过了康乾盛世的晚清王朝,此时已经行将就木,小说所展示的社会图景中有宫内的激烈纷争、尔虞我诈,有宫外权贵的鱼肉百姓、草菅人命;社会底层的百姓则

---

① 张锦池:《红楼梦研究百年回眸》,《文艺理论研究》2003年第6期,第63页。

《红楼梦》情理探源新论

饱受欺凌,生活没有保障,命运无法把握。于是贾宝玉、柳湘莲、惜春等人遁入空门寻求人生净土。但所谓的清净之地也不清静,小说中道教信徒幻想有朝一日食丹成仙不问人事,佛家弟子更是全然失了佛性做起恶事,小说七十七回写芳官要铰了头发做姑子去,最后被智通、圆信两个姑子领去了,谁知道这两个秃歪刺是"想拐两个女孩子做活使唤"!这真是离开地狱又入火坑,以至于小尼姑智能儿有"出了这牢坑,离了这些人,才好呢!"的怨愤。

而在家族层面,贾史王薛四大家族的先是发家荣耀、而后纷纷衰败没落的变化皆体现物极必反、盛极而衰的道理。小说中对于贾府的盛衰变化有多处暗示,如小说第二回"贾夫人仙逝扬州城 冷子兴演说荣国府"中,冷子兴说:"如今的这宁荣两门,也都萧疏了,不比先时的光景。"又说:"如今生齿日繁,事务日盛,主仆上下,安富尊荣者尽多,运筹谋画者无一,其日用排场费用,又不能将就省俭,如今外面的架子虽未甚倒,内囊却也尽上来了。这还是小事。更有一件大事,谁知这样钟鸣鼎食之家,翰墨诗书之族,如今的儿孙,竟一代不如一代了!"小说第十三回"秦可卿死封龙禁尉 王熙凤协理宁国府"中,凤姐夜梦秦氏说:"常言'月满则亏,水满则溢',又道是'登高必跌重'。如今咱们家赫赫扬扬,已经百载,一日倘或乐极生悲,若应了那句'树倒猢狲散'的俗话,岂不虚称了一世的诗书旧族了!"又言:"否极泰来,荣辱自古周而复始,岂人力可保常的?"与此相对应,小说描画了一幅贾府衰败没落图,图中贾府的男人,贾政僵化刻板为官少问家事,贾赦一心只想讨小老婆,贾珍、贾琏、贾蓉之流则整天偷鸡摸狗荒淫无耻形同禽兽。贾府的女人,王熙凤有才干但行为放荡、贪赃弄权;王夫人、邢夫人等人袭祖宗之余荫享现成的清福作威作福;只有探春、薛宝钗是有识之士,但"生于末世运偏消",大厦将倾之际她们也无力回天。"曹雪芹就是这样用逼真的描写,用人物自己的具体行动,给你揭示出一种不可挽回,无法遏止的历史趋势和生活流向。使你感到这个贵族大家庭的没落之势,已经如东流的逝水,无可奈何了!"①而贾府大家族的没落,"这绝不是清初学者赵翼在《廿二史札记》中所

---

① 冯其庸:《千古文章未尽才》,《红楼梦学刊》1997年增刊,第154页。

说的'名父之子多败德'的验证,而是物极必反、盛极而衰所显示出的大自然造化之功和盛衰荣枯的规律,是自然天成的,人力不可改变的。"①

四、天人合一

《红楼梦》中"天人合一""道法自然"哲学思想,也有《易经》认识基础。《易经》有"天、地、人"三才思想,表明《易经》具有宇宙视角,具有天、地、人协调共生的理念。据此,儒家在解读《易经》时提出了"与天地合其德"(《易传·文言》)的"天人合一"观点,道家据此提出了"人法地,地法天,天法道,道法自然"(《道德经》第二十五章)的主张。对于"天"的内涵,儒家最早是指"天地运行的自然之道",明末清初程朱理学又增加了与"人欲"相对立伦理纲常的"天理"内涵;道家角度的"天"则最早是"大自然"和"自然而然的道"之义,庄子在此基础上又增加人之为仁的"本性、本真"之义,这一内涵发展到明清与李贽等人倡导的"'童心'即'真心'"内涵趋于一致。曹雪芹继承儒道传统"天人合一"思想又依据自己的理解和认识进行内涵选择,某种程度上也是对《易经》天人合一思想进行了超时代的艺术诠释。

《红楼梦》中有自然纯朴的价值取向。小说第十七回写贾政领宝玉和众清客游览大观园,在贾政看来大观园有三个好去处,依据众人"'天然'者,天之自然而有,非人力之所成"的审美标准,此三处"固然系人力穿凿"但已有自然之态能勾起人回归自然的情怀。而在贾宝玉看来,三处中"有凤来仪"处最佳,因为此处不仅有自然之态,还有"自然之理""自然之气"。贾宝玉认为有"自然之势""有自然之理,得自然之气"才是"天然"的全面完美的含义。这里贾宝玉的审美观体现世人普遍具有的自然观,即身心有回归自然的向往,不事雕琢,喜欢纯朴、简约生活的价值追求,可见这一心理与古代儒道提出的"天人合一""天道自然"的主张一脉相承,也与《易经》三才思想本质相通。同时,小说的《易经》"天人合一"思想还体现在画面场景的描写中。小说第二十七回写芒种日大观园众女孩祭奠花神,其中宝钗扑蝶、黛玉葬花的描写,描绘人与自然相亲相近的美丽图景,特别是黛玉葬花可见黛玉不仅

---

① 孟昭毅:《〈红楼梦〉研究的主题学视角》,《红楼梦学刊》2012年第2辑,第83页。

情理探源新论

怜花、惜花,而且还视己如花,将自己的命运和花的命运融为一体,《葬花词》如泣如诉感天动地。而和黛玉有一样心性的还有贾宝玉,小说第三十五回写贾宝玉"看见燕子,就和燕子说话;河里看见了鱼,就和鱼说话;见了星星月亮,不是长吁短叹,就是咕咕哝哝的。"以致婆子们看了认为他"呆气"。其实贾宝玉的这些怪异举动正是他感怀自然的多变与大自然交流相亲相近的一种表达方式。而黛玉和宝玉他们二人之所以"心有灵犀",因为他们都有真纯的心性,其中也包括他们都有心灵与自然相通的脾性,即在他们看来,"不但草木,凡天下之物,皆是有情有理的,也和人一样,得了知己,便极有灵验的"。

《红楼梦》思想中还有"人之本真"的理想追求。小说中的贾宝玉之所以"行为偏僻性乖张"皆是因为他认为"自然随性"最重要。小说中贾宝玉最喜欢"在内帏厮混",这是因为少不更事的女儿头脑中少有世俗观念的束缚,她们自然本真充满纯真质朴的"灵秀"之气。所以他见了女儿,便觉清爽,自然对女儿细心体贴、关心关爱。相反贾府内外的男人们,他们满脑子功名利禄的仕途经济,表面仁义道德实则自私贪婪,他们的行为做派完全失了人的自然本真,这在贾宝玉看来就是"浊气"上身。所以贾宝玉懒于与他们应酬,心中对他们唯恐避之不及。这里,"曹雪芹寓庄于谐,借贾宝玉褒女贬男之奇谈,极力诋毁须眉男子,揭露程朱理学扭曲人性的罪恶,两人都要求纯真洁白的人性。"①不仅如此,小说还借贾宝玉之口把自然随性的重要上升到理性的角度来强调。小说第三十一回"撕扇子作千金一笑 因麒麟伏白首双星"晴雯撕扇一节中贾宝玉说了这样一段话:"这些东西原不过是借人所用,你爱这样,我爱那样,各自性情不同。比如那扇子原是扇的,你要撕着玩也可以使得,只是不可生气时拿他出气。就如杯盘,原是盛东西的,你喜听那一声响,就故意的碎了也可以使得,只是别在生气时拿他出气。这就是爱物了。"这段话所传达的信息是,物和人相比人是物的主宰,物的用途在于被人利用使用;作为物的主宰的人可以依据自己的需求喜好,决定物的利用方式和方法。就像扇子、杯盘之类的东西可以用它来扇风、消暑、盛东西用,也可

---

① 孟昭毅:《红楼梦研究的主题学视角》,《红楼梦学刊》2012年第2辑,第85页。

以为了悦耳撕了或摔碎了听声。只要是在自然状态下的理性需要，在贾宝玉看来都是正常应该的行为。由此晴雯撕扇并不是不可以的，倒是扇子因为满足了晴雯想听撕扇声的愿望而实现了其成物的价值，人也实现了造物的目的。这里贾宝玉对于物和人的关系的认识体现其具有以人为本的价值追求，这与他在小说中的乖张任性行为相吻合。所以曹雪芹以贾宝玉为代言，表达按照人的自然本性或真情，不作矫饰、不受拘束、自由自在地生活的现实要求，折射出明清时期人的觉醒和要求个性解放的进步思潮，也体现出《易经》"天人合一"哲学思想具有跨越时代、肯定自然生存及其价值的现实意义。《红楼梦》与《易经》有历史的思想文化联系，不仅《红楼梦》对立统一、变化不断、物极必反、天人合一皆有《易经》哲学思想来源，即便是《红楼梦》中"循环往复""以人为本""中庸之道"等思想也有《易经》哲学认识基础。鉴于《红楼梦》哲学研究动力不足和当代《红楼梦》思想主体影响力下降的现实，《红楼梦》哲学研究有必要在开阔视野、拓展空间上加大力度。小说哲学思想研究不仅要上溯到《易经》哲学，还要做进一步深入研究，以此"寻找曹雪芹与他的《红楼梦》自己的血脉、自己的土壤，从而寻找出《红楼梦》之所以能够在中国小说史上，乃至世界文学史上成为不朽名著的独特的文化个性"。①

---

① 胡文彬：《红楼梦与中华文化论稿》，中国书店出版社2005年版，第113页。

情理探源新论

第三章 《红楼梦》非儒思想易理关系分析

《红楼梦》内含丰富的《易经》认识基础上的儒道佛哲学思想,不过小说对于儒道佛家哲学思想的艺术呈现有所不同。对于道佛思想作家是以小说人物普遍接受认同,日常慎重礼待,甚至把道佛修行作为情感寄托和人生归宿的选择来呈现的;对于儒家思想作家则是以小说主人公与"儒家传统"思想相反对立的叛逆姿态表现。所以小说思想呈现鲜明的非儒倾向,而这些非儒思想"体现新的社会理想和生活理想,包含着近现代的思想因素"[①],更具批判现实和封建礼教的时代性和进步意义。因为早期儒家思想的确立与汉以后儒学的发展演变都离不开《易经》认识基础,且《易经》哲学思想始终引导与影响着儒学的发展进程。对《红楼梦》儒家思想研究应该有非儒思想的辩证分析,也应该有小说非儒思想易理接受关系探讨。

一、"言情主旨"与"重礼抑情"

脂砚斋批"《红楼梦》大旨谈情",小说以宝黛爱情故事为主线,描写了贾府内外众多人的情事。而贾宝玉、林黛玉爱情悲剧描写意在揭露了中国封建社会专制制度下世俗礼教轻视扼杀人性人情的罪恶,表达了作家尊重生命向往纯真情感的人生价值取向。这样小说把人之情性描写放在第一位,把建立一个纯真"有情"世界作为主人公的生命理想来追求,与儒家传统的"家国至上"文化情怀、"克己复礼"道德规范相违对立,且向中国传统的"重

---

① 冯其庸:《论红楼梦思想》,黑龙江教育出版社2002年版,第136页。

礼抑情"文化传统和理念发出了挑战。

中国有"德治"和"礼治"思想文化传统，原始儒家主张"道之以德，齐之以礼"，即主张通过"礼"的规范，制约人的"情性"，以达到拥有"仁"的社会理想状态，这一思想是汉代以后中国封建社会政治制度体系构建的思想基础。而在中国的"德治"和"礼治"思想文化传统中，原始儒家"克己复礼""当仁不让""杀身成仁"等思想主张的传承，也使得中华民族具有"家国利益至上"责任意识和"重礼抑情"民族文化心理。

中国"重礼抑情"思想文化传统形成，《易经》角度主要有两个方面原因：

一是，原始儒家创始人孔子一心构建以"仁"为核心的大同社会，一生致力于和谐规范的政治体制构建的实践。孔子高度重视"礼"的"经国家、定社稷、序民人、利后嗣"(《左传·隐公十一年》)社会规范作用，并高度赞美"周礼"的周全和完备。"孔子创立儒家，其对周礼的注重直接导致儒家思想中以礼为中心的社会格局设想以及儒家治世安民措施的提出。"①并且在情礼关系方面，孔子也有明确的思想主张，如《论语·八佾》载孔子言："礼，与其奢也，宁俭；丧，与其易也，宁戚。"表明真实的感情是礼之本的观点；而《礼记·檀弓上》记载："伯鱼之母死，期而犹哭。夫子闻之，曰：'谁与哭者？'门人曰：'鲤也。'夫子曰：'嘻！其甚也！'伯鱼闻之，遂除之。"则说明孔子主张以礼制为重，不能因情坏礼，具有"以礼抑情"的态度倾向。原始儒家主张"礼虽然源于人的感情，但礼并不以人情为目的；相反，礼源于人情，但同时又要制约人情。也就是说，情要以礼为范围、标准"②。基于情礼关系认知，儒家在和谐社会构建理念中，强调作为仁的载体和表现形式的礼的重要，明确应该有"家国至上"责任意识，有"当仁不让""杀身成仁"精神品质。而这恰恰表明，"儒家关注的并不是人的主体性、自主性地位，而是用礼来制约人，使人在无意识中自然地服从礼的规范。"③

二是，受《易经》"整体观念"和"适度节制情感"态度影响。《易经》中八

---

① 李丽华：《儒家和谐思想与群体文化差异的整合》，《求是学刊》2008年第2期，第20页。
② 刘丰、杨寄：《先秦儒家情礼关系探论》，《社会科学辑刊》2002年第6期，第106~107页。
③ 刘丰、杨寄：《先秦儒家情礼关系探论》，《社会科学辑刊》2002年第6期，第105页。

情理探源新论

卦是承载阴阳变化的自然大环境,六十四卦是人类社会不断变化的自然小环境,阴阳和谐不断变化使得自然社会大小环境周而复始相交互动。所以《易经》展现自然整体观念,有遵阴阳变化规律使自然和人类社会和谐共存的思想内涵。同时《易经》也具体阐述了社会中人与人之间相处的和谐之道,如《易经》比卦之"比"其含义是"亲密比辅",从《易经》立比卦的宗旨来看表达和睦相处、互相帮扶的思想,传达对内和睦亲善得平安吉祥、对外和睦交往得国泰民安的"和谐"意愿;《易经》中孚卦阐述"心中诚信"的道理,传达心之诚信贯通天人物我之意,可作为儒家"人而无信,不知其可也"(《论语·为政》)、"主忠信,徙义崇德也"(《论语·颜渊》)主张的思想源泉;《易经》观卦强调观察主客双方情况的重要,含有为上者以美德感化于下,观民风正君道的思想,所以观卦又可看作是儒家"以人为本",决定社会施政方针的思想萌芽,等等。原始儒家又进一步在《易传》中提出了"太和"观念,认为:"乾道变化,各正性命,保合太和,乃利贞。首出庶物,万国咸宁。"(《乾卦·象传》)由于儒家和谐社会建设理念形成有《易经》哲学认识基础,在此基础上衍生出来的"家国至上"责任意识、"克己复礼"道德规范、"重礼抑情"政治态度,寻根溯源具有《易经》思想认识来源。

《易经》有"利在于守正"的情感态度。《易经》咸卦卦辞,从广义看阐明事物普遍的"感应"之理,从狭义的角度看则是侧重揭示男女交感之道。咸卦以人事喻谓男女"交感"之理,从其爻辞看咸卦是强调"感"止于"正"必吉,悦以能静为宜,意在告诉世人感通以"正方"为婚媾之善,而不能达到"心灵"的感通皆是应该谨慎的道理。还有《易经》困卦,象征困穷之态,其卦象有男女失正,面临险难而内心愉悦的表征。从其六三爻辞"困于石,据于蒺藜;入于其宫,不见其妻,凶"和上六爻辞"困于葛藟,于臲卼危;曰动悔有悔,征吉"可以看出,处于此种情状中是很难自拔的,结果必然是会陷入麻烦烦恼之中,从中表达"不当位"的情感行为在现实社会中会受到诟病,产生问题应该禁行的道理。基于对《易经》"适度节制情感"的认识,原始儒家提出了"利在于守正"的情感主张,强调要把情感控制在适度的范畴之内,所谓"发乎情,民之性也;止乎礼义,先王之泽也"(《毛诗序》)。因为"人的精神不是自足自觉的,而需要以天道治之,包括节制理性之要求。事实上,儒家正循此脉络展开"①。封建社会早期少有涉情的典籍论著,文学领域除了诗歌具有小说性质的作品如传奇神话类的作品,或是情感描写简之又简不被重视,或是描写情感是以逆俗批判的对象呈现,目的就是为了警示世人回归封建礼教的规范。

应该说,原始儒家的"重礼抑情"文化思想是人之社会性的体现,符合社会和谐相处的现实需要。但其"家国至上"责任和"适度节制情欲"主张,在后世儒家传承中出现了机械僵化情况,导致其规范意义强化人性关怀成分消减。宋明时期的统治者利用宋儒所提"存天理,灭人欲"思想维护封建专制统治,对人之天性大开杀戒,以致出现了"守节"和"愚孝"畸形社会问题。而思想僵化和极端道德束缚必然引发社会思考和批判。明末清初以王夫之、黄宗羲为代表的思想家,明确表达了对个体生命的关怀与尊重。李贽、汤显祖还"张扬'谈情''至情''情教''唯情'等思想观念,借此与'存天理、灭人欲'理学道统观念对峙"②。在此社会背景下,曹雪芹则大胆扛起"言情"的旗帜,通过小说创作来揭露僵化儒学"以理杀人"的伪善。由于《红楼梦》"大旨谈情"在思想倾向上与晚明李贽、汤显祖等启蒙思想家、文学家们的尚情观念有着较为明显的传承关系。所以,在《红楼梦》中可见贾宝玉是"情"的守护者,是一个爱的化身。宝黛爱情悲剧体现出作者对社会制度,包括政治、思想上层建筑的深刻反思。爱情悲剧结局表面是宝黛追求性灵、自由,重视真情、至性的爱情观念与贾府人重视现实功利、等级门第的世俗婚姻观念的冲突,实质上反映的是传统的文化意识形态对人性在现世社会自由表达的抑制与束缚。从这个意义来说,《红楼梦》虽是小说,但却是一篇为情而战的宣言。这份宣言不是针对原始儒家的"适度节制情感"主张,而是针对后世儒家机械僵化的思想和封建统治者借刀杀人的暴行而发出的。由此,"曹雪芹的'幻情'说,与佛家的'色空'说有根本的不同,'色空'说根本否定'情',把'情'看作虚幻不实的东西;而'幻情'说,首先肯定'情'的存在,'情'之所以向'幻'转化,是由于不合理的社会存在和不可抗拒的自然规

---

① 贡华南:《节制的根源——中国传统哲学的视角》,《社会科学》2010年第8期,第95页。
② 徐子余:《曹雪芹哲学思想论辨》,《红楼梦学刊》1983年第3辑,第26页。

《红楼梦》情理探源新论

则使然。"①

二、"崇女贬男"与"男尊女卑"

"男尊女卑"封建等级思想是人类社会从母系社会向父系社会过渡的产物,其体现了社会分工和劳动力主体发生变化的情况。在中国"男尊女卑"文化思想内涵丰富,民族心理根深蒂固,其原因有两方面:一方面"男尊女卑"为核心的等级秩序有利于维护社会的稳定,当权者利用其有利于封建专制统治的优势,结构社会政治制度构建封建道德思想体系。人们在这样的社会制度环境中,思想和行动被束缚,人们无力争取和反抗世俗的压力,久而久之形成了盲目执行的习惯。另一方面就是"古代中国人从'天道'出发,为'男尊女卑''夫唱妇随'的等级格局寻找合理性证明,使之成为一种'天经地义'的真理"②。这使得中国"男尊女卑"为核心的等级制度有了理论依据,并且这些理论依据都是圣贤之言经典之作,具有无可争辩的权威,这也使得男尊女卑的封建等级观念被普遍认同成为社会共识。

中国封建社会之所以有很强的等级观念,意识形态方面是和《易经》哲学思想的影响有关系。在《易经》哲学中有循序而动思想,《易经》八卦序列及六十四卦卦序,体现宇宙构成成分存现关系,体现人事变化的顺序;《易经》六十四卦每卦六爻分处高低不同的位次,象征事物发展过程中不同阶段所处的或上或下、或贵或贱的位置,体现地位、条件、身份等高低不同的秩序,提示不同卦位和爻位的对象,要自我定位,审时度势,依序顺理行事获吉福的道理。原始儒家认识到《易经》依序而动思想的客观性、普遍性,对其进行了社会秩序层面的分析应用,提出:"女正位乎内,男正位乎外,男女正,天地之大义也。家人有严君焉,父母之谓也。父父,子子,兄兄,弟弟,夫夫,妇妇,而家道正。正家而天下定矣。"(《家人·彖传》)的社会伦理主张,构建了中国封建社会等级制度结构体系。其次,《易经》阴阳属性的分类也为中国封建社会"男尊女卑"思想体系建立提供了依据。《易经》乾坤两卦是六十

---

① 朱淡文:《〈红楼梦〉中曹雪芹哲学思想研究札记》,《上海师范大学学报》1991年第2期,第104页。

② 陈丛兰:《〈礼记〉婚姻伦理思想的哲学基础》,《兰州学刊》2006年第9期,第31页。

四卦的母卦,乾卦纯阳、坤卦纯阴,两卦相错生成六十四卦,如同男女交合人类产生一样。乾卦天性为健,坤卦地性为顺,揭示人类社会中男人要走乾道刚健有为自强不息,女人要走坤道驯顺温柔包容博大。据此,在深入解读六十四卦的基础上儒家对于自然和社会秩序有了基本认识,即所谓"天尊地卑,乾坤定矣。卑高以陈,贵贱位矣"(《易传·系辞上》)。这里的"天尊"是指君子要像天一样追求高远自强不息;"地卑"是指女子要像大地一样谦虚、包容、厚德载物;"贵贱"是指人所处的社会层级和位置,而非男女天性有好坏、尊卑、贵贱之分。也就是说在原始儒家的"男尊女卑"思想观念中,其内涵是男女各顺其性、各司其职,本质上男女人格是平等关系。

中国儒家"男尊女卑"思想的确立也有《易经》认知基础。"《易经》受时代的限制言少义晦,阴阳顺性解释不够具体明确,这为后世误读甚至改变'男尊女卑'内涵本质提供了可能。"①

《易经》揭示乾卦"具有开创万物,并使之亨通、富利、正固这四方面的'功德',意在表明阳气是宇宙万物的'资始'之本。"(《周易译注·乾卦统论》)同时,乾坤是一对互为矛盾的卦,坤卦继乾卦之后,寓有"地以承天""天尊地卑"之义,在一卦的阴阳互为矛盾的关系中,阴处于附从的、次要的地位,依顺于阳而存在、发展。所以在易理上体现阴柔阳刚、阴弱阳强特点,揭示阴顺阳、阳凌阴为当位的道理。据此,延伸到社会层面,很容易被理解为男强女弱、女性依附服从男性为正道。加之原始儒家在解读男女关系方面,观点主张阐述不够明确,也造成"重男轻女"思想的强化,如孔子的"唯女子与小人为难养也,近之则不孙,远之则怨"(《论语·阳货》)。孔颖达在《论语正义》中解释为:"此章言女子与小人皆无正性,难畜养。所以难养者,以其亲近之则多不孙(逊)顺,疏远之则好生怨恨。"朱熹则在《论语集注》解释为:"此小人,亦谓仆隶下人也。君子之于臣妾,庄以莅之,慈以畜之,则无二者之患矣。"此两解意义相差不远,皆有明显的贬损女性之义。

原始儒家的等级思想体现了对现实对历史局限性的尊重,为大同社会实现提供了认识基础和思想保障。纵观中国封建制度,在战国末期大体形

---

① 刘秀玲:《〈红楼梦〉非儒思想易理关系分析》,《北方论丛》2018年第2期,第76页。

《红楼梦》情理探源新论

成,到东汉初年正式提出三纲说,汉代之后等级制度越来越森严,宋明时期程朱理学思想的确立,将封建纲常与宗教的禁欲主义结合在一起,使儒学走向政治哲学化,而失去了仁、中庸思想内涵的等级制度和思想也必然导致君臣、父子、夫妇关系的畸形发展。明清两代当权者大肆鼓吹程朱学说倡导极端的贞节观念,对女性提出"当终受于从一""饿死事极小,失节事极大"的极端道德要求。而明末清初商品经济的发展,资本主义的萌芽加之西学东渐近代科技传入中国,使得人们的眼界开阔思想活跃。于是清朝时期出现了"民主、平等、自由"的思想,如李贽以传统儒学的"异端"自居,对封建的"男尊女卑"大加痛斥批判,对于社会上"男子之见尽长,女子之见尽短"的说法他指出:"谓见有长短则可,谓男子之见尽长,女子之见尽短,又岂可乎?设使女人其身而男子其见,乐闻正论而知俗语之不足听,乐学出世而知浮世之不足恋,则恐当世男子视之,皆当羞愧流汗,不敢出声矣。"①李贽的"男女平等"思想一经提出就受到有识之士的响应,清代诗人袁枚在《随园诗话》补遗卷一中说:"俗称女子不宜为诗,陋哉言乎!圣人以《关雎》《葛覃》《卷耳》,冠三百篇之首,皆女子之诗。"

《红楼梦》开篇作家即言自己的创作动机是:"我之罪固不可免,然闺阁中本自历历有人,万不可因我之不肖,自护己短,一并使其泯灭也。虽今日之茅椽蓬牖,瓦灶绳床,其晨夕风露,阶柳庭花,亦未有妨我之襟怀笔墨。"在小说第二回贾宝玉说:"女儿是水作的骨肉,男人是泥作的骨肉。我见了女儿,我便清爽;见了男子,便觉浊臭逼人。"日常贾宝玉"最喜欢在内帏厮混",对大观园里的姐姐妹妹关心爱护,唯恐她们不理自己。而金陵甄府的宝玉也对女儿钟爱有加,说:"必得两个女儿伴着我读书,我方能认得字,心里也明白;不然我自己心里糊涂。"又常对跟他的小厮们说:"这女儿两个字,极尊贵、极清净的,比那阿弥陀佛、元始天尊的这两个宝号还更尊荣无对的呢!你们这浊口臭舌,万不可唐突了这两个字要紧。但凡要说时,必须先用清水香茶漱了口才可;设若失错,便要凿牙穿腮等事。"如此种种都说明作家曹雪芹有鲜明的"崇女贬男"思想倾向。而小说颠覆"男尊女卑"世俗观念的同

---

① 张建业:《李贽文集》(第一卷),社会科学文献出版社2000年版,第54~55页。

时,也向中国封建等级制度发出了挑战。

小说中贾宝玉尊重女性、保护女性、赞美女性,坚决反对蹂躏、践踏女性。袭人生病了,他没有心情去玩,元宵夜大伙都热闹着,他却因惦记袭人而回怡红院。小说第四十四回"变生不测凤姐泼醋 喜出望外平儿理妆"中写王熙凤过生日被灌醉,平儿扶她回房,无意间发现贾琏和鲍二媳妇在鬼混,还说了二人夸赞平儿贬损自己的话。王熙凤就醋意大发怒打了无辜的平儿泄愤。宝玉十分同情平儿拉着她到怡红院,天真地代贾琏、凤姐向平儿赔不是,并殷勤地帮平儿理妆洗帕。在小说第七十八回"老学士闲征姽婳词 痴公子杜撰芙蓉诔"的"芙蓉女儿诔"中贾宝玉评价晴雯:"噫!女儿曩生之昔,其为质则金玉不足喻其贵,其为性则冰雪不足喻其洁,其为神则星日不足喻其精,其为貌则花月不足喻其色。姊妹悉慕媖娴,妪媪咸仰惠德。"把女儿推崇到了至高至极的地位。不仅如此,小说中的贾宝玉对待下人全然没有一点主子的架子,他与秦钟交友告诉他不分叔侄,就论兄弟朋友;他对贾府的那些小厮们,欢喜时没上没下乱玩一阵,不喜欢,各自走了,谁也不理谁。贾宝玉在大观园中"能作小服低,赔身下气",而"不带色欲、肉欲色彩的怜香惜玉,在中国古代生存场中,从来都是一种男性主体十分稀缺的品质。男性出于人际间的自然感情而不是性欲需要与女性建立情感关系。从道德伦理的角度看,在一定意义上是对'男尊女卑'天理的背叛"①。而小说中所体现的男女平等思想,应该与《易经》"各尽其职、各守其份"阴阳之道是一脉相通的。

三、"刚健有为"与"自然随性"

《易经》乾卦象征天,其卦辞是:"元,亨,利,贞。"中国古人通过对大自然的观察,认为天体现着元始、亨通、和谐有利、贞正坚固这四种德性。因为天的本质元素是沛然刚健的阳气,这种阳气"运行不息,变化无穷",沿春、夏、秋、冬四季循环往复,制约主宰着大自然。《易经》坤卦象征地,其卦辞是:"元亨。利牝马之贞。君子有攸往,先迷后得主,利。西南得朋,东北丧朋。

---

① 付丽:《〈红楼梦〉情爱观构建的哲学解析》,《红楼梦学刊》2007年第3辑,第76页。

《红楼梦》情理探源新论

安贞吉。"这里的"元亨"与乾卦略同,特指地配合天,也能开创化生万物并使之亨通。乾德以统天为本,坤德以顺承天为前提,所以乾卦天性为"健",坤卦地质为"顺"。《易传·象传》解读乾卦义是"天行健,君子以自强不息",坤卦义是"地势坤,以厚德载物"。《易传·系辞下》云"天地之大德曰生""生生之谓易",表明宇宙是阴阳化合消长,充满无限生机,不断变化流转、生生不息的整体,启发人们应在人世间积极有为、刚健自强、穷通思变。为此原始儒家秉持《易经》宇宙天地运行之道,奋发努力尽自己的人伦义务和社会责任,展现出积极有为自强不息的精神风貌。

《红楼梦》开篇就暗示主人公贾宝玉是一块"无才补天,幻化入世"的顽石。"补天"之人从儒家正统角度理解,是指能辅佐君王安抚社会造福百姓的济世之才。而从小说描写的社会环境来看,"补天"则是升官发财、光宗耀祖走仕途之路的意思。贾宝玉无"补天"之才也无意"补天",这是因为世俗的"补天"之人大都表面道貌岸然实际却是争名逐利、钩心斗角、徇私枉法的"伪君子",所以贾宝玉不屑于与这些"凡夫俗子"为伍。同时贾宝玉又是一个本真的人,他自然本真随意率性"顽石"十足。所以《西江月》批贾宝玉:"无故寻愁觅恨,有时似傻如狂。纵然生得好皮囊,腹内原来草莽。潦倒不通世务,愚顽怕读文章。行为偏僻性乖张,那管世人诽谤。富贵不知乐业,贫穷难耐凄凉。可怜辜负好韶光,于国于家无望。天下无能第一,古今不肖无双。寄言纨绔与膏粱,莫效此儿形状。"贾宝玉一方面"潦倒不通事务,愚顽怕读文章",对于光宗耀祖走仕途经济的规劝十分排斥,对于"文死谏""武死战"的儒家忠君思想大放厥词。另一方面,他又"行为偏僻性乖张",生活中做自己想做的事,说自己想说的话,率性而为全然不顾身边人的指责非议。所以从儒家角度看,贾宝玉是儒家积极入世思想的"槛外人"。"他既不克勤克俭,遵循那平庸可怜的仕宦传统;也不酒色昏迷,混入那荒淫得可耻的纨绔之群;他表现出一种逸出常规超脱现实的畸形姿态。"①

但小说中的贾宝玉却是一个"无事"忙的人。贾宝玉的人生理想是要建立一个充满爱的"有情"世界。在这个世界里姐姐妹妹永远和他在一起,彼

---

① 王昆仑:《红楼梦人物论》,北京出版社2004年版,第27页。

此和睦关爱,做真实的人、幸福的人。为此,"仁爱之情"洋溢在他的心中,也散发到他生活的各个角落。在大观园内对自家姐妹细心体贴,对待地位低的丫鬟仆人也关怀爱护。在大观园外,贾宝玉真心交友,秦钟病重不治而亡,贾宝玉不仅痛悼秦钟,而且每年秦钟的祭日不忘上坟祭奠。当贾宝玉听柳湘莲说要出远门"三年五载再回来"时,心里很是难过恋恋不舍。甚至为了情贾宝玉不惜委曲求全,小说第二十五回,贾环为暗算宝玉"把一盏油汪汪的蜡灯向宝玉脸上只一推",给宝玉脸上烫出了一溜燎泡。看到母亲王夫人责怪赵姨娘母子又怕贾母知道了生气,贾宝玉把事情承担下来说是自己不小心烫的。在这件事上可以看出在贾宝玉的心目中只有"情"没有"恨"。"贾宝玉不知疲倦地爱人、寻求爱,把与周围的人建立一种亲情关系作为实现自我价值的方式。"①为的就是建立一个充满"情爱"的快乐世界。不仅如此,贾宝玉他还把对人的爱意扩展到了自然当中,他会在极不堪的繁华中想到去望慰小书房中寂寞的画中美人;斗草后女儿们丢弃在地的并蒂菱蕙,他会独自用心掩埋平服。小说第三十五回写贾宝玉"时常没人在跟前,就自哭自笑;看见燕子,就和燕子说话;河里看见了鱼,就和鱼说话;见了星星月亮,不是长吁短叹,就是咕咕哝哝的"。由此,虽然儒家角度看贾宝玉他是一个任性乖张于国于家无望的"不肖"之人,但从贾宝玉对于"有情"世界的构建实践来看,他却是一个执着努力坚持不懈的人。这种执着和坚守集中体现了贾宝玉刚健进取风范,也从中可见《易经》哲学"自强不息"精神品质。

作家曹雪芹也是一个在乱世中积极"有为"的刚强之人。曹雪芹经历了康、雍、乾三个时代,他的家庭的历史则更经历了从明末到清初顺、康、雍、乾整整一个大变革时代。明代后期发展起来的反理学的斗争,到了清代康、雍、乾时期,非但没有停止,相反却愈见炽烈。当作为官方哲学的程朱理学被大肆宣传的时候,却涌现出了一批具有初步民主主义思想和激烈反对程朱理学的思想家,如黄宗羲、顾炎武、王夫之、唐甄、戴震等。他们从各个不同的角度,对封建皇权、程朱理学、科举制度、民生问题、妇女问题、土地问题等等,都提出了尖锐的批判。清代统治者为了镇压民族反抗,强化思想统

---

① 詹丹:《〈红楼梦〉与中国古代小说研究》,东华大学出版社2003年版,第10页。

《红楼梦》情理探源新论

治,除了正面提倡孔孟之道和程朱理学外,还大搞文字狱用血腥镇压的恐怖手段以压制知识分子和广大人民的反抗意识,所以在顺、康、雍、乾四朝,迭兴大狱。曹雪芹经历过贵族生活的奢靡和家族衰落后的贫困潦倒,深刻感受到世态的炎凉。但他没有逃避现实,没有惧怕迫害。他对于所谓的儒家正统思想有理性的评判,并体现出"入世有为"的生活态度。如小说开篇即说"借'通灵'之说,撰此《石头记》一书"来记录自己"曾历过的一番梦幻"。可见即便面对僵化儒学的禁锢,曹雪芹依然执着地探寻本真,竭力构建有情的理想世界,并在此过程中实现对生命本真与自由的追求。"虽今日之茅椽蓬牖,瓦灶绳床,其晨夕风露,阶柳庭花,亦未有妨我之襟怀笔墨。"在《红楼梦》中有大观园有情世界的描写,我们看到了贾宝玉真心诚意地对待每一个人,竭尽所能地关心体贴他们,不惜自降身份。同时也看到贾宝玉对于仕途经济的深恶痛绝,以及他看破红尘愤然弃世出家的结局。尽管小说是以悲剧结局的,但却也产生了巨大的悲剧力量,因为《红楼梦》之所以感人,也正是它看破色相之后仍有大缅怀,大忧伤,大眼泪,即放弃一切身外的追求,但仍有对'情义'的大执著,不仅有爱情的执著,还有亲情的执著"[①]。而曹雪芹的这份理想追求和信念执着可以说正是几千年前《易经》刚健自强精神的情感转化和文化传承。

《红楼梦》思想中有"自然随性"的理想追求也有《易经》认识基础。《易经》有"天、地、人"三才思想,表明《易经》具有宇宙视角,具有天、地、人协调共生的理念。据此,儒家在解读《易经》时提出了"与天地合其德"(《易传·文言》)的"天人合一"观点,道家据此提出了"人法地,地法天,天法道,道法自然"(《道德经》第二十五章)的主张。对于"天"的内涵,儒家最早是指"天地运行的自然之道",明末清初程朱理学又增加了与"人欲"相对立伦理纲常的"天理"内涵;道家角度的"天"则最早是"大自然"和"自然而然的道"之义,庄子在此基础上又增加人之为仁的"本性、本真"之义,这一内涵发展到明清与李贽等人倡导的"'童心'即'真心'"内涵趋于一致。

曹雪芹继承儒道"天人合一"传统思想又依据自己的理解和认识进行内

---

① 刘再复:《〈红楼梦〉与中国哲学》,《渤海大学学报》2010年第2期,第17页。

涵选择,对《易经》天人合一思想进行了超时代的艺术诠释。小说中的贾宝玉"行为偏僻性乖张"是因为他认为"自然随性"最重要。贾宝玉最喜欢"在内帏厮混",是因为少不更事的女儿头脑中少有世俗观念的束缚,她们自然本真充满纯真质朴的"灵秀"之气。所以他见了女儿,便觉清爽,自然对女儿细心体贴关心关爱。相反贾府内外的男人们,他们满脑子功名利禄的仕途经济,表面仁义道德实则自私贪婪,他们的行为做派完全失了人的自然本真,这在贾宝玉看来就是"浊气"上身。所以小说中贾宝玉懒于与他们应酬,心中对他们唯恐避之不及。小说还借贾宝玉之口把自然随性的重要上升到理性的角度来强调。小说第三十一回晴雯撕扇一节贾宝玉有一段话,所传达的信息是物和人相比人是物的主宰,物的用途在于被人利用使用;作为物的主宰的人可以依据自己的需求喜好,决定物的利用方式和方法。就像扇子、杯盘之类的东西可以用它来扇风消暑盛东西用,也可以为了悦耳撕了或摔碎了听声。只有是在自然状态下的理性需要,在贾宝玉看来都是正常应该的行为。由此晴雯撕扇并不是不可以的做法,倒是扇子因为满足了晴雯想听撕扇声音的愿望而实现了其之所以成物的价值,人也实现了造物的目的。这里贾宝玉对于物和人的关系的认识体现其具有以人之本真的价值追求,这与他在小说中的乖张任性行为相吻合。所以在小说中曹雪芹以贾宝玉为代言,表达按照人的自然本性或真情,不作矫饰、不受拘束、自由自在地生活的现实要求,折射出明清时期人的觉醒和要求个性解放的进步思潮,也体现出《易经》天人合一哲学思想具有跨越时代、肯定自然生存及其价值的现实意义。

"《红楼梦》将拒天理进一步延伸到对封建社会核心观念补天济世、仕途经济的拒绝,具有时代特点和人文关怀的品质。但文化观念的传承往往是复杂的,其过程往往是一个扬弃的过程,有保留,有批判,有摒弃,也会有新的开启。"①对儒家思想的批判是小说的精神主旨之一,这是没有疑问的。也正因如此《红楼梦》作为个性化的文学作品不仅有艺术的表达,还有独特的哲思。《易经》是《红楼梦》的重要思想渊源,其哲学思想的重要内涵包括对

---

① 付丽:《〈红楼梦〉情爱观构建的哲学解析》,《红楼梦学刊》2007年第3辑,第73页。

情理探源新论

儒家学说理念的继承和批判,分析小说哲学思想与《易经》哲学之间的文化继承关系,可以深入理解作家对现实的认识、对情理关系的深沉思索,并进一步感知《易经》普世价值的持久生命力,挖掘出《红楼梦》儒家批判的历史根源。

第四章 《红楼梦》易理接受的当代文化价值

《红楼梦》是具有哲学性的文学著作,但由于小说思想研究起步晚、角度单一等历史问题,到目前为止小说思想文化在中国并没有形成广泛的社会影响。《红楼梦》集中国诸子百家哲学智慧之大成,《易经》哲学是其思想来源和理论基础。对小说哲学思想与《易经》哲学之间接受关系的研究,可以丰富小说易理哲学思想内涵使小说获得更具历史性和深刻性的认知,同时对小说易理内涵进行当代解读分析,也可以促进小说思想接受的社会化和现代化进程,提升《红楼梦》思想文化影响力。当代社会,《红楼梦》作为中华优秀文化代表也需要在更大范围内的交流传播,为此分析《红楼梦》哲学思想的当代文化价值,对加强中国古代小说哲学思想研究,彰显经典小说哲学文化魅力具有重要现实意义。

一、化解阶段性社会问题

当代社会人们普遍认同接受对立统一辩证法思想,知道事物有相反对立的两个方面,相反对立的方面是相辅相成相互依存的关系。并且在实践中人们也会自觉或不自觉地运用对立统一思辨方法判断处理日常事务。而追溯中国对立统一辩证法思想的来源,可见最早的文化典籍是《易经》。《易经》阴阳符号的发明和创造在中国哲学史上具有划时代的意义,它表明早在三千多年以前中国古人就已经认识到了宇宙万物都有相互对立的两个方面——阴、阳,阴阳化合生成万物。并且《易经》还把"阴阳二元"原理应用于社会人事的关系构建,通过卦象组合告诉人们有了阴阳对立的共生共存,社

《红楼梦》情理探源新论

会才得以保持平衡。中国古代诸子百家及其继任者则根据立论需要又从不同角度对《易经》阴阳对立统一思想进行诠释解读,以致在中国的思想文化长河中形成了一条以"阴阳之道"为主流的哲学思想流脉,滋养民族思想形成了从古到今没有改变的"阴阳二元"中华民族文化心理。从这个角度说《易经》对立统一辩证思想运行于宇宙、天地、人类之间,不仅是宇宙自然的运行规律,也是中华民族生生不息的思想力量源泉。

《红楼梦》最鲜明的哲学性体现,就是其揭示了对立统一辩证法哲学思想。虽然小说对这一思想的阐述是以儒释道等诸文化形态呈现,但追根溯源确是曹雪芹对古老的《易经》"阴阳对立统一"思想本质内涵的继承。在小说中曹雪芹把自己对"对立统一"思想的理解认识进行了多方面的艺术诠释,如小说第一回写跛足道人唱《好了歌》、写太虚幻境对联时,就出现了"好了""真假""有无"三组意义相反的概念,从概念出现的语境可知曹雪芹不仅谙熟"好了""真假""有无"之间的对立关系,而且对于它们之间相互依存相互转化的关系也有深刻认识。说明在曹雪芹的世界观中认同"事物不是绝对的,而是相对的,且真与假、有与无二者既相互对立,又相互依存,不可截然分割开来,是可以相互转化、相生相成的"[1]。在小说中史湘云发表的"阴阳二气"论和贾雨村阐述的人性生成思想也鲜明地体现作家的对立统一思想观念,即在史湘云看来"阴阳都是气,无所谓生灭,但二者互相转化'阳尽了就成阴,阴尽了就成阳',这是说事物都有对立面转化"[2]。史湘云的话含义是不同的事物都有或阴或阳的属性,而同一事物也有对立的阴阳两面,阴阳并存是事物的属性和存在状态。同理,气载阴阳也载正邪,每一个生命也如同丰富的自然也秉阴阳二气所生,或正或邪,千变万化,二气实为一体。贾雨村发表的"正邪二气"论,从人性生成的角度说明了贾宝玉秉性的形成原因,在贾雨村看来人之秉性的物质载体就是"气","气"有正邪两面,大恶大善之人很少,更多的是正邪之气合二为一的第三种人。贾宝玉秉承正邪二气是第三种人的典型,他本人是一个矛盾统一体,他生活的世界也是一个

---

[1] 宋子俊:《〈红楼梦〉中的哲学意蕴及曹雪芹思想的价值取向》,《红楼梦学刊》2006 年第 2 辑,第 39 页。

[2] 徐子余:《曹雪芹哲学思想论辨》,《红楼梦学刊》1983 年第 3 辑,第 11 页。

充满矛盾的现实世界。小说描写矛盾世界中的矛盾人物从中体现了对立统一辩证法哲理内涵本质。曹雪芹继承中国传统对立统一辩证法思想,又根据个人生活体验表达对社会人生看法。所以在他的小说中有一个真真假假、似有实无、似无实有,假中有真、真中有假,有中含无、无中含有的社会,从中"反映了《红楼梦》这部内涵极为丰富的作品具有深邃辩证的哲理,也启示我们从'真假''有无'等对立统一的艺术哲学角度,进一步认识《红楼梦》博大精深的艺术成就"。①

《红楼梦》诠释的"对立统一"哲学思想,体现《易经》阴阳对立统一辩证法思想本质,同时也揭示宇宙自然、人类社会存在的客观规律。当代社会认识《红楼梦》的思想应该上升到哲学的高度,要认识小说对立统一辩证法思想内涵及其表达方式,肯定其揭示普遍规律的思想价值和艺术价值。同时,也要对小说所描述的充满矛盾的社会人事进行理性的分析,即曹雪芹在小说中所展示的是特定矛盾社会的特定矛盾方面。文学作品来源于生活又高于生活,为此人们在阅读欣赏小说会看到末世颓态,感受到世态炎凉,体验到物是人非的人生变故。但由于小说中的社会人事只是社会发展到特定阶段的表现并不是社会发展的历史全貌,所以人们不能因为获得了悲剧体验就忽视小说哲学思想的理性价值。当今社会,矛盾无处不在,对立在所难免。人们应该从小说对立统一辩证法思想中获得启迪,即理性认识现实社会矛盾对立存在的客观性,并积极探讨解决当下社会问题的途径方法,科学正确处理工作生活中的各种矛盾问题。

二、把握时代机遇获得发展

在高科技信息化技术的推动下,我们所处的时代正发生着日新月异的变化。对此,中国人早有接受和面对现实的心理准备,因为《易经》哲学传承给中国人的文化基因中有"永恒变化"的智慧因素。《易经》之"易"主取"多变"之义,中国古人发现了自然和社会不断运动变化的规律,所以在语言匮乏的年代就通过阴阳符号和卦画进行揭示。于是在《易经》中我们看到了的

---

① 韩伟:《〈红楼梦〉艺术哲学琐论》,《红楼梦学刊》1994年第2辑,第71页。

《红楼梦》情理探源新论

变化的自然宇宙大社会,其中八卦是承载阴阳变化的世界大环境,六十四卦构成人类社会不断变化的小环境。而六十四卦不同时态下的诸多变化,则通过承、乘、比、应,当位与否、是否中位等变化因子的存在关系加以呈现。为此《易经》卦画组合是告诉人们万事万物都处在不断变化之中,变化无处不有无处不在,人们处在不同阶段不同时态中要审时度势要循序而动。中国诸子百家继承《易经》变化思想并诠释其本质,由此在中国人思想中早就有了以《易经》变化思想为内核,以诸子百家各种思想形态出现的变化构成的系统,并且这种变化思想结构系统传承至今成为人们的自觉。而艺术家们则在不同时代通过不同艺术方式演绎着变化哲理,并因为变化的意境每每收到震撼人心的艺术效果。

《红楼梦》作为小说经典之作鲜明地体现《易经》变化思想本质——万事万物时刻都处在变化之中,变化是绝对的,不变是相对的。

《红楼梦》变化思想鲜明且表达方式多种多样。在《红楼梦》中有世事难料、命运多变的预言,小说第一回大荒山青埂峰下一僧一道有话:"那红尘中有却有些乐事,但不能永远依恃,况又有'美中不足,好事多魔'八个字紧相连属,瞬息间则又乐极悲生,人非物换,究竟是到头一梦,万境归空……"此话道出了自然界和人类社会普遍的变化规律,就是人世间的荣华富贵,赏心乐事是不持久的,万事万物都在不断变化中归于空无。虽然这话有世情难料、万事皆空的消极意味,但其变化思想与《易经》永恒变化本质是相合一致。小说第五回"贾宝玉梦游太虚幻境 警幻仙曲演红楼梦"中"太虚幻境"石牌两边有一副对联:"假作真时真亦假,无为有处有还无?"对联所言,把假当真则真的便成了假的;把没有的视为有的,则有的也就成了没有的了。这其中体现变化的扑朔迷离、飘忽不定。还有"孽海情天"宫门上的对联"厚地高天,堪叹古今情不尽;痴男怨女,可怜风月债难偿",以及"金陵十二钗正册"和新制《红楼梦》十二支曲,都对小说人物的身世和命运结局进行了预测,从中让人感受到人生祸福难料、瞬息万变的旨义。还有小说第十三回秦可卿对贾府的衰落也有预言:"我们家赫赫扬扬已经百载,所谓'月满则亏,水满则溢',一日倘若乐极生悲,树倒猢狲散,岂不妄称了一世诗书旧族!荣辱自古周而复始,再富贵的人家,也会泰终必否,衰落是必然的,岂人力可保?"秦可卿对贾府的百年发展结局作出了一个精准的分析预判,提醒王熙凤贾府已经开始走下坡路了,物极必反盛极而衰非人力所能改变,为防万一还是要未雨绸缪趁早筹划将来。

《红楼梦》的情节故事变化有跌宕曲折的艺术效果也揭示《易经》"变易"哲理。小说一百二十回大小故事情节无数且充满变化。在贾府有"贾宝玉神游太虚幻境""王熙凤协理宁国府""皇恩重元春省父母"等大事件;有"嗔顽童茗烟闹书房""刘姥姥醉卧怡红院""潇湘馆春困发幽情""俏平儿软语救贾琏"等小事情。大小事情中又有"荣国府归省庆元宵""秋爽斋偶结海棠社""寿怡红群芳开夜宴"的喜事,有"秦可卿夭逝黄泉路""埋香冢飞燕泣残红"的悲剧不一而足。同时在贾府之外也有"葫芦僧乱判葫芦案""秦鲸卿得趣馒头庵""呆霸王调情遭苦打""贾二舍偷娶尤二姨"等大小故事发生。"《红楼梦》叙事每逢欢场,必有惊恐。如贾政生辰忽报内监来,凤姐生辰有鲍二家之事,赏中秋贾赦失足,贺迁官薛家凶信,接风报查抄之类,皆是否泰相循,吉凶倚伏变化之理。"① 小说今非昔比、物是人非的境况描写也体现事物由量变到质变的变化规律。如贾府是一个"书香门第之家""钟鸣鼎食之族"的封建大家族,它经历了初创、兴旺、繁荣、鼎盛的过往,如今走进了衰败的境地。以往贾府的先人修身齐家为国一点一滴积累功业成就了贾府的辉煌,而今处于衰落中的贾府人等,是主子养尊处优,下人得过且过;管事的滥用职权,损公肥私;为官的或聚赌嫖娼,或庸碌古板不能庶务。正是日复一日地穷奢极欲,贾府的基石一点一点被蛀空,加之元妃失宠离世失去了政治靠山,贾府不可避免地走向衰亡。同时小说诸多变故推动人物命运产生变化的故事情节,也引发人生无常世事多变的感慨。小说中贾宝玉领略过女儿似水的清纯可人的柔情,目睹过了"千红一窟、万艳同悲"的凄美孤寂,更经历了失去刻骨挚爱的怨愤和无奈,人世间的情事让他心灰意冷,心无所依他只有皈依大荒山。甄士隐本来淡泊名利衣食富足生活惬意,虽然没有儿子只有独女英莲小有遗憾,但女儿英莲乖巧可人承欢膝下生活也自在幸福。但不幸的是一个个触不及防的打击袭来,先是女儿英莲元宵节看社火花灯

---

① 宋子俊:《〈红楼梦〉中的哲学意蕴及曹雪芹思想价值取向》,《红楼梦学刊》2006年第2辑,第42页。

丢失,后又因葫芦庙炸供失火把家里烧得一无所有,接着赖以生计的田庄又因水旱不收鼠盗蜂起无法安身,不得已投靠岳丈又得不到善待。最后甄士隐急忿怨痛贫病交攻,不得已离家出走同疯道人云游天下去了。

《红楼梦》揭示易理变化哲学思想,但带有明显的宿命论消极色彩,这与当代发展变化的时代特点形成反差。对此我们要客观分析理性解读,科学的马克思主义变化思想认为世界是运动变化的,运动变化是有规律的。社会变化的趋势是不断进步,总体是一个螺旋式上升的发展过程。"综观《红楼梦》变化思想其揭示'永恒变化'本质内涵,但也体现出作家思想认识方面有时代的局限。即曹雪芹基于个人经历和社会特点来阐发变化结局,以致读者有局部和片面的认知。"①曹雪芹看到的是世事难料、人事无常社会现实,而他的小说所展现出来的自然是物是人非的人物遭际。但从社会发展的历史过程来看,小说所揭示的社会人事变化现象是社会发展到一定阶段的世事人情,即小说故事和人事是特定时期的特定矛盾现象,小说中的社会和人事描写是经过了高度提炼和集中的,所以小说的悲剧性强批判力强。而回归现实我们的变化思想视野应该更全面更客观更有发展性。即我们解读小说的变化思想不能仅仅局限小说反映的当时状况,不应以偏概全消极认识,而应该立足社会的长远发展的大时代,从中获得变化体验和规律性的认识。

三、求中守正促良性循环

中国典型的民族文化性格是"求中守正",说话办事讲求恰到好处。之所以中国人有这样的性格和行事态度,是因为在中国人的观念中有儒家"中庸之道"思想智慧。"中庸"指不偏不倚,折中调和的处世态度。《论语·庸也》载:"中庸之为德也,其至矣乎!民鲜久矣。"意思是中庸作为一种道德规范是最高的德行,但人们缺少这种道德,已经很久了。原始儒家之所以倡导"中庸之道",是基于对《易经》"物极必反"的认识。按照《易经》六十四卦图示,每卦不同层级由下而上体现事物发展的各个阶段,总体呈现渐进增强态

---

① 刘秀玲:《〈红楼梦〉易理解析》,《学术交流》2017 年第 5 期,第 202 页。

势,依此处于上爻位理应是"元、亨、利、贞"的占断结果。然而在《易经》六十四卦中,大部分上位爻辞皆有凶咎之意。如乾卦的上九爻辞是"亢龙有悔",坤卦的上六爻辞是"龙战于野,其血玄黄"。二者所阐述的是"阳极生阴、阴极生阳"的道理,揭示出的是《易经》"物极必反"的哲学思想。儒家的"盛极而衰""中庸之道""过犹不及";道家的"满招损,谦受益""福之祸所依,祸之福所附";佛家"乐极生悲、苦尽甘来"等都与《易经》"物极必反"思想有本质的联系。

《红楼梦》通过儒释道形式揭示《易经》"物极必反"哲学思想。在小说中有一幅中国晚明社会末世图,图中宫内争权夺势、尔虞我诈,宫外官吏鱼肉百姓、草菅人命的景象。同时,小说中还有一幅"四大家族"衰落图,以贾府为例冷子兴演说荣国府交代"不比先时的光景",凤姐夜梦秦氏也说"常言'月满则亏,水满则溢',又道是'登高必跌重'",表明贾府已不是过去风光无限。贾府男人中,贾政僵化刻板,贾敬不问世事,贾珍、贾琏、贾蓉之流更是整天偷鸡摸狗形同禽兽。贾府的女人中,王熙凤行为放荡、贪赃弄权;王夫人、邢夫人享清福作威作福。"曹雪芹就是这样用逼真的描写,用人物自己的具体行动,给你揭示出一种不可挽回、无法遏止的历史趋势和生活流向。使你感到这个贵族大家庭的没落之势,已经如东流的逝水,无可奈何了!"①而贾府大家族的没落,"这绝不是清初学者赵翼在《廿二史札记》中所说的'名父之子多败德'的验证,而是物极必反、盛极而衰所显示出的大自然造化之功和盛衰荣枯的规律,是自然天成的,人力不可改变的。"②

应该说,《红楼梦》从艺术呈现角度已经达到了思想和形式完美结合的程度。小说揭示的"物极必反"的哲学思想,实现了其"宣传人生之苦痛及解脱之道"的目的,同时也收到了完美的"浸染"的艺术效果,即"其美学价值则属于悲剧中的悲剧,即既不是由于恶毒之极人物在支配全局,又不是由于出现了意外的变故,乃通常之道德、通常之人情、通常之境遇为之而已,结果却产生了的大悲剧"③。但《红楼梦》"物极必反"哲理思想呈现的消极效果也

---

① 冯其庸:《千古文章未尽才》,《红楼梦学刊》1997年增刊,第154页。
② 《古典文学研究资料汇编》(《红楼梦》卷),中华书局1965年版,第251页。
③ 张锦池:《红楼梦研究百年回眸》,《文艺理论研究》2003年版第6期,第63页。

十分明显,即有人因之产生人生无常的感慨,产生弃世厌世的消极情绪。对此解读小说"物极必反"哲学思想,当代视角则应着眼于内涵和时代两方面来分析。内涵方面《易经》"物极必反"和"循环往复"是相辅相成生成的哲学概念,二者的内涵结合才是完整的自然万物的存现状态,此角度理解我们获得的是一种生生不息的生命力量。从这个角度,《易经》"物极必反"哲学思想是客观的准确的规律性的认识,具有普世价值。从时代角度分析,小说中的"物极必反、盛极而衰"思想体现则更多地侧重贾府和当时社会衰亡具象的呈现,从中看不到社会的进步和生命意义。由此我们从作家和贾宝玉的人生遭遇中应该获得的是警示,即量变到质变是不可抗拒的历史规律,当下的人们应该做的是与时俱进恰到好处地抓住时代机遇,促成社会进步和个体成长的量变质变的良性发展。

四、返璞归真面对现实

当今中国社会经济发展迅速,人们的工作和生活节奏加快。工作生活方面的压力,导致一部分人身心俱疲。对此,人们需要寻求适合的方法调节生活和心情。这方面《红楼梦》的"天人合一"易理思想,会给人们以思想的滋养和人生的指导。

《易经》有"三才"之说,体现《易经》具有宇宙视角,具有天、地、人协调共生的理念。据此儒家提出了"与天地合其德"(《易传·文言》)思想,道家提出了"人法地,地法天,天法道,道法自然"(《道德经》第二十五章)的主张。儒家对于"天"的解读,最早指"天地运行的自然之道",明末清初程朱理学又增加了与"人欲"相对立的"天理"内涵;道家角度的"天"义,则最早是指"大自然"和"自然而然的道",庄子在此基础上又增加人之为仁的人之"本性、本真"之义,这一内涵发展到明清与李贽等人倡导的"童心'即'真心'"内涵趋于一致。曹雪芹继承儒道传统"天人合一"思想又依据自己的理解和认识进行"天人合一"内涵结构。

在《红楼梦》中小说人物有亲近、崇尚自然,反对人力穿凿的价值追求。如写贾政领宝玉和众清客游览大观园,在贾政看来大观园有三个好去处,此三处"固然系人力穿凿"但已有自然之态能勾起人回归自然的情怀。而在贾宝玉看来有"自然之势""有自然之理,得自然之气"才是"天然"的完美的含义。这里贾宝玉的自然审美观与古代儒道提出的"天道自然"主张思想一致,体现世人崇尚天然、纯朴,反对人力穿凿的价值追求,与《易经》三才思想中的"天地化物"相通。小说中还有"天人一体"的画面描写,小说第二十七回写芒种节日大观园的众女儿早起祭奠花神,"滴翠亭杨妃戏彩蝶"是人与自然相亲相近和谐相处的画面,黛玉葬花诠释小说人物亲近爱护自然的情感,体现人与自然感应共鸣的思想。《红楼梦》思想中还有"人之本真"的理想追求。小说中贾宝玉之所以"行为偏僻性乖张"皆是因为他认为"自然随性"最重要。小说中贾宝玉最喜欢"在内帏厮混",这是因为少不更事的女儿头脑中少有世俗观念的束缚,她们自然本真充满纯真质朴的"灵秀"之气。所以他见了女儿,便觉清爽,自然对女儿细心体贴关心关爱。相反贾府内外的男人们,他们满脑子功名利禄的仕途经济,表面仁义道德实则自私贪婪,他们的行为做派完全失了人的自然本真,这在贾宝玉看来就是"浊气"上身。所以小说中贾宝玉懒于与他们应酬,心中对他们唯恐避之不及。这里,"曹雪芹寓庄于谐,借贾宝玉褒女贬男之奇谈,极力诋毁须眉男子,揭露程朱理学扭曲人性的罪恶,两人都要求纯真洁白的人性。"①

　　不仅如此,小说还借贾宝玉之口把自然随性的重要上升到理性的角度来强调。小说第三十一回"撕扇子作千金一笑　因麒麟伏白首双星"中,贾宝玉有一段话:"你爱打就打,这些东西原不过是借人所用,你爱这样,我爱那样,各自性情不同。比如那扇子原是扇的,你要撕着玩也可以使得,只是不可生气时拿他出气。就如杯盘,原是盛东西的,你喜听那一声响,就故意的碎了也可以使得,只是别在生气时拿他出气。这就是爱物了。"这段话所传达的信息是物和人相比,人是物的主宰,物的用途在于被人利用使用;作为物的主宰的人可以依据自己的需求喜好,决定物的利用方式和方法。就像扇子、杯盘之类的东西可以用它来扇风、消暑、盛东西用,也可以为了悦耳撕了或摔碎了听声。只有是在自然状态下的理性需要,在贾宝玉看来都是正常应该的行为。由此晴雯撕扇并不是不可以的做法,倒是扇子因为满足

---

① 孟昭毅:《红楼梦研究的主题学视角》,《红楼梦学刊》2012年第2辑,第85页。

《红楼梦》情理探源新论

了晴雯想听撕扇声音的愿望而实现了其之所以成物的价值,人也实现了造物的目的。这里贾宝玉对于物和人的关系的认识体现其具有以人之本真的价值追求,这与他在小说中的乖张任性行为相吻合。所以在小说中曹雪芹以贾宝玉为代言,表达按照人的自然本性或真情,不作矫饰、不受拘束、自由自在地生活的现实要求,折射出明清时期人的觉醒和要求个性解放的进步思潮,也体现出《易经》天人合一哲学思想具有跨越时代肯定自然存在及其价值的现实意义。

《红楼梦》体现自然纯朴的价值取向,体现生命本真理想追求,在当今社会有现实意义。小说"天人合一"思想给我们的启发之一是调节心理。现实社会个人价值的实现,需要"天时、地利、人和"诸多条件,也就是说当代社会人们要实现自己的理想并不容易。因此要有宏观视野,以豁达态度对待人生。另外,还要拥有超脱现实的自我调节能力,当感到工作生活无以复加的沉重时,我们可以回归本性顺应自然,可以像小说中的人物爱自然亲近自然,可以有自己的修养身心的爱好来丰富生活、来充实人生。同时不放弃努力,认真做好自己,当结果出现都能够坦然面对。更要保持本真和初心,自我发现,自我提高,自我实现,以获得自我价值,实现美满人生。

中篇

情 源 论

第五章 曹雪芹情理念渊薮探究

《红楼梦》"大旨谈情",曹雪芹描写封建社会仕宦和家族环境中的各种情事,通过典型人物的表现使小说拥有了巨大的情感信息威力。也正因小说情感信息的多姿多彩、丰富深刻,《红楼梦》不仅是曹雪芹"情理念"的集大成之作,也是封建社会"情文化"的文学载体。以往人们分析曹雪芹的"情理念"来源,更多地从曹雪芹的身世遭遇和他小说描写的情信息艺术表现两个方面着眼。然而,曹雪芹的身世遭遇和小说中的情信息描写之间其实是一种因果关系,二者不能等量齐观,并且仅仅以二者作为曹雪芹的情创作动机多少有些不足。因为曹雪芹的"情理念"作为一种审美情感体验,其不仅来源于曹雪芹对逝去的美好生活的追忆和省悟,还来源于曹雪芹对生命意义的理性思考,对社会感伤品质的深刻认知,等等。为此,曹雪芹的"情理念"渊薮具有多元性,也正因如此曹雪芹的情文化思想内涵才会丰富充实,读者的审美认知才会鲜活深刻。这里姑且做如下几方面归纳分析:

一、对生命意义的理性思考

在中国"情文化"史上,儒、释、道三家对"情"的态度不同,归纳为儒家"讳情"、道家"忘情"、佛家"无情"。之所以儒释道三家对情感的态度有差异,是因为三家对情的认识看法不同。儒家角度,受到《易经》"利在于守正"的思想观念影响,原始儒家提出了"节制情感"的主张,强调要把情感控制在适度的范畴之内,即儒家认为"礼虽然源于人的感情,但礼并不以人情为目的;相反,礼源于人情,但同时又要制约人情。也就是说,情要以礼为范围、

情理探源新论

标准"。① 所谓:"发乎情,民之性也;止乎礼义,先王之泽也。"(《毛诗序》)由于小民无法掌控情欲,而情欲一旦失控即可乱性,人一乱性即能做出无礼的事来,所以儒家讲礼义多谈情感少。事实上,封建社会早期少有涉情的典籍论著,文学艺术领域诗歌、散文情感表达多具雅正特点,自然情欲描写的作品如具有小说性质的传奇神话类作品,或是描写简之又简一带而过,或是描写是以逆俗批判的对象呈现,其描写的目的就是为了警示世人回归封建礼教的规范要求,不能逾越礼的界限。道家角度,老子观察天地自然万物的运行发展规律,提出了与《易经》"天人合一"思想契合的"道法自然"的主张,所谓"人法地,地法天,天法道,道法自然",认为人是自然的有机构成部分,作为自然的生物物种之一,人修炼的最佳境界就是无欲、无求、无我,与自然融为一体,顺应自然规律物我两忘,所以道家在情感方面的表现是"忘情"。中国的佛教与古印度佛教一脉相承,古印度佛教其基本教义是苦、集、灭、道"四谛"。"四谛"法是探讨人生何以皆苦以及如何修行才能脱离苦海而进入涅槃彼岸的道理。佛家认为人之生于世俗之间是痛苦的,痛苦的根源就是人的欲望,要想消除生之痛苦就要去除人的"欲望",只有去除了世俗秉持的"七情六欲"人才能归于极乐。所以佛家弟子修行的功课之一,就是心空心定心静,而要做到这一点就是看破红尘,万事皆空自然就"无情""无欲"。由于在中国文化史上占重要地位的儒、释、道三家均不以情为重,均不谈情不言情,所以长期以来中国封建社会人与人之间的关系外在的表征似乎只有礼而没有情,所以中国封建社会的"情文化",从形而上的角度可以说是"无情文化"。

中国的"无情文化"到了宋代被程朱理学推升到了极致。程朱理学派继承并发展了孔孟学说,在穷理的方式方法上,他们大力倡导"正心诚意""格物致知";在人性的存无认识上,他们主张"存天理,灭人欲"。元明时期理学日趋兴盛,国家鼓励妇女的贞节行为,妇女的守节、守贞往往会得到国家、宗族以及亲属的援助。而思想僵化和极端道德束缚必然导致畸形社会问题的出现,如明清徽州妇女节烈现象异常突出。然而,当程朱理学思想作为官方

---

① 刘丰、杨寄:《先秦儒家情礼关系探论》,《社会科学辑刊》2002 年第 6 期,第 106~107 页。

统治思想大行其道的时候,同一时期中国社会上却涌现出了反对程朱理学的思潮。因为中国在明朝中期出现了资本主义萌芽,随着以城市为主的商品经济的繁荣,城市工商业队伍的人数不断扩大,中国的城市百姓开始重新审查自己的生活和生命状态,开始重新思考社会秩序的合理性和人之为人的现实需要。于是市民阶层产生了追求个性自由、情性解放,强调自我意识的思想,有了"尊人欲、反礼教"的变革现实的要求。当时出现了许多反对封建束缚和反对扭曲"自然人性"的人物和思想,如明末清初以王夫之、黄宗羲为代表的思想家,明确表达了对个体生命的关怀与尊重。李贽、汤显祖还张扬"谈情""至情""情教""唯情"等思想观念,借此与"存天理、灭人欲"理学道统观念对峙。其中最典型的是李贽的"童心说",李贽认为"人无童心,便无真心,人无真心,也就无真人可言"。①

受"尊人欲、反礼教"新思想的影响,明末清初的文学创作也高举起反封建反礼教的大旗,积极探寻个性发展的创作之路。这一时期"以情为主"的美学观念得到广泛接受,出现了许多与此相应的文学主张,如冯梦龙的"情教"说、汤显祖的"唯情"论、洪升的"情至"论等。汤显祖宣称"志也者,情也","世总为情","借男女之真情,发名教之伪药"。②歌颂人性的可贵,直刺礼教的虚伪。冯梦龙则在他的《情史》序言中说,"天地若无情,不生一切物。一切物无情,不能环相生。生生而不灭,由情不灭故。四大皆幻设,惟情不虚设。"在"情重""情本"思想的影响和指导下,一些"尚情"的文学作品也随之被创作出来,典型的有《金瓶梅》《西厢记》《牡丹亭》《玉娇李》《三言二拍》等。这些文学作品大都具有"揭示与传统封建经济相异的新的经济形态,传递出富有生机的资本主义萌芽的新鲜气息,预示着社会异质新胎正在旧的母体中孕育、躁动"③的思想意义。

在此社会背景环境下,曹雪芹则大胆扛起"言情"的旗帜,通过小说创作来揭露僵化儒学"以理杀人"的伪善。《红楼梦》"大旨谈情",在思想倾向上

---

① 李贽:《焚书·卷三》,上海古籍出版社1982年版,第134页。
② 汤显祖:《汤显祖诗文集》,上海古籍出版社1982年版,第1502页。
③ 姚会涛:《〈红楼梦〉的"情文化"与曹雪芹创作心理分析》,《重庆交通大学学报》2009年第2期,第88页。

《红楼梦》情理探源新论

与晚明李贽、汤显祖等启蒙思想家、文学家们的尚情观念有着较为明显的传承关系。在《红楼梦》中贾宝玉是个"情种",是爱的化身,小说描写的宝黛爱情悲剧体现出作者对社会制度包括政治、思想上层建筑存现状态对人的影响的深刻反思。宝黛爱情悲剧结局表面上源于宝黛追求性灵、自由,重视真情、至性的爱情观念与贾府人重视现实功利、等级门第的世俗婚姻观念的冲突,实质上反映的是传统的文化意识形态对本真人性在现世社会自由表达的抑制与束缚。从这个意义来说,《红楼梦》虽是小说,但却是一篇为情而战的宣言。这份宣言不是针对原始儒家的"适度节制情感"主张而发的,而是针对后世儒家机械僵化的思想和封建统治者借刀杀人的暴行而发出的。由此"曹雪芹的'幻情'说,与佛家的'色空'说有根本的不同,'色空'说根本否定'情',把'情'看作虚幻不实的东西;而'幻情'说,首先肯定'情'的存在,'情'之所以向'幻'转化,是由于不合理的社会存在和不可抗拒的自然规则使然"。[①]

曹雪芹创作的小说《红楼梦》作为明清文学作品的典型代表,体现出以情为本、以抒情为宗的创作理念,从"情本论"出发阐释文学的性质和审美功能。"大旨谈情"的叙事描写揭示有情社会的内在品质,从中可见作家求善、求真、求美的现实追求,可见自由随性生命状态和个性关怀的人文精神。因此,我们说曹雪芹的"情理念"从情文化发展的角度看,是曹雪芹对客观现实生命存现状态理性认知的结果,是中国封建社会特别是明末清初之际"情文化"发展的现实要求的艺术显现。

二、对社会感伤品质的深刻认知

《红楼梦》以宝黛爱情为主线,描写了许多人的情感故事。这些故事大都以悲剧为结局,具有强烈的悲剧色彩,这说明曹雪芹在小说创作中具有浓厚的"悲情意识"。探究曹雪芹"悲情意识"的来源,某种程度上是社会现实的感伤情绪强烈作用影响的结果。因为伴随着资本主义萌芽的出现,明朝中后期市民阶层有了平等自由、个性解放的思想自觉,激进的思想家们的摇

[①] 朱淡文:《〈红楼梦〉中曹雪芹哲学思想研究札记》,《上海师范大学学报》1991年第2期,第104页。

旗呐喊,使得明末清初社会改革封建社会制度的思潮兴起而且一浪高过一浪。但新思想的传播并没有促进资本主义的进一步发展,一方面,明朝末期中国封建专制政权的极端腐败,应对社会上反封建的思想浪潮政府实行残酷的文化封锁政策,如明清时代"文字狱"打压一定程度上起到了束缚新思想传播的作用。清军入关进行了长期的血腥战争,民生凋敝生灵涂炭,使中国资本主义发展受到了毁灭性的打击。所以说资本主义经济在中国没有发展壮大起来,是中国近代社会发展历史上一出最大的悲剧,这个悲剧是"历史的必然要求与这种要求的实际上不可能实现之间的悲剧性冲突"①。中国市民个体的理想愿望和现实的束缚压制形成了矛盾,个体生命想反抗又无力改变现实的情况下,明末清初社会范围内的不满和失望情绪滋生社会弥漫着一种严重的失望和感伤情绪。

明末清初社会的感伤情绪,弥漫到艺术创作领域就体现出一种文化悲剧精神。这一时期文学领域创作的许多作品都有强烈的悲情色彩,如洪升的《长生殿》、孔尚任的《桃花扇》,等等。所谓环境影响性格,性格也改变和决定着对环境的认识并影响着一个人的内心世界,社会的感伤情绪也培育了曹雪芹的伤感情怀。但与一般人的感伤情绪不同,曹雪芹内心纠结的痛苦是一种理性的痛苦,这种痛苦源于他对社会现实的冷静思考,源于他对自身遭际的深刻反思。于是在曹雪芹的痛苦中不再有郁闷与烦躁的因子,也不再有困惑与迷茫、追问与求索的激荡。曹雪芹用生命的代价、遁世的决绝来表达了他对现实的背离,他把理想的破灭展示出来,把人生的毁灭呈现出来。正是由于曹雪芹对明清之际带有时代特征的文化悲剧精神的揭示和深化,正是由于曹雪芹对当时文学艺术中悲剧文化精神的继承和总结,《红楼梦》才能够成为这个时代文学艺术的高峰。因此,明末清初的文化悲剧精神,无疑是滋养《红楼梦》创作成功的一种重要的精神养料。

三、对人类美好本质的积极探寻

中国封建社会在制度层面是禁欲重礼的设计模式,所以在中国文化形

---

① 马克思、恩格斯:《马克思恩格斯全集》(29卷),人民出版社1972年版,第586页。

《红楼梦》情理探源新论

态中只有诗歌承载着丰沛的情感,可见情景、情境、情调。其他文学样式但凡涉及情感的描写,最终都要以礼仪规范作为衡量是非对错的标准,没有尊重生命、个性关怀的成分。宋代理学是以儒家思想为基础,吸收佛教和道教思想形成的新儒学。朱熹继承了北宋哲学家程颢、程颐的思想,进一步完善和发展了客观唯心主义的理学体系,后人称之为程朱理学。其核心内容为:"理"是宇宙万物的本源,是第一性的;"气"是构成宇宙万物的材料,是第二性。把"天理"和"人欲"对立起来,认为人欲是一切罪恶的根源,因此他提出"存天理,灭人欲"的主张。明中叶的王阳明反对朱熹把心与理视为两种事物的观点,创立与朱熹相对立的主观唯心主义理论心学。理学由客观唯心主义向主观唯心主义演变,说明它已经走到极端。

李贽是明后期"异端"进步思想家,他是中国反封建的思想先驱。李贽指责儒家经典并非"万世之至论",揭露道学的虚伪,反对歧视妇女和压抑商人,他的思想在一定意义上反映了资本主义萌芽时代的要求,带有民主性色彩。黄宗羲在明亡后隐居著述,对封建君主专制制度进行激烈的批判,提倡"法治"反对"人治",反对重农抑商,他的思想震动了当时的学术界,对晚清民主思潮的兴起也有一定的影响。"李贽、汤显祖们张扬'谈情''至情''情教''唯情'等思想观念,借此与'存天理、灭人欲'理学道统观念对峙。"[①]

虽说明末清初伴随着资本主义萌芽,人们产生的"尊人欲、反礼教"的进步要求,表明人们已开始重视自我生存的价值,开始有了民主解放的自觉,但由于思想认识水平的差异,精神境界追求的不同,社会上也有欲海横流、低俗泛滥的现实情况。这一时期,一些人高举生命本真、个性自由的大旗,却在花花世界、醉生梦死当中寻求感观的享受和刺激。文学创作领域也出现了不少露骨描写艳情的作品,追求感官刺激、创作低俗之风大行其道。而作为一个富贵人家子弟,曹雪芹虽然有过荣华之乐、有过声色之娱,但现实的残酷使他警醒,使他激愤,他没有让自己在欲海中沉沦。曹雪芹从"情本论"出发,考察了当时社会的各种情态,分析了人们追求的各种情志,比较了不同层面的情趣,参考了当时各种高品质的情论,发现"人性中最美好的东

---

① 徐子余:《曹雪芹哲学思想论辨》,《红楼梦学刊》1983年第3辑,第26页。

西并不是像动物一样不加节制地放纵自己的欲望,而是重欲而不纵欲,重情而不滥情"①。曹雪芹开始积极探寻人类最美好的本质,举起"高雅"的文学创作大旗,通过小说创作来揭露僵化儒学"以理杀人"的伪善。

  曹雪芹摒弃了文学上纵欲滥情的一面,来突出人性中至真至纯的一面。首先,曹雪芹他把大荒山无稽崖下那块无材补天的顽石作为全书立意的中心,决定了他把"天然"作为审美价值取向——人性本真有生命尊重和个性关怀的社会是他人生追求的最大理想。小说第十七回"大观园试才题对额 荣国府归省庆元宵",写贾政领宝玉和众清客游览新建的大观园,在贾政看来大观园有三个好去处,依据众人"'天然'者,天之自然而有,非人力之所成"的审美标准,此三处"固然系人力穿凿"但已有自然之态,能勾起人回归自然的情怀。而在贾宝玉看来,三处中"有凤来仪"处最佳,因为此处不仅有自然之态,还有"自然之理""自然之气"。贾宝玉认为有"自然之势""有自然之理,得自然之气"才是"天然"的全面完美的含义。可以看出小说人物对于自然有一种共同的向往和追求,把人造自然与天然的自然进行对比,逼真"自然"是评价品位的重要依据。不仅如此,曹雪芹笔下的贾宝玉还是一位追求"物性自遂"的人。第四十七回"呆霸王调情遭苦打 冷郎君惧祸走他乡"中贾宝玉曾向柳湘莲诉苦道:"我只恨我天天圈在家里,一点儿做不得主,行动就有人知道,不是这个拦就是那个劝的,能说不能行。虽然有钱,又不由我使。"小说还借贾宝玉之口把自然随性的重要上升到理性的角度来强调。小说第三十一回"撕扇子作千金一笑 因麒麟伏白首双星"晴雯撕扇一节中贾宝玉有一段话:"你爱打就打,这些东西原不过是借人所用,你爱这样,我爱那样,各自性情不同。比如那扇子原是扇的,你要撕着玩也可以使得,只是不可生气时拿他出气。就如杯盘,原是盛东西的,你喜听那一声响,就故意的碎了也可以使得,只是别在生气时拿他出气。这就是爱物了。"这段话所传达的信息是,物和人相比人是物的主宰,物的用途在于被人利用使用;作为物的主宰的人可以依据自己的需求喜好,决定物的利用方式和方法。就像扇子、杯盘之类的东西可以用它来扇风、消暑、盛东西用,也可以为

---

① 裘新江:《曹雪芹与张岱的人生情怀》,《巢湖学院学报》2005年第2期,第47页。

情理探源新论

了悦耳撕了或摔碎了听声。只有是在自然状态下的理性需要,在贾宝玉看来都是正常应该的行为。贾宝玉思想性格中的这种"放荡弛纵,任性恣情,最不喜务正"的特点,就在于曹雪芹他摒弃了封建社会世俗的追求,接受晚明启蒙新思潮的洗礼,而体现出的真性真情的理性状态。

其次,《红楼梦》把对女性的尊重和赞美上升到了前所未有的高度。小说中贾宝玉"不知疲倦地爱人、寻求爱,把与周围的人建立一种亲情关系作为实现自我价值的方式"①。爱洋溢在他的心中,也散发到他生活的各个角落。在大观园里,贾宝玉对美丽、清纯的女儿们极度崇拜。因为他认为"女儿是水做的骨肉,男子是泥做的骨肉。我见了女儿便清爽,见了男子便觉浊臭逼人"。为此,他竭尽所能呵护女儿们,关爱她们、讨好她们,任由她们使性而唯恐她们生气落泪弃他而去。在大观园外,贾宝玉对地位低微、家境贫寒,但情投意合的同性朋友也倾注了深厚的感情。在小说第十五回中写贾宝玉为秦钟和尼姑智能儿私会保密;第十六回写贾宝玉为秦钟病重忧心忡忡、悲伤难过。在小说第三十三回中还暗示贾宝玉帮助蒋玉菡逃出忠顺王府,并为蒋玉菡在外买地置房保密遭到父亲的暴打,但即便是如此他也不后悔……从这些描写,都可以看出贾宝玉有着一颗至诚至真的至善之心。这种世间少有的至善心肠,可以说是达到了"无我"的爱的境地。

曹雪芹的"情"认识还超越了狭义的男女恋情,甚至也超越了人与人之间的亲情关系,而更为广泛地指向普遍联系、生生不息的大千世界,表现出"悲天悯人"的至善情怀。小说第三十五回"白玉钏亲尝莲叶羹 黄金莺巧结梅花络"中写贾宝玉"时常没人在跟前,就自哭自笑";他"看见燕子就和燕子说话,看见了鱼儿就和鱼儿说话,见了星星月亮,他便不是长吁短叹的,就是咕咕哝哝的",以致婆子们看了认为他"呆气"。其实贾宝玉的这些怪异举动正是他感怀自然的多变,与大自然交流相亲相近的一种表达方式。而黛玉和宝玉他们二人之所以"心有灵犀",正因为他们都有真纯的心性,其中也包括他们都有心灵与自然相通的脾性,即在他们看来"不但草木,凡天下之物,皆是有情有理的,也和人一样,得了知己,便极有灵验的"。"多愁善感"

---

① 詹丹:《〈红楼梦〉与中国古代小说研究》,东华大学出版社2003年版,第10页。

是贾宝玉和林黛玉的生活常态,这是因为他们心中有对天地万物的感通。"贾宝玉他不知疲倦地爱人、寻求爱,把与周围的人建立一种亲情关系作为实现自我价值的方式。"①因此,从广义上来看,曹雪芹的"情"是一种博爱之情,它包括人与人之间的感情,也包括人与自然、自然与自然的情的感通。

四、对过往生活的追忆和省悟

胡适考证《红楼梦》,从曹雪芹的家世身世入手,认为《红楼梦》是曹雪芹的自传体小说,即曹雪芹以自己的身世为原型虚构出了《红楼梦》,贾宝玉身上有曹雪芹的影子,贾宝玉是曹雪芹的代言人。

学界有共识曹雪芹的曾祖母是康熙皇帝小时候的保姆(据《永宪录续编》记载),康熙二年曹雪芹的曾祖父任南京督理江宁织造,而且是专差久任子孙世袭。曹雪芹的爷爷曹寅16岁时入宫为康熙御前侍卫(一说曾做过康熙伴读),与康熙建立了良好的关系深得康熙信任。曹雪芹早年在南京江宁织造府亲历了一段锦衣纨绔、富贵风流的生活。此时的曹家呈现空前的繁荣,康熙一生六次南巡,有四次是在曹寅担任江宁织造期间,而且这四次南巡都以江宁织造署为行宫。康熙四十二年南巡后"加官晋级"表彰曹寅"勤劳",曹家社会地位大大提高。不仅如此,曹雪芹的家族还是书香门第之家。祖父曹寅本身是一个颇有修养的文人,他的诗、词、文章、戏曲、书法都有较高的水平。曹寅深厚的文化教养和广泛的文化活动,营造了曹家的文化艺术氛围。正是由于这个原因,曹寅的周围聚集着一批颇有声望的诗人、画家、学者。这些因素客观上对后来曹雪芹的文学才华的培养起着一定的作用。同时,曹寅对女性命运的关注,对有情世界的认知也深刻地影响着曹雪芹,曹雪芹在《红楼梦》中体现了对女性受屈辱摧残损害的不幸命运的真诚的理解与同情;对女性的美质,特别是其人格与才艺也大力地推崇与肯定,某种程度就是受到其祖父曹寅的影响。

但就在这繁华的背后,已是潜伏着危机。曹寅极尽奢华的日用排场和应酬送礼,特别是在康熙四次南巡的接驾等等,在经济上给曹家造成了巨额

---

① 詹丹:《〈红楼梦〉与中国古代小说研究》,东华大学出版社2003年版,第9~10页。

《红楼梦》情理探源新论

的亏空,甚至可以说,曹寅已经给曹家种下了衰败的祸根。当家庭发生巨变,家道日渐衰落瞬间大厦倾塌时,昔日的繁华都成为过眼烟云。曹雪芹从显赫的官宦世家,落到"绳床瓦灶"的地步内心是痛苦的。当一般人经历家庭败落时,他们从中也许只是一种人生体验,而曹雪芹却在对这种人生体验的反复追忆中获得丰富深刻的人生经验。这种影响一方面培养了曹雪芹的文学创作情怀,另一方面赋予了曹雪芹独特的悲美体验。正是这种丰富深刻的痛苦的人生体验,使得曹雪芹的思维和想象格外活跃。于是,对往日情怀、幸福的追忆成了他重要的创作动机。而"《红楼梦》之所以感人,也正是它看破色相之后仍有大缅怀,大忧伤,大眼泪,即放弃一切身外的追求,但仍有对'情义'的大执著,不仅有爱情的执著,还有亲情的执著"①。所以,钟鸣鼎食之家、诗礼簪缨之族的曹家,对曹雪芹的人生和创作产生了决定性的影响。曹雪芹经历过贵族生活的奢靡和衰落后的贫困潦倒,深刻感受到世态的炎凉。在小说中有曹雪芹家族兴衰变故及其个人成长经历中的人生体验。从言情的角度说,小说《红楼梦》实在是曹雪芹的抒情感怀之作。

不仅如此,曹雪芹对中国荆楚文学"尚悲"传统也有所继承。荆楚是水乡泽国,诞生于斯的文学,具有水的柔性,水的灵性,水的奔放与浩瀚。"哀窈窕而思贤才,泳汉广而思游女,屈、宋之作,于此起源。"(刘师培:《南北文学不同论》)屈原《九歌》清高丽曲,备尽情态。宋玉《高唐》《神女》超越巫觋文化的原始形态,以赋的形式塑造出"毛嫱障袂,不足程式,西施掩面,比之无色",既温柔多情,又庄重矜持的美妙绝伦的女神形象。南朝时的《西曲歌》,缱绻深厚,动人心绪。"杂曲歌辞"中《西洲曲》韵味最浓,诗中景色清丽,情思清怨。音调的柔和,节奏的舒缓,情感的缠绵悱恻,构成荆楚文学中"绮靡以伤情""耀艳而深华"(刘勰《文心雕龙辨骚》)的柔性品格。《红楼梦》中"林黛玉形象的构思及其神韵依稀可见屈原的影子,其孤高自赏顾影自怜,不随俗高洁自守与屈原一致。贾宝玉的女儿崇拜与屈辞中女性中心观有渊源关系,其坚定的叛逆性格与屈原九死不悔的坚韧相似"②。"《红楼梦》中曹雪芹以楚辞体写成的充满悲伤之情的祭文《芙蓉女儿诔》以及整个

---

① 刘再复:《〈红楼梦〉与中国哲学》,《渤海大学学报》2010年第2期,第17页。
② 陈才训:《宝黛染楚色 林贾影屈庄》,《宁夏社会科学》2005年第2期,第144页。

《红楼梦》抒写的众女儿'万艳同悲''千红一哭'的大悲剧来看,曹雪芹对楚辞'以悲为美'的情感特征不仅有着准确的把握,而且对楚辞'以悲为美'的特点的学习和借鉴是有意识的"[①]。正是因为曹雪芹熟谙楚地文学,有着深厚的艺术修养,有着丰富的文学审美经验,才使得他的创作有着良好的文学品质,有着"以悲为美"的审美精神内涵。

---

① 陈才训:《楚文化:红楼梦创作的文化基石》,《南都学坛》2011 年第 5 期,第 47~48 页。

情理探源新论

第六章 曹雪芹情思想的先进性

《红楼梦》是中国封建社会"情文化"思想的文学载体。《红楼梦》的"情"思想是"曹雪芹站在当时先进思想家的行列,广泛吸收中国传统文化的思想精髓,对社会人生、对自然万物、对文学创作进行深入思考和准确把握的结晶"①。曹雪芹对无情、畸情社会现实的声讨,对纯真、诚挚感情的抒写,体现他对本真生命理想和个性自由关怀的向往,具有人文关怀的思想内涵。这突破了中国历史传统局限和现实社会伦理束缚,显示了他非凡的艺术才能和战斗的思想勇气。

一、突破艳情小说思想局限

《红楼梦》是中国古代经典小说作品,在艺术形式方面,故事情节的描述、人物形象的塑造、结构布局的安排等方面独树一帜、别具匠心。在思想感情方面,作品体现本真、平等、自由,尊重个性的生命理想,具有超越时代的进步性先进性。所以,鲁迅先生说:"自有《红楼梦》出来之后,小说传统的思想和写法都被打破了。"②而作品的"大旨谈情"思想倾向,是曹雪芹超越现实的思想局限,对明清言情小说创作思想和形式进行高品位审美认知选择的结果。

在中国社会历史上,明朝中后期出现了资本主义经济萌芽,社会经济的发展使人们更加关注个体的生存状态,更加关注生命理想的现实状况。于是针对传统儒家的"重礼轻情"封建政治制度和伦理道德,人们提出了"尊人

---

① 冯其庸:《千古文章未尽才》,《红楼梦学刊》1997年第2辑,第8页。
② 鲁迅:《中国小说史略》(释评本),上海文化出版社2005年版,第271页。

欲、反礼教"的变革要求,在思想上与程朱理学"存天理,灭人欲"的封建理教形成对抗。这种现象的出现表明当时的人们开始重视生命的质量、生存的意义、个性的发展,具有了追求自由、民主的自觉意识。但这种思想追求当中也包含着逃避现实、自得其乐的消极因素,当时的许多人在追求自我满足当中醉生梦死,全然忘记了作为个体生命更宝贵的真情和社会责任的价值。随之,在意识形态领域也出现了欲海横流、思想品位低俗的所谓的"艺术创作"。这一问题在文学领域的显现,就是出现了许多宣泄性欲、情欲的作品,如兰陵笑笑生写的《金瓶梅》就是其中的代表。《金瓶梅》通过对兼有官僚、恶霸、富商三种身份的封建市侩势力的代表人物西门庆及其家庭罪恶生活的描述,暴露了明代中叶社会的黑暗和腐败,具有较深刻的认识价值。但在艺术表达上是有缺陷的,即作品从不同角度显示着不同女性或卑污、或势利、或庸俗、或阴暗的灵魂,赤裸裸地表现出人的原始的动物的本能和欲望,毫无粉饰地表现出在金钱力量冲击下的人性的扭曲与丑恶。这种低俗露骨的描写缺乏艺术审美品质,从主观角度来看就是作家创作思想上的缺陷。

曹雪芹从"情本论"出发,一方面考察了当时社会的各种情态,分析了人们追求的各种情志;另一方面他比较了不同层面的情趣,参考了当时各种高品质的情论。在经过理性思考和审美认知后,他发现"人性中最美好的东西并不是像动物一样不加节制地放纵自己的欲望,而是重欲而不纵欲,重情而不滥情"①。于是,曹雪芹摒弃了当时文学描写纵欲滥情的一面,开始积极探寻书写人类最美好的思想品质。也就是说,曹雪芹没有走兰陵笑笑生的弯路,他作为一个富家子弟,虽锦衣玉食追求过声色之乐,但面对性欲泛滥的社会现实他没有沉沦。他用自己的小说创作表达了自己具有人文思想内涵的生命理想,进行着有情世界构建的社会理想。在小说第二回"贾夫人仙逝扬州城 冷子兴演说荣国府"中曹雪芹通过贾宝玉"女儿是水做的骨肉,男子是泥做的骨肉。我见了女儿便清爽,见了男子便觉浊臭逼人"的昏话,表达了自己对本真、自然、纯美事物的喜爱,表达了对真善美情感理想的向往和追求。曹雪芹还努力构建理想的爱情模式,在大观园的姐姐妹妹当中,贾

---

① 裘新江:《曹雪芹与张岱的人生情怀》,《巢湖学院学报》2005年第2期,第47页。

情理探源新论

宝玉和林黛玉情投意合、两情相悦。第五回红楼十二曲中的《终身误》载："都道是金玉良姻，俺只念木石前盟。空对着，山中高士晶莹雪，终不忘，世外仙姝寂寞林。叹人间，美中不足今方信：纵然是齐眉举案，到底意难平。"从中可见贾宝玉始终钟情的是林妹妹，因为林妹妹质洁本真是他的知音。林黛玉出身于"清贵之家"，由于小时父母钟爱，比较任性。后因父母早丧，寄居贾府，孤苦伶仃。环境的龌龊势利，使她"自矜自重，小心戒备"，为保持自己纯洁的个性，她始终"孤高自许，目下无尘"，她和贾宝玉有一致的叛逆性格，她鄙视封建文人的庸俗，诅咒八股功名的虚伪。林妹妹是一个纯真脱俗之人，贾宝玉和林黛玉是相互的知己，是彼此的精神寄托。所以，贾宝玉对待爱情专一而又执着，宝黛爱情描写给人的是悲剧的力量。不仅如此，贾宝玉还具有"博爱"的情怀，他"不知疲倦地爱人、寻求爱，把与周围的人建立一种亲情关系作为实现自我价值的方式"[①]。为的就是建立一个充满"情爱"的快乐世界。在这个世界里生命得到尊重、个性得到关怀、人人平等自由，人与人之间没有矛盾没有分离没有怨恨，这种情爱理想是整个人类不懈追求的理想。所以从《红楼梦》"情理念"思想和表达来看，曹雪芹的小说创作突破了中国古代艳情小说的创作思想和模式，具有自己独特的艺术风格，具有高品位的价值追求。

二、否定传统价值取向

《红楼梦》开头就暗示贾宝玉是一块"无才补天，幻化入世"的顽石。这里的"补天"就是中国封建社会所倡导推崇走仕途之路、建功立业、光宗耀祖。《西江月》批贾宝玉是："无故寻愁觅恨，有时似傻如狂。纵然生得好皮囊，腹内原来草莽。潦倒不通世务，愚顽怕读文章。行为偏僻性乖张，那管世人诽谤！富贵不知乐业，贫寄言纨绔与膏粱：穷难耐凄凉。可怜辜负好韶光，于国于家无望。天下无能第一，古今不肖无双。莫效此儿形状。"可见，从封建社会成人成才角度，贾宝玉是一个不成器不成才的人，他"潦倒不通世务，愚顽怕读文章"，小说中他对于读圣贤书走仕途经济之路十分排斥，并

---

① 詹丹：《〈红楼梦〉与中国古代小说研究》，东华大学出版社2003年版，第10页。

且对于封建社会推崇的"文死谏,武死战"主张大放厥词。另一方面,贾宝玉又"顽石"性十足,他本真随性、无拘无束、自然率性、不惧人言,所以贾宝玉"行为偏僻性乖张,那管世人诽谤!"贾宝玉的大观园生活,是做自己想做的事,说自己想说的话,一心构建自己的"有情"世界,率性而为全然不顾身边人的指责非议。他"天下无能第一""于国于家无望","他既不克勤克俭,遵循那平庸可怜的仕宦传统;也不酒色昏迷,混入那荒淫得可耻的纨绔之群;他表现出一种逸出常规超脱现实的畸形姿态。"①因此,贾宝玉是儒家建功立业、积极入世思想的"槛外人"。

"学而优则仕"是中国封建统治阶级为读书人规定的通向成功的道路,但在《红楼梦》中曹雪芹却通过贾宝玉的言行从根本上否定了这一人生安排。曹雪芹之所以否定"仕途经济"主流价值观,是和曹雪芹特殊的人生经历有密切的关系。曹雪芹和贾宝玉一样出身于"书香门第之家""钟鸣鼎食之族",曹雪芹的曾祖父曹玺任江宁织造,曾祖母孙氏做过康熙帝玄烨的保姆。祖父曹寅十六岁入宫任康熙御前侍卫,康熙二十九年任苏州织造,三年后移任江宁织造,兼任两淮巡盐监察御史,极受康熙恩宠。康熙六次下江南,其中四次由曹寅接驾并住在曹家。曹寅病故,其子孙三代担任江宁织造之职长达60年之久。所以,曹雪芹自幼在"秦淮风月"之地过着"富贵荣华"的生活,他对于官场的倾轧虚伪、家族的奢华腐败有充分的了解和深刻的认识。接着曹家出了变故,因无法补上以往迎接康熙南巡迎来送往所造成的资金亏空,再加上曹寅死后曹家逐渐失去了康熙的庇佑,雍正年间曹頫以"行为不端""骚扰驿站"和"亏空"罪名被革职抄家,不得已曹家举家迁回北京,从此曹家家道日渐衰微。社会地位的变化使曹雪芹感受到了人情冷暖、世态炎凉,这也促使曹雪芹对封建社会有了更清醒、更深刻的认识。基于此,他蔑视权贵,远离官场,过着贫困如洗的艰难日子,形成了冷静对现实、理性看本质的认知思维模式。他以一个旁观者的姿态,去看待世事人情,以一个殉道者的姿态去思考和追求理想的生命状态。于是,在小说中可以看到作为曹雪芹代言人的贾宝玉,同他的家庭和上层社会格格不入。《红楼

---

① 王昆仑:《红楼梦人物论》,北京出版社2004年版,第27页。

情理探源新论

梦》第三十六回"贾雨村夤缘复旧职　林黛玉抛父进京都"中他认为"文死谏,武死战"的忠义名节是沽名钓誉,说"人谁不死,只要死的好。那些个须眉浊物,只知道文死谏,武死战,这二死是大丈夫死名死节。竟何如不死的好! 必定有昏君他方谏,他只顾邀名,猛拚一死,将来弃君于何地! 必定有刀兵他方战,猛拚一死,他只顾图汗马之名,将来弃国于何地! 所以这皆非正死"。他还抨击那些"立志功名""做官为宦"的人是"禄蠹",是"国贼",指责一切"立身扬名"的教训和表白都是"混账话",等等。小说内贾宝玉的封建叛逆思想和举动,是他自然"石性"原始本真随性品质的状态显现。小说外则是曹雪芹人生经历心路历程积淀形成的精神气质,曹雪芹"他的心理非常接近原初的、挣离后天文化和社会强塑于人性和人格之上的理性建构,而更趋近于存在的本真状态的生命诗意和人性真美"①。

在曹雪芹看来"本真"是为人之本,"顺遂自然"是生命存在的理想状态。为此,他把大荒山无稽崖下那块无材补天的顽石作为全书立意的基础,并赋予主人公贾宝玉"顽石"秉性。小说可见曹雪芹着力摒弃封建世俗功利思想成分,努力张扬自然本真璞性,所以在他笔下贾宝玉的生命状态呈现出一种"绝假存真"的清明澄碧。在《红楼梦》中贾宝玉又是"情"的守护者,是一个爱的化身。在大观园内,贾宝玉不仅对自家姐妹细心体贴,对待地位低的丫鬟仆人也关怀爱护,他还把对人的爱意扩展到了自然当中,在极不堪的繁华中想到去望慰小书房中寂寞的画中美人;斗草后女儿们丢弃在地的并蒂菱蕙,他会独自用心掩埋平铺。他会"时常没人在跟前,就自哭自笑;看见燕子,就和燕子说话;河里看见了鱼,就和鱼说话;见了星星月亮,不是长吁短叹,就是咕咕哝哝的"。可见贾宝玉是一个有同情心怜悯心,内心充满爱意的人。他努力营造温暖的生活环境,构建和谐的生活氛围,甚至不惜委曲求全。小说第二十五回"魇魔法姊弟逢五鬼　红楼梦通灵遇双真"中有一段贾环暗害宝玉的描写:"素日原恨宝玉,如今又见他和彩霞闹,心中越发按不下这口毒气。虽不敢明言,却每每暗中算计,只是不得下手,今见相离甚近,便要用热油烫瞎他的眼睛。因而故意装作失手,把那一盏油汪汪的蜡灯向宝

---

① 翟新格:《试论〈红楼梦〉"情"的文化人格模式》,《宁波大学学报(人文科学版)》2004年第2期,第49~50页。

玉脸上只一推。只听宝玉'嗳哟'了一声,满屋里众人都唬了一跳。连忙将地下的戳灯挪过来,又将里外间屋的灯拿了三四盏看时,只见宝玉满脸满头都是油。"贾环嫉恨宝玉在家人人宠爱,不顾亲情做出加害宝玉的举动,导致宝玉脸上被烫出了一溜燎泡。看到母亲又是心疼,又怕贾母知道后着急上火,贾宝玉就把事情的责任自己承担下来,说"明儿老太太问,就说是我自己烫的罢了"。在这件事上,可以看出贾宝玉是不想事情闹大,不想亲人反目家庭失和,因为在他看来情是最重要的,为了感情和谐他受到伤害也不放在心上。不仅如此,贾宝玉为了构建自己心目中的理想的"有情"世界,乖张任性我行我素一意孤行。在小说第十九回"情切切良宵花解语 意绵绵静日玉生香"中,袭人就曾给贾宝玉约法三章,第一件就是不能再为了姐姐妹妹一直看着自己,守着自己要死要活,说一些不着边际的昏话。第二件是不管喜不喜欢读书,都做出个读书的样子,不能批驳嘲讽读书上进的人,也不能质疑圣贤主张,让老爷生气。第三件是"再不可毁僧谤道,调脂弄粉"。"再不许吃人嘴上擦的胭脂了,与那爱红的毛病儿"。说完袭人还特别强调让宝玉"只是百事检点些,不任意任情的就是了"。从袭人对贾宝玉的约法三章中,可以看出贾宝玉更多的是希望自己的一生能与自己喜欢的姐妹们生活在一起,与他们开心快乐幸福的生活到永久。至于与感情无关的读圣贤书走仕途经济他不但不认同不去做,还竭力进行批判讽刺。可见贾宝玉是有情思想的倡导者实践者,他希望摆脱世俗的羁绊束缚,构建自己的理想的有情关系幸福地生活到永远。小说的第五回写贾宝玉梦游太虚幻境,面对着"人迹不逢,飞尘罕到"的仙界,贾宝玉脱口说道:"这个地方有趣,我若能在这里过一生,强如天天被父母师傅管着呢!"表达了他对自然本真生活和无拘无束生活状态的向往。在大观园里贾宝玉的真爱是林黛玉,而林黛玉的特点就是高洁、率真。小说中林黛玉的美和薛宝钗的美有所不同,宝钗之美是包含着社会功利和世俗因素的礼数之美,其美缺少自我特性和真纯情感;而黛玉的美是尖酸刻薄里带着来自天然的亲和和诗心烂漫的娇憨,这是一种宠惯了的、大孩子般的骄矜和天真。也正是这一份天真,使得贾宝玉始终在心灵深处只爱林黛玉一个。也正因由此,曹雪芹及其代言人贾宝玉确实是与传统价值观不同,而践行"物性自遂"本真品质的典型人物。

情理探源新论

三、批判封建等级观念

中国封建等级思想的确立有《易经》的认知基础。在《易经》哲学中有循序而动思想,《易经》八卦序列及六十四卦卦序,体现宇宙构成成分存现关系,体现人事变化的顺序;《易经》六十四卦每卦六爻分处高低不同的位次,象征事物发展过程中不同阶段所处的或上或下、或贵或贱的位置,体现地位、条件、身份等高低不同的秩序,提示不同卦位和爻位的对象,要自我定位,审时度势,依序顺理行事获吉福的道理。原始儒家认识到《易经》依序而动思想的客观性普遍性,对其进行了社会秩序层面的分析,提出"女正位乎内,男正位乎外,男女正,天地之大义也。家人有严君焉,父母之谓也。父父,子子,兄兄,弟弟,夫夫,妇妇,而家道正。正家而天下定矣"(《家人·彖传》)社会伦理主张,构建了中国封建社会等级制度结构体系。

另一方面,《易经》阴阳属性的分类为中国封建社会"男尊女卑"思想体系建立提供了依据。《易经》乾坤两卦是六十四卦的母卦,乾卦纯阳坤卦纯阴,两卦相错生成六十四卦如同男女交合人类产生一样。乾卦天性为健,坤卦地性为顺,揭示人类社会中男人要走乾道刚健有为自强不息,女人要走坤道驯顺温柔包容博大。《易经》揭示乾卦"具有开创万物,并使之亨通、富利、正固这四方面的'功德',意在表明阳气是宇宙万物的'资始'之本"。(《周易译注·乾卦统论》)坤卦继乾卦之后,寓有"地以承天""天尊地卑"之义,在一卦的阴阳互为矛盾的关系中,阴处于附从的、次要的地位,依顺于阳而存在、发展。所以在易理上体现阴柔阳刚、阴弱阳强特点,揭示阴顺阳、阳凌阴为当位的道理。据此,原始儒家对于自然和社会秩序有了基本认识,即所谓"天尊地卑,乾坤定矣。卑高以陈,贵贱位矣"。(《易传·系辞上》)延伸到社会层面,即被理解为男强女弱、女性依附服从男性为正道。

"古代中国人从'天道'出发,为'男尊女卑''夫唱妇随'的等级格局寻找合理性证明,使之成为一种'天经地义'的真理"。① 使得中国"男尊女卑"为核心的等级制度有理可据,形成了封建社会思想共识,所以在中国封建社

---

① 陈丛兰:《〈礼记〉婚姻伦理思想的哲学基础》,《兰州学刊》2006 年第 9 期,第 31 页。

会,尊卑贵贱的意识在人们头脑中是根深蒂固的,这使得处于社会底层的群体长期遭受着不公正的待遇。宋明时期程朱理学思想的确立,将封建纲常与宗教的禁欲主义结合在一起,使儒学走向政治哲学化。而失去了仁、中庸思想内涵的等级制度和思想也必然导致君臣、父子、夫妇关系的畸形发展。明清两代当权者大肆鼓吹程朱学说,倡导极端的贞节观念,对女性提出"当终受于从一""饿死事极小,失节事极大"的极端道德规范要求。而明末清初商品经济的发展,资本主义的萌芽,加之西学东渐近代科技传入中国,使得人们的眼界开阔思想活跃。于是清朝时期出现了"民主、平等、自由"的思想,如李贽以传统儒学的"异端"自居,对封建的"男尊女卑"大加痛斥批判,对于社会上"男子之见尽长,女子之见尽短"的说法他指出:"谓见有长短则可,谓男子之见尽长,女子之见尽短,又岂可乎?设使女人其身而男子其见,乐闻正论而知俗语之不足听,乐学出世而知浮世之不足恋,则恐当世男子视之,皆当羞愧流汗,不敢出声矣。"①李贽的"男女平等"思想一经提出就受到有识之士的响应,清代诗人袁枚在《随园诗话》补遗卷一中说:"俗称女子不宜为诗,陋哉言乎!圣人以《关雎》《葛覃》《卷耳》,冠三百篇之首,皆女子之诗。"

《红楼梦》中的人人平等、个性解放、恋爱自由等思想萌芽体现人文关怀,反之,封建礼教世俗观念违反人性残害生命。从思想方面,曹雪芹对封建制度和封建思想做出深刻的解剖和批判,反映了各阶层人民的反封建的意向,同时基于对朴素唯物主义的认识,曹雪芹把"深情""真气""天然"作为衡量一个人价值的重要标准,建立了小说理想人格的评价思想。在曹雪芹的思想里没有高低贵贱的等级之分,无论何人只要品德高尚,才识卓越,性情真诚,均是曹雪芹所器重的人物。

小说中贾宝玉的"男女生成论",在"内帏厮混"的种种表现,以及小说所描写的贾府男女人物在品行才情上的差异,都说明作家有鲜明的"崇女贬男"思想倾向,这就打破了封建传统男尊女卑等级之分,向封建等级思想观念发出了挑战。

---

① 《李贽文集》第一卷,社会科学文献出版社 2000 年版,第 54~55 页。

《红楼梦》情理探源新论

首先,曹雪芹对女性受屈辱、受摧残的不幸命运真诚地理解与同情;而对女性的美质,特别是她们出众的人格与才艺也大加推崇与肯定。小说第一回"甄士隐梦幻识通灵　贾雨村风尘怀闺秀"中记载:我之罪固不免,然闺阁中本自历历有人,万不可因我之不肖,自护己短,一并使其泯灭也。虽今日之茅椽蓬牖,瓦灶绳床,其晨夕风露,阶柳庭花,亦未有妨我之襟怀笔墨者。虽我未学,下笔无文,又何妨用假语村言,敷演出一段故事来,亦可使闺阁昭传……作家开篇名义自己的小说创作是为那些形貌才智俱佳的女子,但不同的是作家表达创作的动机和决心时,是通过贬低自己而让读者知道为这些女子作传的必要的。在男尊女卑的封建社会,一个博学多才的男子说自己不肖说自己不如闺阁女子,不顾自己的尊严人格表达对她们的敬慕,无论如何都是惊世骇俗之举。没有男女平等,尊重生命的思想理念是不可能有这样情真意切表达心迹的文字的。而在《红楼梦》第七十八回"老学士闲征姽婳词　痴公子杜撰芙蓉诔"中贾宝玉对晴雯的评价,则更看出作家内心对女子的礼赞和惋惜之意:"忆女儿曩生之昔,其为质则金玉不足喻其贵,其为性则冰雪不足喻其洁,其为神则星日不足喻其精,其为貌则花月不足喻其色。姊妹悉慕媖娴,妪媪咸仰惠德。孰料鸠鸩恶其高,鹰鸷翻遭罦罬,薋葹妒其臭,茝兰竟被芟鉏!花原自怯,岂奈狂飙;柳本多愁,何禁骤雨!偶遭蛊虿之谗,遂抱膏肓之疚。故樱唇红褪,韵吐呻吟;杏脸香枯,色陈顑颔。诼谣謑诟,出自屏帏;荆棘蓬榛,蔓延户牖。岂招尤则替,实攘诟而终。既忳幽沉于不尽,复含罔屈于无穷。高标见嫉,闺帏恨比长沙;直烈遭危,巾帼惨于羽野。自蓄辛酸,谁怜夭折?仙云既散,芳趾难寻。洲迷聚窟,何来却死之香……"在这篇诔文中贾宝玉以炽烈的情感、生动的比喻、形象的叙述,回想晴雯在世时,黄金美玉难以比喻她品质的高贵,晶冰白雪难以比喻她心地的纯洁,星辰日月难以比喻她智慧的光华,春花秋月难以比喻她容貌的娇美。所以姊妹爱慕她的娴雅,婆奴敬仰她的贤惠。贾宝玉用最美好的语言,热情赞颂这个"心比天高,身为下贱"被迫害致死的女婢。这样,"曹雪芹首先用自己的人性论来反对男尊女卑。他用浪漫主义的方法把男尊女卑的论据(如说男人之见尽长,女人之见尽短之类)颠倒过来,以揭露男尊女卑的偏见及与之相适应的制度(如贾探春不是男子,就不能出去立一番事业)的不合理。"①

贾宝玉还与秦钟、蒋玉菡、柳湘莲这三个男性小人物相交成友,从世俗的角度来看也是一件不可思议的事。因为贾宝玉出身公侯之家,锦衣玉食、裘马扬扬,而秦钟、蒋玉菡和柳湘莲是地位低微的小人物。但因为秦钟、蒋玉菡和柳湘莲三人脱俗不羁、特立独行,他们身上秉承的"正邪二气"与贾宝玉心性相同,贾宝玉就接近他们,依恋他们,关心他们。此外,贾宝玉对地位低下的人也从不摆主子架势。他和自己的小厮茗烟无话不说,亲密无间,有时贾宝玉还要茗烟为他出主意,两人全然没有什么主奴的隔阂;贾宝玉对小人物刘姥姥的态度也体现了曹雪芹贫富平等的观念。封建统治者以"纲常名教"为理论依据收紧制约人性的罗网时,曹雪芹响应王夫之、顾炎武、黄宗羲、李贽为代表的思想家"反封建、尊人欲"的呼唤,顺应"自由平等、个性发展"的思想浪潮,以情作为人与人之间联系的主要纽带,以本真和才智、人性的完美作为人生的追求,创作了"大旨谈情"的小说《红楼梦》。小说中爱护尊重女性的主张与封建等级思想观念相抗衡,这在封建男尊女卑的秩序社会中是一种离经叛道的行为。但正是这些叛逆行为体现了曹雪芹"不为任何外物所累"的人性本真思想,展现了人类崇尚自然,追求纯真,向往自由的至纯至真感情,特别是其中自然率性、平等待人、娱情悦性的本质内涵,至今仍闪耀着人文主义思想的光芒。

四、超越传统情爱思想

在中国,中国封建传统礼教讲求"男女授受不亲",婚姻大事要听"父母之命,媒妁之言"。因为封建婚姻关系是建立在封建经济基础之上、男女两性间的一种社会关系,其性质和特点是由封建生产关系所决定的,所以尽管人类社会很早以来就存在着两情相悦、心有灵犀的男女爱情,但中国封建礼教大都无视婚姻当事人的意愿,奉行"父母之命""媒妁之言"的婚配模式。而《红楼梦》在曹雪芹的构思中警幻仙姑是情爱女神,她出场时自称"司人间

---

① 徐子余:《曹雪芹哲学思想论辨》,《红楼梦学刊》1983年第3辑,第30页。

情理探源新论

之风情月债,掌尘世之女怨男痴",然而在中国从来只有婚姻之神,没有情爱之神。从远古神话中的高禖到唐传奇中的月下老人,都是主管婚姻而不问爱情。这正是封建思想传统的体现,恋爱是不正当的,不需要的;而婚姻却是人之大伦,传宗接代的手段,不可缺少。"曹雪芹创造警幻仙姑这一个中国神话中从未出现过的情爱女神,乃是对封建主义传统观念的反叛。"①

王夫之、顾炎武、黄宗羲为代表的思想家挑战正统提倡个性批判专制,体现明清时期商品经济发展和资本主义萌芽产生后人们在思想文化领域的进步要求。在此社会背景环境下,曹雪芹大胆扛起言情的旗帜,通过小说创作来揭露封建僵化正统思想"以理杀人"的伪善。"曹雪芹不仅特别关注人间的爱情与婚姻问题,而且还充分意识到了这种传统婚姻模式的不文明。"②曹雪芹认为理想的婚姻应该是建立在两情相悦、互为知己的基础上。贾宝玉和林黛玉的真挚爱情是《红楼梦》中最激动人心的描写,宝、黛二人青梅竹马,他们的爱情经历一段游移、疑虑之后,便达到默契、纯净的境界。黛玉傲世的品格、诗人的灵性、渴求自由的意识,使宝玉找到了他所理想的美,得到了精神上的慰藉。同样,贾宝玉离经叛道的性格,聪俊灵秀的丰采,黛玉也最能理解,最为欣赏,从而引为知己。贾宝玉和林黛玉经过长期交往而结成的、建立在相互倾慕基础上的生死不渝爱情,既是性爱,又是心灵的契合,志趣的相投,纯真感情的交流。这不仅同封建礼教、封建婚姻制度背道而驰,与现代社会某些取决于财产、地位的"自由恋爱"也不相同。《红楼梦》描写宝黛爱情,揭露了中国封建社会专制制度下世俗礼教轻视扼杀人性人情的罪恶,表达了作家尊重生命向往纯真情感的人生价值取向,即在曹雪芹的爱情观中有反对父母之命、媒妁之言的成分,这是中国封建社会婚姻自由思想的一大发展,包含了要求婚姻自由的思想精华,具有与以往不同的新的进步的思想内涵。

同时,曹雪芹还提出了超越性爱的"意淫"概念。《红楼梦》作品主人公

---

① 朱淡文:《〈红楼梦〉中曹雪芹哲学思想研究札记》,《上海师范大学学报》1991 年第 2 期,第 103 页。

② 李广柏:《〈红楼梦〉与中国历史上的人文主义思潮》,《红楼梦学刊》2004 年第 4 辑,第 69~73 页。

是"天下古今第一大淫人"!作者首先借警幻"仙姑"之口,说明"好色即淫""知情更淫",所谓"好色不淫""情而不淫",都是"轻薄浪子""掩非饰丑之语"。所谓"天下古今第一大淫人",也就是在时间和空间上,与所有"淫人"加以比较,《红楼梦》中的贾宝玉最"好色",最"知情"。但贾宝玉的"淫"是"意淫",所谓"意淫"不是"皮肤滥淫",不是生活中男女之间肉体上的结合,不是《红楼梦》书中贾珍、孙绍祖、多姑娘等人的淫荡行为。警幻仙姑告诉我们,"淫虽一理,意则有别","意淫"是精神层面的"淫",是"天分中生成"的"一段痴情",同"世之好淫者"有着本质上的差别。对那些"悦容貌,喜歌舞,调笑无厌,云雨无时,恨不能尽天下之美女供我片时之趣性"者,作家统统斥之为"皮肤滥淫之蠢物耳"!"意淫"可意会而不可言传,奥妙所在,存乎一心。由于"意淫"是精神层面的一种生活态度,所以作家告诉我们,"可心会而不可口传,可神通而不可语达。"这里所说的"心会""神通",就是内心对"好色""知情"的一种领悟。作者明确告诉我们,"独得""意淫"二字之真谛者,在闺阁中"可为良友",可以"独为我闺阁增光"。但一入此道,便"未免迂阔怪诡","百口嘲谤,万目睚眦",为社会(主要是上流社会)所不容,终不免"见弃于世道"。"贾宝玉是近女色而不侵犯女性,有欲望但不是色欲和占有。"①在小说中,贾宝玉的典型性格特点就是他的"女儿崇拜"。贾宝玉充分肯定女儿世界,他对女儿从衣着到言辞的喜爱、对女儿高洁之气的赞美,无不表达了贾宝玉对女儿的崇拜和尊敬。但贾宝玉对"女儿"的爱,从其伊始就是一种发自内心的自然情愫,是出自赤子之心。也就是说贾宝玉的女儿情是"意淫"之情,这种情和贾琏诸人的"皮肤滥淫"之情不同。贾宝玉是用天生的"痴情"来体贴异性,关怀和怜爱异性。事实上也确实如此,在"意淫"的精神引领之下,贾宝玉的性本能不断转化为审美的生命本真体验,在对女性的同情、关爱和体贴中,显示着他生命本真的情怀。曹雪芹还容纳天人合一、物我感通的思想具有泛爱的情怀。在小说描写中贾宝玉对变幻的自然现象,不时地表现出"多愁善感"的一面。如小说第三十五回写他"时常没人在跟前,就自哭自笑;看见燕子就和燕子说话,河里看见了鱼儿就和鱼

---

① 谭兴海:《贾宝玉形象的文化张力》,《广西师范学院学报(哲学社会科学版)》2006年第4期,第83页。

《红楼梦》情理探源新论

儿说话,见了星星月亮,他便不是长吁短叹的,就是咕咕哝哝的。"甚至为了情,贾宝玉不惜委曲求全,小说第二十五回,贾环为暗算宝玉"把一盏油汪汪的蜡灯向宝玉脸上只一推",给宝玉造成了伤痛。怕贾母对赵姨娘母子动怒,贾宝玉把事情承担下来,说"明儿老太太问,就说是我自己烫的罢了"。在这件事上,可以看出"贾宝玉不知疲倦地爱人、寻求爱,把与周围的人建立一种亲情关系作为实现自我价值的方式"①,为的就是建立一个充满"情爱"的快乐世界。所以曹雪芹的"情文化"思想具有普遍的哲学内涵,它超越了狭义的男女恋情,超越了人与人之间的亲情关系,更为广泛地指向普遍联系、生生不息的大千世界。而其中贾宝玉同情人、关爱人、把人当人、舍己为人的博爱情怀,使小说放射出人文主义精神的光辉。

审视《红楼梦》的"情文化"思想,其先进性体现在突破了艳情小说思想局限,否定了传统价值取向,批判了封建等级观念,超越了传统情爱思想界限等方面。这不仅在当时具有尊重生命、平等自由、以人为本等进步意义,就是在当代也具有促进社会文明进步的积极作用。《红楼梦》的"情文化"思想是曹雪芹现实认知的艺术体现。有的人曾惋惜曹雪芹的创作没有得到先进思想和理论的指引,上述内容极丰的"情义化"思想具有惊世骇俗、石破天惊的震撼效应,这使曹雪芹受到世俗的围攻自不待言,而他的那种关怀他人的幸福,尊重他人的权利与人格,弘扬主体的精神与聪明才智的内涵,以及客观的社会影响,都证明小说的优秀品质具有超越时代的艺术生命。

---

① 詹丹:《〈红楼梦〉与中国古代小说研究》,东华大学出版社2003年版,第10页。

第七章 《红楼梦》情文化结构设置

《红楼梦》吸纳中国古典文化的精髓,开创性地构建起了中国封建社会"情文化"结构体系。在《红楼梦》"情文化"结构体系中包含多种情感元素,如人与人之间的爱情、亲情、友情、主仆之情,人与物、人与自然的亲近之情,等等。尽管小说"情线索"结构纵横复杂,但为了认知的需要,有必要进行小说"情文化"结构脉络的梳理。如根据情感所属范畴不同,小说情感可分为亲情、友情、爱情、自然之情等;根据情感表现形式不同,小说情感又可分为有情、无情两种,其中有情人物根据情感品位高低,又可分为至情、常情、滥情三种类型。在有情情感的三种类型中,最高品位是"至情",即至真、至善之情;最低品位是"肌肤滥淫之情",即脱离人性、违背人情、亵渎人伦的自私之情。这里姑且以人之有无"真情"为标准,把大观园内外的各色人等进行无情、重情、滥情三大类别的划分。

一、无情人物及表征

《红楼梦》"大旨谈情",小说的人物情感依据外在表现有有情和无情之分。小说的无情人物人数众多,从典型意义的角度来看,小说无情人物类别中以贾雨村、贾政、王熙凤等人为代表,他们或忘恩负义、草菅人命,或迂腐古板、刻板生硬,或笑里藏刀、心狠手辣。

1. 贾雨村——忘恩负义、草菅人命

贾雨村,原系湖州人氏,生于仕宦人家,但到他这一代祖宗根基已尽,人口衰丧只剩下他一人。他想进京求取功名,无奈囊内空空只得暂寄姑苏城里葫芦庙中安身,每日卖文作字为生。后因甄士隐相助,他才有钱上路考中

情理探源新论

进士做了知府。不久因贪酷徇私被革职,受聘至林如海家任林黛玉启蒙教师。经林如海介绍,贾雨村得到贾政的帮助,他又官复做了应天府的府尹。作为封建社会的文人,贾雨村他深受"学而优则仕"思想的影响。因此,他把自己的所有精力都放在了仕途追求上,放在对功名富贵的追求上,并以此作为至高无上的成功标准。正因如此,贾雨村一而再地做出泯灭良知、忘恩负义的事情。

甄士隐是在贾雨村最落魄的时候与之结交并接济他的恩人。小说第一回"甄士隐梦幻识通灵 贾雨村风尘怀闺秀"中写甄士隐时常请寄住葫芦庙中读书的贾雨村到家中饮酒,如一天的中秋佳节甄士隐家宴结束,想到旅寄僧房寂寞孤独的贾雨村,就让人在书房另外准备了一桌酒席,亲自到庙中邀请贾雨村。听贾雨村说要进京赶考没有路费,甄士隐马上命小童拿出五十两白银和两套冬衣赠送给他。从这些描写中可以看出,甄士隐是一个重情重义的君子,贾雨村发迹甄士隐功不可没。但在小说第四回"薄命女偏逢薄命郎 葫芦僧乱判葫芦案"中,做了应天府尹的贾雨村经门人之口知道案子中冯薛两家争买的丫头就是自己的大恩人甄士隐的女儿,但碍于自己补升应天府尹系贾府王府之力,而案件当事人薛蟠即贾府之亲,所以贾雨村明知英莲是恩人甄士隐之女却没有援救。不仅如此,他还听信门人的话设计帮助背负命案的薛蟠逃避了衙门的惩罚。还有小说第一百○四回"醉金刚小鳅生大浪 痴公子余痛触前情"中,写贾雨村升任京兆府尹兼管税务,一日出门查勘开垦地亩,路过知机县,到了急流津。他路遇一道士并确认是甄士隐无疑,交谈后上路。途中听说葫芦庙着火了,贾雨村眼看"烈炎烧天,飞灰蔽目"。但他还是狠下心肠,全然不顾甄士隐的死活,竟然登舟而去。由此贾雨村其过河拆桥转脸无情背信弃义的性格特征一展无疑。再有,贾雨村在判断葫芦案中多承门子教会了他怎样明哲保身,然而贾雨村非但不感激门子,反而"恐他对人说出当日贫贱时事来","后来到底寻了他一个不是,远远的充发了才罢"。再有,贾雨村重新起家平步青云,依靠的是贾府。然而在高鹗的续书第一百○七回"散余资贾母明大义 复世职政老沐天恩"中,当贾府遇到危难之时,贾雨村不但不报恩,还因告发贾府立功,又做出了落井下石的勾当。贾雨村的所作所为表明他是一个地地道道忘恩负义的负情之人。贾雨村他与人交往时心里考虑的是利害关系,嘴上说的是阳奉阴违的大道理,所以在男人无情人物中贾雨村是很典型的。

2. 贾政——迂腐古板、刻板生硬

贾政是荣国府二老爷,贾母和贾代善所生的次子,贾宝玉的父亲。作为中国封建王朝正统派的官僚,贾政身处在儒家文化的伦理道德观念所涵盖的社会之中,他的行为规范深深地打上那个时代的烙印。由此,贾政生活在一个有几百人的大家庭之中看似被亲情包围,但实际上儒学的礼法犹如条条的绳索捆绑住了贾政的身体和灵魂,使他时时循规蹈矩,处处道貌岸然。正因如此,在无情男人中,贾政是贾府内道统无情的典型。

贾宝玉的烦恼来源于贾政的呵斥和责罚。小说第十七回"大观园试才题对额　荣国府归省庆元宵"中,写贾政命贾宝玉陪众清客观赏新建的大观园,一路之上所到之处贾政都让宝玉吟诗作对发表意见,但当贾宝玉表达了自己的看法之后,每每得到的都是贾政的呵斥。小说第三十三回"手足耽耽小动唇舌　不肖种种大承笞挞"中,写忠顺王府的人因蒋玉菡失踪的事找到贾政,告之贾宝玉和琪官来往频繁应该知道他的去向,加上贾环从中挑拨是非,贾政气得暴打了贾宝玉一顿。小说这样描写:"贾政一见,眼都红紫了,也不暇问他在外流荡优伶,表赠私物,在家荒疏学业,淫辱母婢等语,只喝令'堵起嘴来,着实打死!'小厮们不敢违拗,只得将宝玉按在凳上,举起大板打了十来下。贾政犹嫌打轻了,一脚踢开掌板的,自己夺过来,咬着牙狠命盖了三四十下。众门客见打的不祥了,忙上前夺劝。贾政那里肯听,说道:'你们问问他干的勾当可饶不可饶!素日皆是你们这些人把他酿坏了,到这步田地还来解劝。明日酿到他弑君杀父,你们才不劝不成!'众人听这话不好听,知道气急了,忙又退出,只得觅人进去给信。王夫人不敢先回贾母,只得忙穿衣出来,也不顾有人没人,忙忙赶往书房中来,慌的众门客小厮等避之不及。王夫人一进房来,贾政更如火上浇油一般,那板子越发下去的又狠又快。按宝玉的两个小厮忙松了手走开,宝玉早已动弹不得了。"贾政打贾宝玉,一方面是由于贾宝玉不愿意走仕途经济的老路。这与贾政望子成龙、重整家业的期望是背道而驰的。贾政认为,儿子如此发展下去,不仅会损害家族利益,而且有可能"酿到弑君杀父"与宗法社会对立,这是思想正统保守的

情理探源新论

贾政所不能容忍的。另一方面因为宝玉所为得罪了忠顺王,自己的仕途之路会受到影响。所以他打宝玉时下手极狠。这个事件表面上是写父亲教训儿子这样一件普通小事,实际上体现了父子俩尖锐的思想冲突。贾政几乎要把儿子打死,反映出正统思想对叛逆意识的极端仇恨。从贾政对贾宝玉冷嘲热讽、训斥打骂,甚至近乎冷酷的管教,可以看出中国封建社会的统治秩序、伦理观念,可以轻易地抹杀和颠倒家族之间的血缘关系,可以轻易地使骨肉亲情异化为无情的伦理程序。由此,在贾政身上看到的是封建礼教培养出来的孝子贤孙形象,在贾宝玉身上他施展封建大家长的威严,所以贾宝玉见着他就像老鼠见着猫一样。

3. 王熙凤——笑里藏刀、心狠手辣

王熙凤是贾母的孙媳妇、贾赦和邢夫人的儿媳妇、贾琏之妻、王夫人的内侄女。她"一双丹凤三角眼,两弯柳叶吊梢眉,身量苗条,体格风骚。粉面含春威不露,丹唇未启笑先闻"。王熙凤精明能干、幽默机智,深得贾母和王夫人的信任,成为贾府实际的大管家。她泼辣张狂,口齿伶俐,善于阿谀奉承,见风使舵,喜欢使权弄势,炫耀特权。小说第六十五回"贾二舍偷娶尤二姨 尤三姐思嫁柳二郎"中,通过兴儿的嘴给了王熙凤生动的评价:"心里歹毒,口里尖快,嘴甜心苦,两面三刀,上头一脸笑,脚下使绊子,明是一盆火,暗是一把刀。"王熙凤是一个笑里藏刀、心狠手辣的人。小说第十二回"王熙凤毒设相思局 贾天祥正照风月鉴"中,王熙凤"毒设相思局"害死了贾瑞。贾瑞是贾政的远房侄子,当他见到王熙凤时被她的姿色和风韵吸引,于是顿起淫心。按理说贾瑞是年龄小于自己的平辈,王熙凤有义务教育他改邪归正,将来洗心革面好好过日子。然而,王熙凤却"毒设相思局",利用贾蓉和贾蔷将贾瑞往死里整。首先,贾瑞赴宁府庆寿时撞见凤姐淫心顿起,以言相戏。"凤姐暗忖道:这才是'知人知面不知心'呢……几时叫他死在我手里,他才知道我的手段。"由此可见凤姐是心狠手毒之人,当初她就埋下杀机。接着,凤姐欲擒故纵让贾瑞到家来访,先让他不胜欣喜、忘乎所以,然后引贾瑞步步上钩。如凤姐知道贾瑞多次空访这天又来了,就忙"请他进来","假意殷勤让座让茶",贾瑞心中暗喜,便"满面赔笑,连连问好"开始试钩。凤姐言谈中又夸赞贾瑞,贾瑞"喜的抓耳挠腮"。凤姐故意说盼他来"解闷",正中

中篇：情源论

贾瑞下怀,当即贾瑞立下"死也情愿"来"解闷"的誓言。凤姐就更夸他是"明白人","比蓉儿兄弟两个强远了",这一赞一骂逗得贾瑞忘乎所以,喜得"由不得又往前凑一凑,觑着眼看凤姐的荷包",贾瑞上钩了。凤姐却推说"等到晚上在西边穿堂儿等我",贾瑞听了"喜之不尽忙忙的告辞而去",此时圈套已经设定。约好偷期,凤姐诓约,弄得贾瑞在"腊月""朔风凛凛"的"长夜里空等","侵肌裂骨,一夜几乎不曾冻死"。然而,他"邪心未改"、"自投罗网","凤姐便点将派兵"、"又设下圈套",偷情不成反被捉。捉者正是凤姐,凤姐当贾瑞面斥骂的贾蓉、贾蔷。贾瑞"真躁的无地可入"。由此可见凤姐的悍妇之心。至于后来贾瑞因"相思难禁"而病,又正照风月鉴而亡,正说明凤姐诡诈、刁猾,以致贾瑞在弥离之中还念着凤姐的好。这就是王熙凤表现出的一种残忍。

单看毒设相思局还不足以表现王熙凤笑里藏刀、心狠手辣的程度,更能深刻地刻画王熙凤这一性格特点的是小说的六十八回、六十九回。小说第六十八回"苦尤娘赚入大观园　酸凤姐大闹宁国府"中,王熙凤一知道贾琏在外面偷娶了尤二姐,就已狠狠地责打了贾琏的心腹兴儿,显露出一副泼妇的形象。而当她要骗尤二姐进入大观园时,却是素衣素盖,打扮得清雅淡然,对着尤二姐哭诉的一番话,说得文雅大体,冠冕堂皇,滴水不漏,把心中的醋意遮盖得严严实实,摆出自怨自错、至贤至善的样子,博取尤二姐的信任。一面又到宁国府里大闹一番,她向着尤氏吐唾沫淬,滚到尤氏怀里哭,把个尤氏揉搓成个面团,又要打贾蓉,一场大闹使宁府上上下下束手无策。第六十九回"弄小巧用借剑杀人　觉大限吞生金自逝"中,王熙凤一面把尤二姐接进府中后,一面买通官府,又花钱唆使张华告状,败坏尤二姐的名声,虚张声势。装好人的目的达到以后,她又怕事情败露想杀张华灭口,想到:"他倘或再将此事告诉了别人,或日后再寻出这由头来翻案,岂不是自己害了自己。原先不该如此将刀靶付与外人去的。因此悔之不迭,复又想了一条主意出来,悄命旺儿遣人寻着了他,或说他作贼,和他打官司将他治死,或暗中使人算计,务将张华治死,方剪草除根,保住自己的名誉。"接着,王熙凤又开始对尤二姐大开杀戒。表面上她对着尤二姐以礼相待,通情达理连贾琏都感到诧异。背地里她却用"借刀杀人"的方法不断折磨尤二姐。而秋桐

《红楼梦》情理探源新论

就是王熙凤手中杀人的刀子,小说描写:"秋桐自为系贾赦之赐,无人僭他的,连凤姐平儿皆不放在眼里,岂肯容他。张口是'先奸后娶没汉子要的娼妇,也来要我的强。'凤姐听了暗乐,尤二姐听了暗愧暗怒暗气。"不仅如此,王熙凤还暗中虐待尤二姐,她装病说自己不方便和尤二姐一起吃饭。每天派人给尤二姐送饭,但送去的都是难吃的饭菜。王熙凤的打算是"等秋桐杀了尤二姐,自己再杀秋桐"。所以她"坐山观虎斗"的同时还不忘"火上浇油",小说写道:"没人处常又私劝秋桐说:'你年轻不知事。他现是二房奶奶,你爷心坎儿上的人,我还让他三分,你去硬碰他,岂不是自寻其死?'那秋桐听了这话,越发恼了,天天大口乱骂说:'奶奶是软弱人,那等贤惠,我却做不来。奶奶把素日的威风怎都没了。奶奶宽洪大量,我却眼里揉不下沙子去。让我和他这淫妇做一回,他才知道。'凤姐儿在屋里,只装不敢出声儿。气的尤二姐在房里哭泣,饭也不吃,又不敢告诉贾琏。"可以说,王熙凤为了除掉尤二姐可谓机关算尽,她先用示弱的方式,赢得了尤二姐和贾琏的信任,也获得贾府上下一致的好评。接着她千方百计败坏尤二姐的名声,她先指使张华状告贾琏国孝家孝偷娶,进而借机大闹宁国府,然后又在贾母王夫人处说尤二姐坏话。贾母等人不明真相自然都不喜欢尤二姐了,这样尤二姐在贾府没有了靠山孤立无援。最后王熙凤又借刀杀人,她借秋桐之力折磨尤二姐,谩骂侮辱,生活困苦使得尤二姐生不如死。尤二姐求生不得,只得吞金枉死,却不知死在谁的手里。由此可见,王熙凤确实是一个精明能干、刁钻狡黠、惯于玩弄权术的歹毒之人。

二、滥情人物及表征

"世之好淫者"所持的是"肌肤滥淫之情",滥淫者他们"悦容貌、喜歌舞、调笑无厌、云雨无时";他们"恨不天下之美女供我片时之趣兴",而全然不顾是否情真意切、两情相悦。在小说中贾府内男人如贾赦、贾珍父子、贾琏等人的"肌肤滥淫"丑事比比皆是,就连贾宝玉也时有耳闻。

贾赦是荣国公的孙子,贾代善、贾母的长子,邢夫人的丈夫,贾琏、迎春的父亲。贾赦的生活淫滥无度,虽上了年纪,儿子、孙子、侄子满堂,却还要左一个右一个小老婆放在屋里寻欢作乐。他身边本有一妻数妾,但还是硬让邢夫人去向贾母讨鸳鸯做他的小老婆。小说第四十六回"尴尬人难免尴尬事 鸳鸯女誓绝鸳鸯偶"中,袭人说他:"这个大老爷太好色了,略平头正脸的,他就不放手了。"当贾赦知晓鸳鸯没有答应他提亲作姨娘后,气急败坏地对鸳鸯哥哥说:"自古嫦娥爱少年,他必定嫌我老了,大约是恋着少爷们,多半是看上宝玉,只怕也有贾琏。果有此心,叫她早早歇了心,我要她不来,此后谁还敢收?此是一件。第二件,想着老太太疼她,将来自然往外聘做正头夫妻去。叫她细想,凭她嫁到谁家去,也难出我的手心。除非她死了,或是终身不嫁男人,我就服了她。"就连他母亲贾母也说:"他放着身子不保养,官儿也不好生做去,成日里和小老婆喝酒。"虽然要强娶鸳鸯之事,由于贾母的干预贾赦未能得逞。后来,还是用银子买了嫣红来代替鸳鸯了事。

贾珍、贾蓉父子也是典型的"肌肤滥淫之人"。小说第七回"送宫花贾琏戏熙凤 宴宁府宝玉会秦钟"中,写宁国府资深老仆人焦大醉骂:"每日家偷狗戏鸡,爬灰的爬灰,养小叔子的养小叔子,我什么不知道?"这里"爬灰"的就是指贾珍和秦可卿之间的私情。贾珍是贾敬之子,贾蓉的父亲,他虽有一妻二妾,但仍和儿媳秦可卿关系暧昧。小说第十三回"秦可卿死封龙禁尉 王熙凤协理宁国府"中,写秦可卿病死后,"贾珍哭的泪人一般",要拄杖而行,他还流泪向王夫人请求让王熙凤料理丧事,让她"爱怎么办就怎么样办","贾珍恨不能代秦氏之死",为此秦可卿的丧事办的风光,极尽铺排浪费。为儿媳办丧事如此奢华,也证明了贾珍和儿媳妇秦可卿他们之间的关系确实不一般、不正常。贾珍的儿子贾蓉也是一个花花公子,他不仅和凤姐眉来眼去,叔婶间有暧昧关系,而且和父亲贾珍一起,与尤氏二姐妹调笑嬉闹甚至玷污了她们。小说第六十三回"寿怡红群芳开夜宴 死金丹独艳理亲丧",写贾敬吞金砂胀死,尤氏继母和两个妹妹接到宁国府看家。贾蓉听说尤氏二姐妹已经到来,就忙着去见她们,小说写道:"嘻嘻的望他二姨娘笑说:'二姨娘,你又来了,我们父亲正想你呢。'尤二姐便红了脸,骂道:'蓉小子,我过两日不骂你几句,你就过不得了。越发连个体统都没了。还亏你是大家公子哥儿,每日念书学礼的,越发连那小家子瓢坎的也跟不上。'说着顺手拿起一个熨斗来,搂头就打,吓得贾蓉抱着头滚到怀里告饶。尤三姐便上来撕嘴,又说:'等姐姐来家,咱们告诉他。'贾蓉忙笑着跪在炕上求饶,他两

《红楼梦》情理探源新论

个又笑了。贾蓉又和二姨抢砂仁吃,尤二姐嚼了一嘴渣子,吐了他一脸。贾蓉用舌头都舔着吃了。众丫头看不过,都笑说:'热孝在身上,老娘才睡了觉,他两个虽小,到底是姨娘家,你太眼里没有奶奶了。回来告诉爷,你吃不了兜着走。'贾蓉撇下他姨娘,便抱着丫头们亲嘴:'我的心肝,你说的是,咱们馋他两个。'丫头们忙推他,恨的骂:'短命鬼儿,你一般有老婆丫头,只和我们闹,知道的说是顽,不知道的人,再遇见那脏心烂肺的爱多管闲事嚼舌头的人,吵嚷的那府里谁不知道,谁不背地里嚼舌说咱们这边乱账。'贾蓉笑道:'各门另户,谁管谁的事。都够使的了。从古至今,连汉朝和唐朝,人还说脏唐臭汉,何况咱们这宗人家。谁家没风流事,别讨我说出来。连那边大老爷这么利害,琏叔还和那小姨娘不干净呢。凤姑娘那样刚强,瑞叔还想他的账。那一件瞒了我!'"由此可见,贾珍父子上行下效,二人都是好色之徒。他们明里暗里荒淫无度,宁国府败家的迹象从贾珍父子身上显露无遗。

在贾府中,贾琏和贾珍父子一样也是"肌肤烂淫人"。他本有一妻一妾,且妻妾二人都是美人坯子,却还不时地勾搭其他女人。按照贾母的说法是"成日家偷鸡摸狗,脏的臭的都拉了屋里去"。小说第四十四回"变生不测凤姐泼醋 喜出望外平儿理妆"中,写王熙凤过生和贾母及大观园的女孩们喝酒去了,家中的贾琏就与鲍二的老婆私会,让王熙凤捉了奸;小说第二十一回"贤袭人娇嗔箴宝玉 俏平儿软语救贾琏"中,贾琏女儿生豆疹需要隔房,贾琏在外书房来斋戒,听说"多浑虫"的媳妇"多姑娘""今年方二十来往年纪,生得有几分人才,见者无不羡爱。""如今贾琏在外熬煎,往日也曾见过这媳妇,失过魂魄,只是内惧娇妻,外惧宠,不曾下得手。那多姑娘儿也曾有意于贾琏,只恨没空。今闻贾琏挪在外书房来,他便没事也要走两趟去招惹。惹的贾琏似饥鼠一般,少不得和心腹的小厮们计议,合同遮掩谋求,多以金帛相许。小厮们焉有不允之理,况都和这媳妇是好友,一说便成。是夜二鼓人定,多浑虫醉昏在炕,贾琏便溜了来相会。"再有,小说第六十三回"寿怡红群芳开夜宴 死金丹独艳理亲丧",写宁国府上下为贾敬办丧事,"却说贾琏素日既闻尤氏姐妹之名,恨无缘得见。近因贾敬停灵在家,每日与二姐三姐相认已熟,不禁动了垂涎之意。况知与贾珍贾蓉等素有聚麀之消,因而乘机百般撩拨,眉目传情。那三姐却只是淡淡相对,只有二姐也十分有意。

但只是眼目众多,无从下手。"在贾蓉的撮合下,贾琏不久偷娶了尤二姐。但等到贾赦把房中丫鬟秋桐赏他做妾,他又把尤二姐置之脑后与秋桐打得火热。

薛蟠外号"呆霸王",他也是一个喜新厌旧的滥情之人。他喜欢香菱"生的不俗"就想占有,由于甄英莲(香菱)已经先被冯渊买去,他就仗势欺人操纵豪奴打死冯渊,强买香菱为妾。但把香菱带回家后,薛蟠并不珍惜她。小说第二十五回"魇魔法姊弟逢五鬼　红楼梦通灵遇双真"中,写赵姨娘请马道婆施展魔法让贾宝玉和王熙凤鬼迷心窍,一时之间众人皆来探望,府中乱作一团。小说有这样的描写:"独有薛蟠更比诸人忙到十分去,又恐薛姨妈被人挤倒,又恐薛宝钗被人瞧见,又恐香菱被人臊皮,——知道贾珍等是在女人身上做功夫的,因此忙的不堪。忽一眼瞥见了林黛玉风流婉转,已酥倒在那里。"这里薛蟠对林黛玉的非分之想,可以看出他是"吃着碗里瞧着锅里"的喜新厌旧之人。香菱的体态和林黛玉相似,对薛蟠又是一片痴情,可是滥情的薛蟠并不赏识她。小说第七十九回"薛文龙悔娶河东狮　贾迎春误嫁中山狼"中,写薛蟠见到夏金桂"出落得花朵似的了,在家里也读书写字","当时就一心看准了"。他一进门,就咕咕唧唧求薛姨妈去求亲。"只因薛蟠天性是'得陇望蜀'的,如今得娶了金桂,又见金桂的丫鬟宝蟾有三分姿色,举止轻浮可爱,便时常要茶要水的故意撩逗他。"小说八十回"美香菱屈受贪夫棒　王道士胡诌妒妇方"中写道:"这日薛蟠晚间微醺,又命宝蟾倒茶来吃。薛蟠接碗时,故意捏他的手。宝蟾又乔装躲闪,连忙缩手。两下失误,豁啷一声,茶碗落地,泼了一身一地的茶。薛蟠不好意思,佯说宝蟾不好生拿着。宝蟾说:'姑爷不好生接。'金桂冷笑道:'两个人的腔调儿都够使了。别打谅谁是傻子。'薛蟠低头微笑不语,宝蟾红了脸出去。一时安歇之时,金桂便故意的撵薛蟠别处去睡,'省得你馋痨饿眼。'薛蟠只是笑。金桂道:'要作什么和我说,别偷偷摸摸的不中用。'薛蟠听了,仗着酒盖脸,便趁势跪在被上拉着金桂笑道:'好姐姐,你若要把宝蟾赏了我,你要怎样就怎样。你要人脑子也弄来给你。'金桂笑道:'这话好不通。你爱谁,说明了,就收在房里,省得别人看着不雅。我可要什么呢。'薛蟠得了这话,喜的称谢不尽,是夜曲尽丈夫之道,奉承金桂。次日也不出门,只在家中厮奈,越发放大

情理探源新论

了胆。"夏金桂之所以成全薛蟠和金蟾,是想整治香菱,为此夏金桂几次设计让香菱坏了薛蟠的好事,以至于薛蟠讨厌怨恨香菱,美香菱屈受贪夫棒,从此闷闷不乐疾病缠身。

三、重情人物及表征

从《红楼梦》整体描写情况来看,小说重情人物类别以贾宝玉、林黛玉、智能儿等人为代表,他们的情感特点可概括为情不情、情情、钟情三种情况。

1. 情不情

贾宝玉是"天下古今第一淫人也",他的情脂砚斋情榜上叫"情不情",在小说中贾宝玉的"情不情"叫"意淫"。"意淫"这个词出自《红楼梦》第五回贾宝玉"贾宝玉神游太虚境 警幻仙曲演红楼梦"中,贾宝玉在梦中听警幻仙姑说:"好色即淫,知情更淫。是以巫山之会,云雨之欢,皆由既悦其色、复恋其情所致。"又解释说:"淫虽一理,意则有别。如世之好淫者,不过悦容貌,喜歌舞,调笑无厌,云雨无时,恨不能天下之美女供我片时之趣兴:此皆皮肤滥淫之蠢物耳。如尔则天分中生成一段痴情,吾辈推之为'意淫'。惟'意淫'二字,可心会而不可口传,可神通而不能语达。汝今独得此二字,在闺阁中虽可为良友,却于世道中未免迂阔怪诡,百口嘲谤,万目睚眦。"所谓"意淫"是指"天分中生成一段痴情",脂砚斋对"意淫"的批语是"二字新雅,按宝玉一生心性,只不过是体贴二字"。也就是说贾宝玉的"意淫"实际是他用天生的"痴情"来体贴异性,关怀和怜爱生命的意思。

(1) 爱情

贾宝玉和林黛玉的真挚爱情是小说描写的主线,也是《红楼梦》情感中最激动人心的描写。贾宝玉之所以爱林黛玉,是因为他们有"木石前盟"的前缘。《红楼梦》甲戌本载:"只因西方灵河岸上三生石畔有绛珠草一株,那时这个石头因娲皇未用,却也落得逍遥自在,各处去游玩,一日来到警幻仙子处,那仙子知他有些来历,因留他在赤霞宫居住,就名他为赤霞宫神瑛侍者。他却常在灵河岸上行走,看见这株仙草可爱,遂日以甘露灌溉,这绛珠草始得久延岁月。后来既受天地精华,复得甘露滋养,遂脱了草木之胎,得换人形,仅仅修成女体,终日游于'离恨天'外,饥餐'秘情果',渴饮'灌愁水'。只因尚未酬报灌溉之德,故甚至五内郁结着一段缠绵不尽之意,常说:'自己受了他雨露之惠,我并无此水可还,他若下世为人,我也同去走一遭,但把我一生所有的眼泪还他,也还得过了。'"所以当小说第三回"托内兄如海荐西宾　接外孙贾母惜孤女"中林黛玉一见贾宝玉,便大吃一惊,感觉是在哪里见过一样很眼熟。贾宝玉看到林黛玉,也觉得"这个妹妹我曾见过的"。这里"'木石前盟'既是仙界的神瑛与绛珠在人间的神性投射,也是人间的贾宝玉与林黛玉爱情朴素与真实本质的最高精神升华与神性回归"。①

小说中贾宝玉对林黛玉的爱是真挚的。首先,贾宝玉对林黛玉一见倾心两小无猜。小说第三回写林黛玉十岁时年貌虽小,其举止言谈不俗,身体面庞虽怯弱不胜,却有一段自然的风流态度。所以贾宝玉初次与林黛玉见面,就对她有良好的印象,"虽然未曾见过他,然我看着面善,心里就算是旧相识,今日只作远别重逢,亦未为不可。"因为贾母怜惜黛玉是孤女,安排她住在自己身边,而贾宝玉也坚持住在贾母这边,这样贾宝玉就住在碧纱橱外林黛玉住碧纱橱里,二人亲密友爱,日则同行同坐,夜则同息同止,言和意顺。其次,林黛玉的多才多艺也让贾宝玉心悦诚服。小说第十八回"皇恩重元妃省父母　天伦乐宝玉呈才藻",写元春省亲,元妃提议妹妹们即兴作诗描写大观园赞颂省亲盛况,林黛玉、薛宝钗、史湘云等众女儿纷纷执笔作诗。"贾妃看毕,称赏一番,又笑道:'终是薛林二妹之作与众不同,非愚姊妹可同列者。'原来林黛玉安心今夜大展奇才,将众人压倒,不想贾妃只命一匾一咏,倒不好违谕多作,只胡乱作一首五言律应景罢了。"可见,元春认为写的与众不同的诗作,在林黛玉不过是胡乱应景之作。而林黛玉偷偷替贾宝玉作的一首《杏帘在望》,也得到了元春的高度评价,认为这首诗比贾宝玉自作的前三首都好。并且,小说第三十八回"林潇湘魁夺菊花诗　薛蘅芜讽和螃蟹咏"中,写海棠社的姑娘们作菊花诗,李纨评道:"通篇看来,各有各人的警句。今日公评:《咏菊》第一,《问菊》第二,《菊梦》第三,题目新,诗也新,立意更新,恼不得要推潇湘妃子为魁了,然后《簪菊》《对菊》《供菊》《画菊》《忆菊》次之。"如果说元春省亲,众姐妹吟咏大观园和省亲盛况,林黛玉的诗虽

---

① 贺岩:《贾宝玉爱情体悟的三重境界》,《明清小说研究》2014年第1期,第149页。

《红楼梦》情理探源新论

远远超出其他姊妹,但和薛宝钗同样都属与众不同而已。并且海棠社成立日的咏白海棠限韵诗,林黛玉还名列第二。而到了海棠社咏菊诗作中林黛玉就无可争议地成了魁首,贾宝玉更是拍手叫好,称"极是,极公道"。不仅如此,贾宝玉爱林黛玉更重要的原因,是他们是彼此的知音。首先,贾宝玉与林黛玉有共同的秉性,他们情投意合,彼此欣赏,彼此认同。小说第二十三回"西厢记妙词通戏语　牡丹亭艳曲警芳心",写林黛玉与贾宝玉共读《西厢记》:"从头看去,越看越爱看,不到一顿饭工夫,将十六出俱已看完,自觉词藻警人,余香满口。虽看完了书,却只管出神,心内还默默记诵。"看后,宝玉笑道:"我就是个'多愁多病身',你就是那'倾国倾城貌'。"林黛玉听后虽然指责宝玉用这些混话欺负自己,但内心林黛玉也十分希望和贾宝玉能在一起长相厮守。但现实是,在贾府林黛玉只是一个寄居之人,自己的心愿无处表达,自己的终身大事无人做主。所以,当她独自回房路过梨香院墙外聆听到十二女伶演习的《牡丹亭》时,就大受感动,眼中落泪。应该说,受《西厢记》和《牡丹亭》这两本书的启蒙,宝黛爱情开始萌芽。第二十八回,写贾宝玉要看薛宝钗左腕上笼着的一申红麝申子。宝钗因肌肤丰泽,一时褪不下来。宝玉在一旁看着那雪白的胳膊,不觉动了羡慕之心,暗暗想道:"这个膀子,要长在林妹妹身上,或者还得摸一摸,偏生长在他身上。"这是一个具有典型意义的细节。它不仅真实地表现了贾宝玉在爱情生活中那种合乎贵族公子身份的心理和习性,更重要的还在于它说明了贾宝玉爱林黛玉绝不是一见钟情,而是经过深思熟虑的比较和选择;而选择的标准也不再是郎才女貌,而是内在的精神和思想。

宝黛爱情发展经历了一段游移、疑虑之后便达到默契、纯净的境界。小说第三十二回"诉肺腑心迷活宝玉　含耻辱情烈死金钏"中,史湘云劝宝玉结交官宦,谈仕途经济的学问,应酬世务。贾宝玉很生气,他说:"林姑娘从来说过这些混账话不曾?若他也说过这些混账话,我早和他生分了。"贾宝玉的话刚好被林黛玉在门外听到,林黛玉的反应是:"不觉又喜又惊,又悲又叹。所喜者,果然自己眼力不错,素日认他是个知己,果然是个知己;所惊者,他在人前一片私心称扬于我,其亲热厚密,竟不避嫌疑;所叹者,你既为我之知己,自然我亦可为你之知己矣,既你我为知己,则又何必有金玉之论哉;既有金玉之论,亦该你我有之,则又何必来一宝钗哉!所悲者,父母早逝,虽有铭心刻骨之言,无人为我主张。况近日每觉神思恍惚,病已渐成,医者更云气弱血亏,恐致劳怯之症。你我虽为知己,但恐自不能久待;你纵为我知己,奈我薄命何!"而贾宝玉出门看到林黛玉,又推心置腹地说出了一番话,可以表明他们的爱情已经达到深厚默契的程度。宝玉点头叹道:"好妹妹,你别哄我。果然不明白这话,不但我素日之意白用了,且连你素日待我之意也都辜负了。你皆因总是不放心的原故,才弄了一身病。但凡宽慰些,这病也不得一日重似一日。""林黛玉听了这话,如轰雷掣电,细细思之,竟比自己肺腑中掏出来的还觉恳切,竟有万句言语,满心要说,只是半个字也不能吐,却怔怔的望着他。此时宝玉心中也有万句言语,不知从那一句上说起,却也怔怔的望着黛玉。两个人怔了半天,林黛玉只咳了一声,两眼不觉滚下泪来,回身便要走。宝玉忙上前拉住,说道:'好妹妹,且略站住,我说一句话再走。'林黛玉一面拭泪,一面将手推开,说道:'有什么可说的。你的话我早知道了!'"

"贾宝玉和林黛玉经过长期交往而结成的、建立在相互倾慕基础上的生死不渝之情,既是性爱,又是心灵的契合,志趣的相投,纯真感情的交流。这不仅同封建礼教、封建婚姻制度背道而驰,与现代社会某些取决于财产、地位的'自由恋爱'也不相同。"[①]宝黛悲剧爱情故事体现了真情至性与封建世俗礼教的悲剧冲突,体现了作者对"情"与"理"矛盾冲突的哲学反思。林黛玉傲世的品格、诗人的灵性、渴求自由的意识,使贾宝玉找到了他所理想的美,得到了精神上的慰藉。同样,宝玉离经叛道的性格,聪俊灵秀的丰采,黛玉也最能理解最为欣赏从而引为知己。"知己之爱"的最终升华其实是充满理性选择的结果,是在彼此思想志同道合的基础之上,即思想的共鸣、心灵的交融——这就是知己之爱的最高精神境界,也是"木石前盟"的真实朴素内涵。

(2)女儿崇拜

小说第二回"贾夫人仙逝扬州城 冷子兴演说荣国府",借冷子兴之口

[①] 李广柏:《〈红楼梦〉与中国历史上的人文主义思潮》,《红楼梦学刊》2004年第4辑,第73页。

《红楼梦》情理探源新论

传达了贾宝玉的女儿观,即"女儿是水做的骨肉,男子是泥做的骨肉。我见了女儿便清爽,见了男子便觉浊臭逼人"。与贾宝玉有同样想法的还有甄宝玉,在这一回中贾雨村这样介绍甄宝玉:"说起来更可笑,他说:'必得两个女儿伴着我读书,我方能认得字,心里也明白,不然我自己心里糊涂。'又常对跟他的小厮们说:'这女儿两个字,极尊贵,极清净的,比那阿弥陀佛,元始天尊的这两个宝号还更尊荣无对的呢!你们这浊口臭舌,万不可唐突了这两个字,要紧。但凡要说时,必须先用清水香茶漱了口才可,设若失错,便要凿牙穿腮等事。'其暴虐浮躁,顽劣憨痴,种种异常。只一放了学,进去见了那些女儿们,其温厚和平,聪敏文雅,竟又变了一个。因此,他令尊也曾下死笞楚过几次,无奈竟不能改。每打的吃疼不过时,他便姐姐、妹妹乱叫起来。后来听得里面女儿们拿他取笑:'因何打急了只管叫姐妹做甚?莫不是求姐妹去说情讨饶?你岂不愧些!'他回答的最妙。他说:'急疼之时,只叫姐姐、妹妹字样,或可解疼也未可知,因叫了一声,便果觉不疼了,遂得了秘法:每疼痛之极,便连叫姐妹起来了。'你说可笑不可笑?"

在小说中,贾宝玉尊重女性、保护女性、赞美女性、坚决反对蹂躏、践踏女性。小说第二十回"王熙凤正言弹妒意 林黛玉俏语谑娇音"中写袭人回家省亲后回到贾府就病了,"宝玉忙回了贾母,传医诊视","开方去后,令人取药来煎好。刚服下去,命他盖上被渥汗。"李嬷嬷骂袭人不理她,贾宝玉为袭人辩解。李嬷嬷走后,贾宝玉好言安慰袭人,劝她好好养病,别想那些没用的事儿。元宵夜大伙都热闹着,他却因惦记袭人而回怡红院。小说第十三回"秦可卿死封龙禁尉 王熙凤协理宁国府"中,凤姐被灌醉平儿扶她回房,忽然发现贾琏和鲍二媳妇在屋内鬼混并说凤姐坏话,凤姐意怒打无辜的平儿泄愤。贾宝玉十分同情心疼平儿,拉着她到怡红院,天真地代贾琏、凤姐赔不是,并殷勤地帮她理妆洗帕。还有小说第三十一回"撕扇子作千金一笑 因麒麟伏白首双星"中,见晴雯生气,宝玉就劝慰她。听晴雯说想撕扇子,宝玉就让她撕。不仅夸晴雯撕得好,还把麝月的扇子也夺了递与晴雯撕。在"芙蓉女儿诔"中贾宝玉评价晴雯"其为质则金玉不足喻其贵,其为性则冰雪不足喻其洁,其为神则星日不足喻其精,其为貌则花月不足喻其色"。把女儿推崇到了至高至极的地位。

"贾宝玉是一个理想主义者,他把大观园中的女儿们看作真、善、美的化身,当作人生理想和理想人格加以追求"。①"有了理想和信念做支柱,宝玉的女儿之情就显得厚重而深沉、庄严而崇高"。② 因此,贾宝玉是近女色而不侵犯女性,有欲望但不是色欲和占有。事实上也确实如此,在"意淫"的精神引领之下,贾宝玉的性本能不断转化为审美的生命体验,在对女性的同情、关爱和体贴中,显示着他在生命本真的情怀。

(3)泛爱之情

"不带色欲、肉欲色彩的怜香惜玉,在中国古代生存场中,从来都是一种男性主体十分稀缺的品质。男性出于人际间的自然感情而不是性欲需要与女性建立情感关系。从道德伦理的角度看,在一定意义上是对'男尊女卑'天理的背叛"。③ 事实上,曹雪芹把"深情""真气""天然"作为衡量一个人价值的重要标准,这就打破了传统人为的等级之分。所以,在曹雪芹的思想里没有高低贵贱的等级之分,无论何人,只要品德高尚,才识卓越,性情真诚,均是曹雪芹所器重的人物。同时,贾宝玉的爱也打破了身份地位之别,具有更广大范围的传播意义。

贾宝玉与秦钟、蒋玉菡、柳湘莲这三个男性小人物相交成友,从世俗的角度来看是一件不可思议的事。因为和贾宝玉相比,秦钟、蒋玉菡和柳湘莲称得上是地位低微的小人物,但就是因为心性相通,本真相似,贾宝玉就打破了自己固守的"女儿清,男人浊"的思想信条,打破了高低贵贱的思想界限,执着地与他们交往,甚至还低三下四、投其所好。不仅如此,贾宝玉对小厮们也从不摆主子架势,他和自己的小厮茗烟无话不说,亲密无间,有时他还要茗烟为他出主意,两人全然没有什么主奴的界限。刘姥姥是一乡村贫妇,她进大观园贾宝玉不嫌弃她。贾宝玉听刘姥姥讲茗玉小姐的故事,还给她出主意,建议刘姥姥把供奉茗玉小姐的祠堂修起来当香头增加收入。和贾母等人到妙玉庵中做客,妙玉嫌弃刘姥姥,要把刘姥姥用过的茶盅扔掉。贾宝玉连忙阻止让妙玉把茶盅送给刘姥姥。这些行为都可以看出在贾宝玉

---

① 楼霏:《论贾宝玉的女儿观》,《红楼梦学刊》1995年第3辑,第43页。
② 李希凡:《〈红楼梦〉艺术世界》,文化艺术出版社1996年版,第138页。
③ 付丽:《〈红楼梦〉情爱观构建的哲学解析》,《红楼梦学刊》2007年第3辑,第76页。

情理探源新论

的思想观念中,从来没有高人一等的意识,相反他却时常为求得一种和谐美好的存在,而对人低三下四、忍辱负重。

此外,在曹雪芹还容纳了天人合一、感化感通的和谐思想,表现出善待自然万物的博大情怀等。在小说文本的许多描写中,贾宝玉都对变幻多彩的大自然,不时地表现出"多愁善感"的一面。小说第三十五回写他"时常没人在跟前,就自哭自笑;看见燕子就和燕子说话,河里看见了鱼儿就和鱼儿说话,见了星星月亮,他便不是长吁短叹的,就是咕咕哝哝的"。以致婆子们看了认为他"呆气"。其实贾宝玉的这些怪异举动正是他感怀自然的多变与大自然交流相亲相近的一种表达方式。而黛玉和宝玉他们二人之所以"心有灵犀",因为他们都有真纯的心性,其中也包括他们都有心灵与自然相通的脾性,即在他们看来"不但草木,凡天下之物,皆是有情有理的,也和人一样,得了知己,便极有灵验的"。

2. 情情

林黛玉生于书香门第官宦之家,父亲林如海是前科探花,官至兰台寺大夫,后做扬州巡盐御史;母亲贾敏是荣国府贾母的女儿,贾政的妹妹。林黛玉是大家闺秀,又是独生女,所以自幼深受父母宠爱。但不幸的是母亲贾敏早逝,父亲林如海又官事缠身自顾不暇。由于上无亲母教养,下无姊妹兄弟扶持,林黛玉只能到贾府投靠外祖母。可没过多久林如海又因病去世,林黛玉就此常住贾府成了"旅居客寄"之人。

客居寄旅的生活并不好过,因为"外祖母家与别家不同"。所以,林黛玉刚进贾府就"步步留心时时在意,不肯轻易多说一句话,多行一步路,惟恐被人耻笑了他去"。到了贾府之后林黛玉虽然有贾母怜惜,是贾母的"心肝宝贝",但她毕竟不是贾府的嫡亲,身份不如元春、迎春、探春、惜春四姐妹嫡亲尊贵。在外戚姐妹中,她也不如薛宝钗和史湘云有依靠。因为薛宝钗拥有万贯家财,史湘云父母虽亡但还有叔婶抚养。从深受父母宠爱自视清高,到吃穿用度都要靠贾府提供,林黛玉自卑心理很强。她时而顾影自怜黯然神伤,时而孤高疏离敏感多疑。所以在小说中林黛玉给人的感觉是敏感孤傲,爱耍小性子不容人。

对于林黛玉的感情,脂砚斋情榜上批"情情"二字。何为"情情"?前一个情是钟爱之意,后一个情是爱情之意。综观小说林黛玉的"情情"就是钟于贾宝玉的爱情之意。我们知道林黛玉与贾宝玉是有前缘的。在仙界林黛玉是西方灵河岸上三生石畔的绛珠仙草,因受到赤霞宫神瑛侍者天天以甘露灌溉,始得久延岁月,脱了草木之胎,幻化人形,修成女体,终日游于离恨天外,饥餐秘情果,渴饮灌愁水。只因尚未酬报灌溉之德,故郁结着一段缠绵不尽之意。当神瑛侍者凡心偶炽下凡投胎之时,绛珠仙子一道下凡,转世投胎成贾府血亲的林黛玉,愿以一生所有的眼泪替往日露水还他。所以林黛玉和贾宝玉是有缘分的,林黛玉与贾宝玉的感情,就是"木石情缘"的延续。

　　脂砚斋评宝黛二人的感情是"以情说法,警醒世人。黛玉因情凝思默度,忘其有身,忘其有病。而贾宝玉千屈万折,因情忘其尊卑,忘其痛苦,并忘其性情"。这里"黛玉因情凝思默度,忘其有身,忘其有病"。可以看出林黛玉对宝玉的感情是专一的。在仙界绛珠仙草一心要报答神瑛侍者灌溉之德,在凡间林黛玉最在乎贾宝玉对她的态度。林黛玉为情所困、为情而苦、为情而亡,她的人生经历就是寻求爱、感受爱、验证爱,为爱赴死的过程。

　　小说中林黛玉对贾宝玉有爱而不得的担忧。因为有资格成为宝玉婚姻对象的不止她一人。如薛宝钗和史湘云,论相貌她们一个鲜艳妩媚,一个灵秀洒脱,都具有"倾国倾城貌";论才学一个是"螃蟹咏"堪称绝唱,一个"海棠诗"压倒群芳,都锦心绣口很有才气。并且从门第来看,一个是侯门之女,一个是皇家商贾,与贾府都是门当户对。虽然偏偏宝玉心里只有林妹妹,但贾宝玉的博爱秉性,让他见了姐姐就把妹妹忘了。爱的不确定性,让林黛玉心怀猜忌,和贾宝玉赌气、吃醋,实在是在所难免。脂砚斋评宝黛爱情"未形猜妒情犹浅,肯露娇嗔爱始真",意思是愿意在对方面前流露出撒娇嗔怪表情的时候才说明两人在开始真正相爱。撒娇嗔怪这一点,在林黛玉身上表现得尤为突出,宝黛的爱情就是不断产生误会,不断试探,又不断化解矛盾,心灵靠得越近的过程。从中可见林黛玉对贾宝玉爱得铭心刻骨,直至付出生命。

　　林黛玉对贾宝玉有心灵相通的理解之爱。小说第三十二回"诉肺腑心迷活宝玉　含耻辱情烈死金钏"中,写心直口快的湘云劝宝玉留心"仕途经

情理探源新论

济",宝玉说:"林妹妹不说这样混账话,若说这话,我也和他生分了。"林黛玉听了这话,不觉又喜又惊,又悲又叹。所喜者,果然自己眼力不错,素日认他是个知己,果然是个知己。所惊者,他在人前一片私心称扬于我,其亲热厚密,竟不避嫌疑。所叹者,你既为我之知己,自然我亦可为你之知己矣,既你我为知己,则又何必有金玉之论哉;既有金玉之论,亦该你我有之,则又何必来一宝钗哉! 所悲者,父母早逝,虽有铭心刻骨之言,无人为我主张。况近日每觉神思恍惚,病已渐成,医者更云气弱血亏,恐致劳怯之症,你我虽为知己,但恐自不能久待,你纵为我知己,奈我薄命何! 想到此间,不禁滚下泪来。"也就是说在这一回中,贾宝玉与林黛玉长久的互相猜度、试探终于烟消云散,达成了知己之爱内在本质的彼此认同,根本原因就是思想的共鸣,即知己之爱的思想默契,对世俗的'仕途经济'的共同厌恶、反叛"。①

林黛玉对贾宝玉有疼爱忠贞之情。《红楼梦》第三十四回"情中情因情感妹妹　错里错以错劝哥哥",写贾宝玉因蒋玉菡的事被父亲打得动弹不得,黛玉前来探望"只见两个眼睛肿的桃儿一般,满面泪光",贾宝玉说道:"你又做什么跑来! 虽说太阳落下去,那地上的余气未散,走两趟又要受了暑。我虽然捱了打,并不觉疼痛。我这个样儿,只装出来哄他们,好在外头布散与老爷听,其实是假的。你不可认真。""此时林黛玉虽不是嚎啕大哭,然越是这等无声之泣,气噎喉堵,更觉得利害。听了宝玉这番话,心中虽然有万句言语,只是不能说得,半日,方抽抽噎噎的说道:'你从此可都改了罢!'"应该说,"假若在人生道路上宝、黛没有共同的叛逆意识和价值观念,也就没有他们逐日深化的纯真感情"。②可是面对心爱之人受皮肉之苦,黛玉可以退步可以妥协,让宝玉"从此可都改了罢了"! 可见林黛玉对贾宝玉的爱是身心肺腑之爱。并且林黛玉对贾宝玉有忠贞之意。小说第九十六回"瞒消息凤姐设奇谋　泄机关颦儿迷本性"中,当听说贾宝玉要娶宝姑娘时,林黛玉因完全没有想到,而备受打击。小说描写道:"那黛玉此时心里竟是油儿酱儿糖儿醋儿倒在一处的一般,甜苦酸咸,竟说不上什么味儿来了。停了一会儿,颤巍巍的说道:'你别混说了。你再混说,叫人听见又要打你了。

---

① 贺岩:《贾宝玉爱情体悟的三重境界》,《明清小说研究》2014 年第 1 期,第 149 页。
② 张锦池:《中国古典小说十二讲》,吉林人民出版社 2001 年版,第 202 页。

你去罢.'说着,自己移身要回潇湘馆去。那身子竟有千百斤重的,两只脚却像踩着棉花一般,早已软了。只得一步一步慢慢的走将来。走了半天,还没到沁芳桥畔,原来脚下软了。走的慢,且又迷迷痴痴,信着脚从那边绕过来,更添了两箭地的路。这时刚到沁芳桥畔,却又不知不觉的顺着堤往回里走起来。和紫鹃回到潇湘馆,只见黛玉身子往前一栽,哇的一声,一口血直吐出来。"小说第九十七回"林黛玉焚稿断痴情 薛宝钗出闺成大礼",自从知道贾宝玉和薛宝钗订婚的消息后,林黛玉就一病不起,临死前,挣扎着在卧榻边,狠命撕宝玉送的旧帕和写有诗文的绢子,又叫雪雁点灯笼上火盆,黛玉将绢子烧掉,之后便含泪而逝。

3. 常情

重情类型中还有一种形式是常情,常情是小人物在寻常生活中的重情表现。常情不像宝黛爱情那样作为小说的主线揭示主题,但也可以成为读者欣赏的焦点,给人们真诚厚重的审美体验。袭人是贾宝玉房里四个大丫鬟之首,宝玉因见她姓花,故取陆游诗句"花气袭人知骤暖"之意为其改名为"袭人"。袭人在《红楼梦》中是具有"常情"品质的典型人物,她内心善良,在大观园有自我定位、有责任意识,其情感品质内涵丰富,让人刮目相看。

袭人忠于贾府。《红楼梦》第十九回"情切切良宵花解语 意绵绵静日玉生香"中,写袭人被母兄接回家去吃年茶,母兄与她商量要将她赎回之事,袭人不愿回去,哭诉道:"当日原是你们没饭吃,就剩我还值几两银子,若不叫你们卖,没有个看着老子娘饿死的理。如今幸而卖到这个地方,吃穿和主子一样,又不朝打暮骂。况且如今爹虽没了,你们却又整理的家成业就,复了元气。若果然还艰难,把我赎出来,再多掏澄几个钱,也还罢了,其实又不难了。这会子又赎我作什么?权当我死了,再不必起赎我的念头!从袭人这段话中,可知袭人从小就被卖入贾府,没有得到过正常的父母之爱,小小年纪便要承担家庭重担,到别人家做奴婢看别人眼色。"贾府是袭人从小长大的地方,比起狠心将她卖入贾府的父母来,她先后服侍过的主子贾母、史湘云、宝玉,对她都还不错,这使她对贾府产生了一种归属感,这种归属感使她对哪个主子都尽心尽力。所以,袭人对贾府忠心不二,主子命令她服侍谁,她的心里便唯有谁。即便后面贾府被抄、家败、人散、宝玉失踪,袭人都

《红楼梦》情理探源新论

始终没有离开贾府。

袭人办事周全。在贾府丫头中袭人是对人和气,处事稳重,人前人后被夸奖的人。袭人虽然是怡红院里的首席丫鬟,但手底下有牙尖嘴利的晴雯,有喜欢到处显摆炫耀的秋纹,更有仗着奶过宝玉整天倚老卖老的李嬷嬷。但小说前八十回里,看不到袭人与任何人闹别扭的情节,这就因为袭人处事周全,为了让主子宽心,她善于把大事化小,小事化了,或者选择忍气吞声,不与他们计较。如小说第二十回"王熙凤正言弹妒意 林黛玉俏语谑娇音"中,写袭人回家省亲后回到贾府就病了,头疼发烧躺在炕上。李嬷嬷来看宝玉,见袭人躺着不动就生气大骂,说袭人装狐媚子哄宝玉。袭人心中有委屈,但她并没有跟李嬷嬷理论,而是自己一个人偷偷哭。宝玉因为李嬷嬷之事发了火,摔了茶杯,贾母派鸳鸯过来问怎么回事,袭人并没有据实以告,而是说自己不小心摔了杯子,遮掩了过去。不仅如此,晴雯因为跌坏了扇子跟宝玉闹了口角,袭人从中劝和。春燕娘跟芳官吵嘴,在怡红院大吵大闹,袭人压制不了,关键时刻派出麝月。宝玉和黛玉每一次闹别扭,袭人都劝宝玉先去认错。宝玉和湘云因为仕途经济起了冲突,袭人从中岔开话题,等等。这些日常生活中的琐事,看似鸡毛蒜皮却最考验一个人的耐心和处理问题的能力。而袭人每每思虑周全处理得恰到好处。所以王夫人评价袭人"你们那里知道袭人那孩子的好处?比我的宝玉强十倍! 宝玉果然是有造化的,能够得他长长远远的伏侍他一辈子,也就罢了"。宝玉在晴雯等人被赶后也评价袭人说:"你是头一个出了名的至善至贤之人。"先是贾母夸袭人克尽职任,接着是王夫人夸袭人比宝玉强十倍,接着是宝玉夸袭人至贤至善,一家三代人且是地位最尊贵的三代人,都对袭人有如此高的评价,袭人的能力之强和品行之好可想而知。

袭人真心对贾宝玉。尽管袭人对贾府忠心不二,主子命令她服侍谁,她的心里便唯有谁,但对宝玉,袭人是别样的感情。小说第六回"贾宝玉初试云雨情 刘姥姥一进荣国府"中,写宝玉把梦中警幻仙子授云雨之情告诉了袭人,宝玉"素喜袭人柔媚娇俏,遂强袭人同领警幻所训云雨之事。袭人素知贾母已将自己与了宝玉的,今便如此,亦不为越礼,遂和宝玉偷试一番,幸得无人撞见。自此宝玉视袭人更比别个不同,袭人待宝玉更为尽心"。如果

— 98 —

说以前袭人对宝玉从未有过太多奢求的话,那么在与宝玉偷食禁果之后,她对宝玉的感情开始变得复杂。与宝玉的肌肤之亲,在唤醒她性意识的同时,也唤醒了她的责任意识,宝玉已经深深地刻入了她的生命和灵魂,从此她对宝玉的关怀更加"无微不至"了。小说中袭人一直想用一个女人的柔情蜜意来征服宝玉的心,拴住他的心,所以她抓住一切机会规劝贾宝玉走正路。小说第十九回"情切切良宵花解语 意绵绵静日玉生香"中,有这样一段描写:"袭人见宝玉性格异常,淘气憨顽自是出于众小儿之外,更有几件千奇百怪口不能言的毛病儿。近来仗着祖母溺爱,父母亦不能十分严紧拘管,更觉放荡弛纵,任性恣情,最不喜务正。每欲劝时,料不能听,今日可巧有赎身之论,故先用骗词,以探其情,以压其气,然后好下箴规。"接着袭人对贾宝玉约法三章,一是不准随便乱发誓,总说化灰化烟的混话。二是不论喜不喜欢读书,在老爷面前都要装个样子,不准批评读书上进的人。三是不准调脂弄粉,吃人家嘴上的胭脂,与那爱红的毛病儿。告诉宝玉"百事检点些""不能任性任情"。袭人是看着宝玉长大的,也是跟宝玉一块儿长大的。宝玉在袭人面前几乎没有隐私,对宝玉看得最清楚的一个人就是袭人。虽然"约法三章"宝玉不可能做到,但袭人作为贴身服侍的大丫鬟,是尽职尽责,恪守她的本分。袭人既像一个奴仆,又像一个姐姐一样,照看和关怀着怡红院里的一切,维护着主人贾宝玉的世界。小说第一百二十回"士隐详说太虚情 贾雨村归结红楼梦"中,写宝玉出家当了和尚,王夫人和薛姨妈商量给袭人配一门正经亲事,"袭人悲伤不已,又不敢违命的,心里想起宝玉那年到他家去,回来说的死也不回去的话,'如今太太硬作主张。若说我守着,又叫人说我不害臊;若是去了,实不是我的心愿',便哭得咽哽难鸣,又被薛姨妈宝钗等苦劝,回过念头想道:'我若是死在这里,倒把太太的好心弄坏了。我该死在家里才是。'"由此可见,袭人对宝玉的感情非同一般,她全身心地爱着宝玉,爱得真挚、执着,无怨无悔。

袭人还是一个智慧的人。小说第三十四回"情中情因情感妹妹 错里错以错劝哥哥"中,写宝玉因所谓"流荡优伶""淫辱母婢"等罪状遭到贾政一顿痛打后,袭人如同惊弓之鸟,惊恐不已,她觉得再不加制止,宝玉很可能会闯出更大的"丑祸"来。于是在王夫人找她谈话时,便未雨绸缪、孤注一掷

情理探源新论

提出了自己的建议:"怎么个变法儿,以后竟还叫二爷搬出园外来住就好了。"并说出来自己的顾忌:"如今二爷也大了,里头姑娘们也大了,况且林姑娘宝姑娘又是两姨姑表姊妹,虽说是姊妹们,到底是男女之分,日夜一处起坐不方便,由不得叫人悬心,便是外人看着也不象。一家子的事,俗语说的'没事常思有事',世上多少无头脑的人,多半因为无心中做出,有心人看见,当作有心事,反说坏了。只是预先不防着,断然不好。二爷素日性格,太太是知道的。他又偏好在我们队里闹,倘或不防,前后错了一点半点,不论真假,人多口杂,那起小人的嘴有什么避讳,心顺了,说的比菩萨还好,心不顺,就贬的连畜生不如。二爷将来倘或有人说好,不过大家直过没事,若要叫人说出一个不好字来,我们不用说,粉身碎骨,罪有万重,都是平常小事,但后来二爷一生的声名品行岂不完了,二则太太也难见老爷。俗语又说'君子防不然',不如这会子防避的为是。太太事情多,一时固然想不到。我们想不到则可,既想到了,若不回明太太,罪越重了。近来我为这事日夜悬心,又不好说与人,惟有灯知道罢了。"袭人的深思远虑触动了王夫人担心宝玉"作怪"的心事,王夫人对她感激不已、"感爱"不尽。这里,袭人的"告密"在令王夫人感激和"感爱"的同时,也引起了人们对她的鄙夷和唾骂。其实袭人并非故意向贾府高层邀宠讨好,也并非刻意破坏宝黛之间的感情。在贾府她耳濡目染中受到的是封建思想的熏陶,被灌输的是封建礼教的规范,在她看来自由恋爱是为封建礼法所不容的洪水猛兽,身为宝玉的贴身丫头便不能眼睁睁地看着宝玉被其吞噬。袭人一向息事宁人,宁愿自己受委屈受劳累,也不愿惹起事端,她"告密"的初衷只是想要保护宝玉,防"丑祸"于未然,保全宝玉"一生的声名品行",至于后来的风生水起,恐怕是她始料未及的。

综上所述,在《红楼梦》的"情文化"体系中,"情"具有哲学的普遍意义,它既包含男女相恋之情,也包括人与人之间的亲情、友情以及人与物之间的感通之情。其"情"的表达具有品位的层次性,即以"纯美之情"为基准,最高品位是"至情",即至真、至善之情;最低品位是"肌肤滥情",即脱离人性、违背人情、亵渎人伦的自私之情。在有情世界的"情"价值取向中贾宝玉的"意淫"具有超越时代的先进性。贾宝玉的"意淫"超越了狭义的男女恋情,超越了人与人之间的亲情关系,更为广泛地指向普遍联系、生生不息的大千世界。当整个社会以"纲常名教"为经纬编定严格的行为规范时,曹雪芹却以情作为人与人之间联系的主要纽带,以本真和才智、人性的完美作为人生的追求,这在封建社会是一种离经叛道的行为。但正是这些行为体现了曹雪芹"不为任何外物所累"的人性本真思想,展现了人类崇尚自然、追求纯真、向往自由的至纯至真之情,特别是其中自然率性、平等待人、娱情悦性的本质内涵,则闪耀着人文主义思想的光芒。

情理探源新论

第八章 《红楼梦》情文化价值

众所周知,文学创作的本质属性是"情感评价",也就是说凡是文学创作都存在着情感评价,所有文学创作都是作家"以一定的价值取向标准对所描述或表现的人物与事件所做的情感'裁判'"①。"诗意裁判"与"情感评价"含义相通,但其具有真、善、美价值取向的规定性。所以较之"情感评价","诗意裁判"的标准更高、要求更严,其所体现的文学创作品位也更高。"诗意裁判"下,贾宝玉情感行为有人性的光辉,有真、善、美的价值品质。正因如此,曹雪芹的"情文化"构建体现他文学创作的高品位追求。

一、尚善的人生价值追求

文学创作中的"诗意裁判",是以"善"作为核心审美价值取向。因为实践证明唯有"善"的情感价值取向,文学才会发挥其抑"恶"扬"善"的作用,才能给读者以积极向上的精神影响。"优秀的文学作品总是因其'善'意的投放,而产生发扬其高级,摒弃其低级,文以载道给人以高尚的熏陶作用。"②而文学作品能否以高尚的情感态度作用于社会生活,作家是否有高尚的人格情操是关键。文学创作的高品位,来源于作家的以尚"善"为特征的思想力量。只有作家有高尚的思想品格,才能在他的文学创作中通过主题思想、情感态度、故事情节设计等方面体现出高品位思想追求,并且因其文学作品的高尚思想品格的投放而对社会人生发挥出积极的"助益"作用,文学创作的"尚善"的价值品质才能实现。曹雪芹在贾宝玉社交行为描写中,他写好

---

① 童庆炳:《文学理论教程》,高等教育出版社1998年版,第166页。
② 孙犁:《耕堂读书记》,百花文艺出版社1982年版,第100—101页。

事也写坏事、写大事也写小事、写美事也写丑事；他有时详写、有时略写，有时实写、有时虚写。但不管哪种写法，读者都可以从他寄予着褒贬的笔致中，看到他对美丑、善恶、是非的"裁判"，听到他对封建社会摧残人性的谴责和对美好生命理想的呼唤。

第一，"生命本真"的人生理想。

曹雪芹是一位有着高尚人格力量的作家，作为他的代言贾宝玉在社会交往活动中执着于真、善、美的理想追求，一定程度上复现了曹雪芹的人格品质，践行了曹雪芹的人生追求。

贾宝玉为读者喜爱的原因之一就是他的"石性"特质，即他的"本真"生命状态。贾宝玉的"本真"品质，脂砚斋有"物性自遂，任性恣情"的点评。贾宝玉有"本真"的人生状态追求，所以在生活中他不随俗、不妥协，时常表现出乖张、偏僻似傻如狂的情态，以此来抗拒封建世俗礼教的束缚。由于"贾宝玉执着于生命'本真'的现实理想，他不虚伪、不矫饰，在他自己'有情'世界的构建中，极力摒弃世俗功利的成分，使自己的人生呈现出一种'绝假存真'的清明状态"[①]。所以"物性自遂、任性恣情"，是贾宝玉"本真"生命理想追求的外在表现。

在大观园里，林黛玉是贾宝玉的真爱。林黛玉出身于"清贵之家"，由于小时父母钟爱，比较任性。后因父母早丧，寄居贾府，孤苦伶仃。环境的龌龊势利，使她"自矜自重，小心戒备"，为保持自己纯洁的个性，她始终"孤高自许，目下无尘"，并且常以"比刀子还利害"的语言，揭露周围不合理的现象，因而被人看作是"刻薄""小心眼"。她鄙视封建文人的庸俗，诅咒八股功名的虚伪。"和宝钗之美相比，黛玉之美是没有任何社会功利和世俗因素的人性美，是一种摒弃生命本身之外物，对于纯洁生命和真纯情感的执拗。"[②]作为生命本真的自然流露，贾宝玉的"物性自遂、任性恣情"也表现在对同性朋友的爱恋倾向中。与秦钟、蒋玉菡、柳湘莲为友，是因为贾宝玉在他们身上也发现了类似于黛玉的本真之美。尽管他们"秉承正邪二气"，但他们举

---

① 刘秀玲：《"诗意"裁判彰显尚"善"品质》，《东南大学学报（哲学社会科学版）》（增刊），2010年第12卷，第38页。
② 詹丹：《〈红楼梦〉与中国古代小说研究》，东华大学出版社2003年版，第9页。

情理探源新论

手投足中没有虚伪,没有造作。这一点在受礼教束缚严重,人们大都已经失去了生命本真之质的封建社会里是难能可贵的。所以当三个与自己"心性相通"的男性人物出现在面前时,贾宝玉耳目一新,一如他见到美丽清纯的女儿一般清爽舒适。贾宝玉从朋友们的人生中不仅求证了与自己类似的自由率性情感的美好,同时他自己的自由本真之质也得到了立体而动态的展现。

第二,"悲天悯人"的至善情怀。

《红楼梦》"大旨谈情",是因为贾宝玉是个有情之人。在贾宝玉的思想观念中,"没有什么善人与恶人之分,有的只是有情人与无情人之分,因此他区分人的标准就是一个'情'字。"①关于贾宝玉的"情",脂砚斋蒙府本第十九回旁批的评语是"天生一段痴情,所谓'情不情'",据脂砚斋甲戌本第八回的解释,"情不情"就是"凡世间无知无识,彼俱有一痴情去体贴"。由此可见,贾宝玉的情与众不同,他的"情"除了人之常情之外,还有对他人他物的一种体贴关爱之情,也可以说贾宝玉具有一种"悲天悯人"的博爱情怀。贾宝玉的这种"博爱"情怀,是他人性至善的表现,这种博爱之情洋溢在他的心中,也散发到他生活的各个角落。

基于"女儿是水做的骨肉,男人是泥做的骨肉,我见了女儿,我便清爽,见了男子,便觉浊臭逼人"的想法,贾宝玉在大观园里对美丽、清纯的女儿们极度关心爱护,任由她们使性而唯恐她们生气落泪弃他而去。在大观园外,贾宝玉对地位低微、家境贫寒,但情投意合的同性朋友也倾注了深厚的感情。从小说的描写中,我们看到贾宝玉与秦钟、蒋玉菡、柳湘莲,他们见面时彼此倾慕,相见恨晚;交往中关心体贴,嘘寒问暖;离别时依依不舍,话语缠绵。不仅如此,贾宝玉的这种怜香惜玉之"情",还延伸到对自然万物的怜惜和疼爱上。小说第三十五回写贾宝玉"时常没人在跟前,就自哭自笑:看见燕子,就和燕子说话;看见了鱼儿,就和鱼儿说话;见了星星月亮,不是长吁短叹的,就是咕咕哝哝的"。贾宝玉之所以这么"多愁善感",是因为贾宝玉有"仁爱"之心,他不仅做到了推己及人,还可以为了他人,为了"和谐有情"

---

① 詹丹:《〈红楼梦〉与中国古代小说研究》,东华大学出版社2003年版,第9页。

而"低声下气""为他人充役使"。也正因如此,贾宝玉在社会交往行为中,不但为自己找到了一条感情寄托和付出的通道,同时其无意义的人生也因关怀、献身,乃至于人生"至善"博爱践行,而获得了一种特殊的生命意义。

第三,"怡情悦性"的审美情致。

贾宝玉是一个有审美品位的人。作为一个自然人,贾宝玉对于美有一种本能的关注;作为一个文化人,贾宝玉对美又有一种独特的关照。由于贾宝玉"不以现实价值和意义要求生活,而寻求有韵味和独得之乐的生活方式,放弃强势而选择弱势,放弃攻势而选择守势,放弃功利而选择审美"[1],所以,生活中贾宝玉他所关注的是自然灵秀之物,他所关爱的是俊俏聪慧之人,贾宝玉的情感体验构成一定程度上可以说就是美的汇集。也就是说,虽然贾宝玉并不把"色"看作人之唯一价值,但他的社会交往对象的选择和他的女儿崇拜心理一样,不可否认的都含有满足审美需要的倾向。

在大观园里,女儿们的清纯美丽,在贾宝玉的心目中非仰慕不足以表达珍爱之情。林黛玉婀娜苗条、转盼含情、忧郁多病之美,与西施神似。她的《葬花吟》《秋窗风雨夕》《桃花行》等作品表现出来的忧愁、憔悴、柔婉、清瘦形象,与李清照《醉花阴》词"帘卷西风,人比黄花瘦"、《声声慢》词"满地黄花堆积,憔悴损"、《一剪梅》词"一种相思,两处闲愁"堪称千载知音。薛宝钗比黛玉另具一种妩媚风流,她"生得肌骨莹润,举止娴雅。唇不点而红,眉不画而翠,脸若银盆,眼如水杏。又品格端方,容貌丰美,人多谓黛玉所不及。"宝钗作诗,水平更是超过众人,咏白海棠,李纨评判她是第一名;她的螃蟹咏,赢得大家一致好评,令人折服。史湘云则"风流倜傥,不拘小节;诗思敏锐",才情超逸。爱打扮成个小子样儿,原比她打扮女儿更俏丽了些。小说第六十二回"憨湘云醉眠芍药裀　呆香菱情解石榴裙"中,湘云喝醉了酒便枕着芍药花睡着了,更娇憨可爱至极。曹雪芹以神来巧笔,描绘出了大观园女儿们各个独特之相貌,风光旖旎,美不胜收。而日日和美丽女儿们相处的贾宝玉,在自惭形秽之余,便自觉地担起了爱花、养花、护花的使命。讨好她们、宠爱她们,任由她们使性而唯恐她们生气落泪弃他而去。正是因为有

---

[1] 徐卫卫:《论贾宝玉欲求之边缘性》,《红楼梦学刊》2004年第3辑,第49页。

情理探源新论

珍爱一切美好事物的心理,使得贾宝玉对美有着一种异乎寻常的敏感,因而发现美、拥有美、关爱美是他人生的一大特点。在大观园外,贾宝玉把他对女儿的审美情感扩展开来,延伸到同性朋友的身上,也获得了同样的心理满足和审美愉悦。从小说的描写我们知道,秦钟、蒋玉菡和柳湘莲他们都不是粗鄙憨愚的精壮汉子,相反他们都有相当浓重的女性色彩。妩媚、娇好的容貌,温柔、婉丽的言谈,温文尔雅的举止,这些都是贾宝玉所钟情的那个女儿世界所具备的特征。正是因为朋友们具有"女儿之风",这就拨动了贾宝玉心底的那种"女儿崇拜"情结,以至于引发了贾宝玉对他们的爱惜体贴之情。由此可见,贾宝玉的思维方式、生活习惯均具有强烈的审美需要表征。也正因如此,小说第十九回袭人回家吃年茶,宝玉带茗烟前去串门,看到袭人漂亮的两姨妹妹,也就不禁心生爱恋,发出"见他实在好得很,怎么也得在咱们家就好了"的感慨。

二、助益社会的精神影响

《红楼梦》是曹雪芹用文学的手法对封建社会唱出的一曲挽歌。通过描写贾宝玉构建"有情"世界的人生经历,曹雪芹在小说中揭露和鞭笞了封建社会的虚伪、丑恶,表达了现实生活中人们对生命本真理想和个性关怀的追求。因而,《红楼梦》情文化思想对社会进步和人生幸福有着重要的促进作用。

一方面,作为小说的情节构成,贾宝玉有情行为的描写,对社会进步、对个体发展产生了积极的影响。在小说第二回贾宝玉说:"女儿是水做的骨肉,男人是泥做的骨肉。我见了女儿,我便清爽;见了男子,便觉浊臭逼人。"日常贾宝玉也"最喜欢在内帏厮混",对大观园里的姐姐妹妹关心爱护,唯恐她们不理自己。如此种种都说明作家曹雪芹有鲜明的"崇女贬男"思想倾向。而小说颠覆"男尊女卑"世俗观念的同时,也向中国封建等级制度发出了挑战。再有,贾宝玉与秦钟、柳湘莲、蒋玉菡等地位低微的同性为友,打破了封建等级的界限,违背了世俗礼教的清规戒律。所以,贾宝玉的情感付出和社交行为,不仅具有否定和批判封建礼教的历史意义,而且其生命本真、个性解放、平等自由的思想内涵,具有时代进步的社会意义。这一点至今闪耀着人文主义光芒,对当代社会的文明和进步具有重要的促进意义。另一方面,贾宝玉人生的悲剧性结局,也因其悲剧效应而发挥着积极的精神影响。小说中贾宝玉和林黛玉都是按自己的意愿自由生活的人,他们之间有一种自然率性、无拘无束的心灵默契,有一种无视门第、无视贵贱、无功利需求的人情本真的认同。但是由于他们心性超凡脱俗,在金科玉律至上的封建社会,这就注定了他们的人生一定是悲剧性的结局。因此,人们在为他们扼腕叹息的同时,不由地从内心发出愤怒的考问——这样的世界还应该存在吗?这就是悲剧结局所产生的震撼效应。正是由于小说悲剧性的结局震撼读者的心灵,读者与作家的思想感情就很快发生共鸣。而在悲剧性的鉴赏中,这种共鸣会使读者的心灵得到了净化,情操得到了陶冶,境界得到提升。所以从"助益"现实人生的角度来看,贾宝玉的情感付出和社交行为描写,不仅具有对社会进步人生幸福的促进作用,而且对当代和谐社会的构建和平等自由、个性关怀文明思想的传承具有重要的现实意义。

　　曹雪芹拥有一颗独特而伟大的心灵。这颗心灵里有对生命和世界中纯洁而美好的东西的深深眷恋,有为其不可避免的衰落和破碎而产生的伤痛。作为小说主题思想的有机构成,在贾宝玉的情感描写中我们看到了曹雪芹那颗孤独、执着地跋涉,虽然时时迷茫,却依然追寻着春天的伟大灵魂,感受到了伟大作家曹雪芹的求真、向善、济世的不朽人格魅力。

三、情真意切的艺术创造

　　如果说贾宝玉情感付出描写的尚"善"价值品质,是以作家的高尚人格和作品"助益"社会人生的精神影响来据实的。那么"真诚的叙事情态"和"意蕴丰富的情境描写"就是贾宝玉有情描写"诗艺"创作的具化。众所周知,虽然文学审美特质的表达方式各有不同,但"情真意蕴"则是一切优秀文学作品所共有的特点,也是作家审美创作的共同追求。"诗意裁判"下,贾宝玉的有情行为描写,其具有"真诚的叙事情态"和"意蕴丰富"的情境描写特质。这些"诗艺"创作特质,不仅说明曹雪芹在小说"旁枝末节"描写态度上的细致缜密,而且也体现出他文学创作形式上的别具匠心。

情理探源新论

1."真诚"的叙事情态

文学贵在"以情动人、以诚感人"。作品能否达到创作效果,作家是否有真诚的创作态度是关键。因为只有作家的创作情感处于诚挚的状态,他的作品才有可能呈现"真诚"的表征,才有可能使读者因其真而受感染、因其诚而被打动,进而使读者与作家的思想感情产生共鸣,作品也才可能走进读者的内心,为读者所认同和接受。而文学作品真挚的情态又不是由作家的艺术技巧造就的,它是来自作家对生活的深刻体验。体验是情感产生的基础,体验融入作品真情才会生发出来。如果作家没有对生活的真切体验,作品是不会有情感的诚挚情态。

真诚有感染力是小说至今为不同层次的读者所喜爱的原因之一。小说第一回"甄士隐梦幻识通灵　贾雨村风尘怀闺秀"中,一方面,作者娓娓地向读者说明小说的来历态度诚恳真挚,表达了对"闺阁女子"的敬佩,也表达了自己身为须眉却不及闺阁女子的惭愧。小说写道:"今风尘碌碌,一事无成,忽念及当日所有之女子,一一细考较去,觉其行止见识皆出于我之上。何我堂堂须眉,诚不若彼裙钗哉?实愧则有馀,悔又无益之大无可如何之日也!当此,则自欲将已往所赖天恩祖德,锦衣纨绔之时,饫甘餍肥之日,背父兄教育之恩,负师友规训之德,以至今日一技无成,半生潦倒之罪,编述一集,以告天下人:我之罪固不免,然闺阁中本自历历有人,万不可因我之不肖,自护己短,一并使其泯灭也。"另一方面,作家也真诚地叙述了自己创作的艰难和决心,即"虽今日之茅椽蓬牖,瓦灶绳床,其晨夕风露,阶柳庭花,亦未有妨我之襟怀笔墨者"。并且在这一回,曹雪芹还用了"满纸荒唐言,一把辛酸泪。都言作者痴,谁解其中味"?这首诗来表达自己创作《红楼梦》的感受。这里的"辛酸泪"和"其中味",足以让读者感到作家想要表达自己心迹的强烈愿望,这种愿望是作家独特人生体验和深刻反思的升华。所以,阅读小说文本能从中看到作家的身影,能感受到作家对人生、社会的理性思考和深刻把握,能体会到作家的现实理想和未来追求。因此,阅读融入了作家曹雪芹人生感悟的《红楼梦》,铺面而来的就是真实诚恳的气息。同样,作为小说的有机构成贾宝玉社交行为描写也具有"真诚"的叙事特点。小说主人公贾宝玉和作家一样,他的人生理想就是要在浑浊的现世构建一个"世外桃源",建立一个真实、洁静、有情的世界。这个世界不仅作为小说人物活动的环境而存在,而且作为曹雪芹自己的灵魂栖息地而存在。因而贾宝玉在社会交往行为中的行为表现,某种程度上是作家独特人生经历和"高尚"思想品格的复现,就是作家"生命本真"现实理想的动态表达,就是作家人性关怀未来追求的践行。所以从贾宝玉的社交行为描写中,我们也同样看到了曹雪芹他那一颗独特的灵魂,踯躅于自己的"有情"世界,执着地跋涉,虽然时时迷茫,却依然追寻着春天的伟大灵魂。也正因如此,曹雪芹的人生理想和追求就通过贾宝玉社交行为这一假定的情境描写,实现了生活真实到艺术真实的飞跃,实现了内在的人本和博爱思想的认同到文学的诚挚的情态的集中呈现的飞跃。

2. 意蕴丰富的情境描写

文学是语言的艺术,其特质之一就是文学价值品格的实现。文学不是教义式的赤裸裸的直白,而是一种把情感评价寄寓于"境"的创造之中,并与"理"的诠释相交融的艺术创造。优秀的文学作品往往通过"诗艺"设计,使作品情境理交融、含义丰富、韵味无穷。对于贾宝玉的社交行为,作家的描写看似信手一过,没有大量细致的描摹,虽然这与洋洋洒洒的小说内容描写相比,显得无足轻重。但却是作者的神来之笔,看似"异态"的行为表征没有可论之处,但其效果却展现出丰富的文学意蕴。

第一,完善了"情爱观"的内涵。

以往人们在评述贾宝玉的情爱观时,更多的是停留在大观园里他和林黛玉的爱情和他对众女儿的关爱层面上。这样一来大观园以外,贾宝玉的情感活动的作用,往往被淡化或忽略。事实上,通过贾宝玉在大观园外的社会交往行为描写,我们不仅可以对贾宝玉的情感世界认识的更全面,而且还能对他广泛的但又是有条件的情爱观有一个充分的认识。贾宝玉的情爱对象是广泛,表现为他为大观园中不同层次的人着想。不仅如此,在社会交往过程中,对三个地位低微、家境贫寒的朋友,贾宝玉也报之以深情厚谊。正是这种同情人、关爱人、把人当人、舍己为人的博爱情怀,构成了小说的一种重要思想基调,使小说放射出人文主义精神的光辉。同时,贾宝玉的情爱观又是有条件的。贾宝玉的情爱是有原则的,并不是不分是非的屈从。贾宝玉情爱的条件主要有两个：一方面是赏心悦目的。贾宝玉诚然是个"泛爱主义者"，但他之"爱人"并不是儒家道德纲常之"仁爱"。贾宝玉所谓的"情爱"是要以漂亮的相貌和自然率真的性情为前提的。因此，虽然贾宝玉有所谓的"女儿崇拜"情结，而对男人贾宝玉也并不都一概排斥，他见了秦钟、柳湘莲和蒋玉菡也感觉神清气爽。原因是秦钟、柳湘莲和蒋玉菡他们不仅有女儿般的俊美形貌，而且他们也有自然随性、脱俗不羁的心性，也表现出纯粹率真的一面。由此可见"赏心悦目的本色之美"是贾宝玉情感产生的前提条件。

第二，暗示主人公阶段性命运。

国学大师王国维指出，《红楼梦》是关于人生、宇宙和哲学的思考。在小说中，作家塑造除宝玉之外的三个具有同样性格倾向的男子，不只在于让读者看到他们志同道合，不只在于表达主人公追求生命本真的理想，还在于让他们成为贾宝玉各段生命时期的人生引导。也就是说，让秦钟、蒋玉菡和柳湘莲的人生及结局，在某种意义上成为贾宝玉由红尘依恋到皈依空门生命历程中不同阶段的缩影。这就丰富了贾宝玉的人生经历，对贾宝玉的现实人生历程做了阶段的暗示。

首先从秦钟的人生来看，其行为的失礼、失态组成了他的人生历程。秦钟姓名的谐音是"情钟""情种"，寓意秦钟是一个"钟情之人"。关于秦钟，脂砚斋评"古诗云'未嫁先名玉，来时本姓秦'。二语便是此书大纲目，大比托，大讽刺处"，前句"名玉"当然指宝玉，后句"姓秦"则指秦钟。实际上脂砚斋评语为透露出一个消息，即秦钟、贾宝玉名虽二，实为一体。曹雪芹是借秦钟之名写宝玉之实。在小说文本中，考察秦钟死后贾宝玉的人生的变化轨迹，确实可以看出秦钟的结局对贾宝玉行为有某种暗示的作用，即秦钟死后，贾宝玉就少了那种心猿意马的性爱冲突而专一执着，而是诗意地生活在大观园的净土之中，开始对众女儿同情、关注和呵护，开始了对"木石前盟"的精神恋爱。"秦钟的人生结局，即标明宝玉从深陷的情欲中走出，他冲破情欲之网摆脱尘界之情事，升华为纯洁爱情的向往和追求。"[①]

---

① 刘竞:《超越的幻灭》,《红楼梦学刊》2002年第2辑,第81页。

蒋玉菡是小说中的小人物,虽然作家对他着墨不多,但他对贾宝玉的人生也有重要的暗示作用。蒋玉菡从名优、从被玩弄的豢养状态中走了出来,独立门户的开始新生活,可以说是他对命运的反抗,是他的一种新的人生追求的实践。袭人是和贾宝玉有过性体验的人,最后嫁给了贾宝玉的朋友蒋玉菡,而蒋玉菡也没有嫌弃袭人,生活中反而尊敬和理解她的心思,最终两人比翼生活,夫唱妇随。这似乎在告诉人们秦钟之于贾宝玉毕竟是他人生修行悟道的历练,而唯有蒋玉菡才是他留在人间真正的归宿。这就预示出贾宝玉在世间的另一种人生结局,"真正理想的人生是什么,在当时当世归于平静平淡,入境随俗是一种人生的选择。"①柳湘莲的人生悲剧对贾宝玉人生暗示作用更加明显,可以说是柳湘莲把宝玉从红尘之中拉出来,最终完成了悲剧的解脱。小说中柳湘莲是贾宝玉人生的最后一个同性知己,他用自己叛逆的一生,抗争过,也拥有过。随着尤三姐的自刎身亡,柳湘莲认识到自己最应珍惜的爱人失去了。人生不断寻找苦苦追寻的纯真爱情,就在自己眼前化为虚有。此情人世间再难拥有,于是柳湘莲万念俱灰出家皈依了佛门。"从人生道路这个角度看,柳湘莲的人生悲剧对贾宝玉有铺垫、启迪和引导等艺术作用。柳湘莲的入空门,便是贾宝玉的先行者和示范者。"②可以说,是在柳湘莲的前导下,宝玉渐悟了。于是小说中的贾宝玉在失去林黛玉后也生无可恋,最终选择了皈依佛门的道路。

第三,辅助人物形象的塑造。

从文学价值来看,贾宝玉与同性朋友秦钟、蒋玉菡和柳湘莲交往的描写,有辅助人物塑造的重要作用。一方面,从社会关系来看,透过他们的悲剧性的人生历程,我们看到了一个丰富多彩的大千世界,在这个世界里,演绎着封建社会里亲情、友情乃至于爱情的存续状态,感受着亲情冷漠,友情失态,爱情毁灭的失常。同时也更加使我们强烈地感受到在礼教束缚严重的中国封建社会,想保持自然本真、个性自由的人性是不现实的。另一方

---

① 白先勇:《贾宝玉的俗缘蒋玉菡与花袭人——兼论〈红楼梦〉的结局意义》,《红楼梦学刊》1990年第1辑,第64页。
② 关四平、陈默:《柳湘莲人生悲剧索解》,《东北师大学报(哲学社会科学版)》1996年第6期,第71页。

情理探源新论

面,对贾宝玉这一人物形象的塑造起了重要的铺垫作用。因为正是他们的相识相知、密切交往,才使小说的情节进一步展开,正是在他们交往的环境中,贾宝玉的性情才得以更充分的展现,从而使人物性格日益突出,人物的形象也更加丰满。所以从社会意义和文学作用两个方面来看,贾宝玉的社交行为描写,及秦钟、蒋玉菡和柳湘莲他们的形象塑造,在小说中的作用是不能低估的。为此对于《红楼梦》的读者和研究者来说,在阅读和分析小说作品时既不能轻视更不能忽略小人物,我们应该站在历史的角度,站在文学创作高度,对《红楼梦》中的小人物进行充分的审视,从而使这些人物及情节的存在价值,得到高度重视并得以显现出来。

下 篇

异 态 论

下篇

杂志卷

第九章　贾宝玉同性交友价值取向

贾宝玉是大荒山青埂峰下的一块顽石,他一身二任:既有顽石之性,顽固不化,终生无悔;又有情根之质,倾心铸造儿女真情。《红楼梦》中对贾宝玉的描写可以说都和"情"有关,诸如为平儿理妆,流下"痛泪";为香菱解裙,只为尽心;怡红共榻,男女无猜;万儿幽会,祝他"造化";龄官画蔷,痴及局外;智能斟茶,喝她情意;觅药疗妒,一厢情愿……从中可见贾宝玉从青埂峰带来的情是天然之情,这种情自然与各种"人力穿凿扭捏"之情不同。在贾宝玉看来"人没有什么善人与恶人之分,有的只是有情人与无情人之分"。[①]所以,小说中的贾宝玉,总是在袒护别人,替别人着想。即便是贾环推翻桌上的油灯故意烫伤他,他也委屈自己不向贾母告发贾环。贾宝玉不仅自己用情,他还把"情"作为区分人的标准。真、善、美是贾宝玉的审美追求目标,也是他情之所至的归宿。而他与秦钟、蒋玉菡、柳湘莲的交往正是他人生追求的具体体现,也是他情感选择的必然结果。

一、率性脱俗的求真

关于贾宝玉的独特个性,脂砚斋有许多精彩的评点。在脂砚斋庚辰本第十九回,对贾宝玉有这样一段批语:听其囫囵不解之言,察其幽微感触之心,审其痴妄委婉之意,皆今古未见之人,亦今古未见之文字。说不得贤,说不得愚,说不得不肖,说不得善,说不得恶,说不得正大光明,说不得混账恶赖,说不得聪明才俊,说不得庸俗平(凡),说不得好色好淫,说不得情痴情

---

① 刘竞:《超越的幻灭》,《红楼梦学刊》2002年第2辑,第29页。

种，恰恰只有一颦儿可对，令他人徒加评论，总未摸着二人是何等脱胎，何等骨肉。又有小说第十九回写到"如今且说人自幼见宝玉性格异常"，脂批："'性格异常'四字好。所谓说不得好，又说不得不好也。"写到"更有几件千奇百怪、口不能言的毛病"，脂批又云："只如此说更好。所谓说不得明贤良，说不得痴呆愚昧也。"写到"更觉放荡弛纵""任性恣情"，脂批又云："四字更好。亦不涉于恶，亦不涉于淫，亦不涉于骄，不过一味任性耳。"由以上脂砚斋的批语可知，贾宝玉的性格是异常的，其表现可以概括为"物性自遂，任性恣情"。

小说第九回"恋风流情友人家塾 起嫌疑顽童闹学堂"中写，贾宝玉不是一个安分的人，做事我行我素随心所欲，时不时地就要性子做出荒唐的事情。因此王夫人多次嘱咐袭人，要她劝说宝玉读书以便日后求个功名。袭人也是不失时机地对宝玉进行规劝，小说第十九回"情切切良宵花解语 意绵绵静日玉生香"中，袭人就给贾宝玉约法三章，最后还特别强调"只是百事检点些，不任意任情的就是了"。在小说的第四十七回"呆霸王调情遭苦打 冷郎君惧祸走他乡"中，贾宝玉也向柳湘莲诉苦道："我只恨天天圈在家里，一点儿做不得主，行动就有人知道，不是这个拦就是那个劝的，能说不能行。虽然有钱，又不由我使。"第五回"贾宝玉神游太虚境 警幻仙曲演红楼梦"中，写宝玉梦游太虚幻境，面对着"人迹不逢，飞尘罕到"的仙界，满怀对自然本真生活向往的贾宝玉不觉脱口而出，感慨道："这个地方有趣，我若能在这里过一生，强如天天被父母师傅管着呢！"这些描写可以看出，贾宝玉确是一个向往自由，追求"物性自遂"的人。贾宝玉日常生活中所表现出来的这些事态，是他本真的生命状态的展现，是他"绝假纯真"的真性情的集中显现。

小说中贾宝玉最喜欢"在内帏厮混"，这是因为少不更事的女儿头脑中少有世俗观念的束缚，她们自然本真充满纯真质朴的"灵秀"之气。所以他见了女儿，便觉清爽，自然对女儿细心体贴关心关爱。相反贾府内外的男人们，他们满脑子功名利禄的仕途经济，表面仁义道德实则自私贪婪，他们的行为做派完全失了人的本真心性，这在贾宝玉看来就是"浊气"上身。在大观园里，贾宝玉的真爱是林黛玉，而林黛玉的特点就是本真，林黛玉的内心与她的外表一样高洁、率真。第十七回"大观园试才题对额 荣国府归省庆元宵"中,大展其才的贾宝玉,一时得意竟任由小厮们将所佩之物尽数解去。而黛玉以为宝玉将她所赠荷包也送了人,一时气恼,竟当着贾母等众人的面,拂袖而去。这种没有任何伪装的感情,使人如同接触到黛玉那晶莹透亮的心,那是一潭清泉,清澈见底。"林黛玉的美是一种本真之美,和宝钗之美相比,黛玉之美是没有任何社会功利和世俗因素的人性美,是一种摒弃生命本身之外物,对于纯洁生命和真纯情感的执拗。"①确实,黛玉的生命形态是一颗无瑕的心,一腔真诚的泪,柔弱而敏感,卓绝而不屈。那份认真严格里带着来自天然亲和诗心烂漫的娇憨,一种宠惯了的、大孩子般的骄矜和天真,想必这正是宝玉始终在心灵深处只爱林黛玉的原因。

贾宝玉与秦钟、蒋玉菡、柳湘莲三个同性是交心的挚友,也是因为贾宝玉在他们身上也感受到了生命本真之美。他们都正邪合一好坏兼具,但举手投足间没有虚伪、没有造作。这在受礼教束缚严重的社会里,人们大都失去了自然本真品格情况下实在是少见而可贵。小说中柳湘莲"性情豪爽,酷好耍枪舞剑,赌博吃酒,以至眠花宿柳,吹笛弹筝,无所不为"。秦钟又名秦鲸卿,谐音"情经情",小说中一个重要的情节就是他与智能儿偷情。智能儿是水月庵的小尼姑,长相美丽漂亮,她与秦钟一见钟情。两个人都有意,有机会就约会偷情,全然不顾世俗观念纲常伦理。他们的事情被发现后,秦钟被父亲狠狠地打了一顿。但即便是父亲因此气死,秦钟心里也没有放下智能儿,可见两个人是真心相爱不避世俗的。蒋玉菡也是一个本真的人,他虽是忠顺亲王府里一个唱小旦的戏子,但他不甘心成为权贵的玩物。于是,他精心准备,终于逃离出王府,隐姓埋名开始新的生活。可见"蒋玉菡身为优伶,地位低贱,容貌出众,饱受豪门权贵的欺辱,而内心洁净一如其名,如莲生污泥之中,因而与贾宝玉一见成交引为知己"。② 所以,当贾宝玉与三个心性相通的同性见面时,一如他见到美丽清纯的女儿一般清爽舒适、耳目一新。贾宝玉和他们的交往不仅顺应了他作为人的自然天性的生命存在,也使他从中获得了一种强烈的归属感和认同感。由此"作为生命本真的自然

---

① 常雪鹰:《贾宝玉人生悲剧形成探因》,《内蒙古民族大学学报》2002年第2期,第72页。
② 谢德俊:《论贾宝玉的情感世界》,《泉州师范学院学报》2003年第9期,第11页。

流露,宝玉的'物性自遂,任性恣情'也表现在对同性的爱恋倾向中。他对秦钟、蒋玉菡、柳湘莲等男性朋友'妩媚温柔'的态度,就说明君子之间的同性友爱也是生命本真情感的重要内容"。①

二、形貌才艺的求美

"才智和仪表是人的天赋,它与内在的品质和气质互为补充。超众的才智和脱俗的仪表在异性情感交流中的作用是不可低估的,它是获得欣赏感的必要条件。在传统观念看来,郎才女貌是异性相悦的前提,可是,《红楼梦》勇于冲破封建意识,特别突出男子的相貌和女子的才能。实际上,曹雪芹是从发现人的角度出发,力求表现人的天赋,尤其是那些'小人物'的天赋"。②

小说中曹雪芹用"清"来形容女儿,展现女儿内心的纯洁,而具有这种特质的女儿作为审美对象,也确实给贾宝玉清新忘俗的美好感受。所以大凡为贾宝玉所关怀的、所动情的,无一不是赏心悦目的人,无一不是充满了本真情义的事。贾宝玉的情感构成和人际交往,从某种程度来说就是他追逐鉴赏和享受美的过程。

首先,住在大观园里的姐姐妹妹个个都是妩媚动人的。林黛玉是"两弯似蹙非蹙罥烟眉,一双似喜非喜含露目。态生两靥之愁,娇袭一身之病。泪光点点,娇喘微微。娴静时如姣花照水,行动处似弱柳扶风"。薛宝钗是"生得肌骨莹润,举止娴雅。唇不点而红,眉不画而翠,脸若银盆,眼如水杏。又品格端方,容貌丰美,人多谓黛玉所不及。唇不点而红,眉不画而翠,脸若银盆,眼如水杏"。比黛玉另具一种妩媚风流。史湘云"爱说爱笑,还好着男装,偏她只爱打扮成个小子样儿,原比她打扮女儿更俏丽了些"。贾氏姐妹则"冰清玉洁,姿态可人"……曹雪芹以神来巧笔,描绘出了大观园女儿们各自独特的相貌美,风光旖旎,美不胜收。而日日和美丽女儿们相处的贾宝

---

① 徐卫卫:《论贾宝玉欲求之边缘性》,《红楼梦学刊》2004年第3辑,第102页。
② 杜恒贵:《论〈红楼梦〉中"小人物"爱情描写的审美价值》,《学术交流》1993年第6期,第111页。

玉,在自惭形秽之余,便自觉地扮演起护花使者的角色。不仅讨好她们、宠爱她们,任由她们使性,还唯恐她们生气落泪,弃他而去。正是因为有珍爱一切美好事物的心理,贾宝玉对美有着一种异乎寻常的敏感。小说第十九回袭人回家吃年茶,宝玉带茗烟前去串门,看到袭人漂亮的两姨妹妹,也不禁心生爱恋,不由得发出"见他实在好得很,怎么也得在咱们家就好了"的感慨。因而发现美、拥有美、关爱美是贾宝玉人生的一大特点。

同样,当看到形貌俊美的秦钟、蒋玉菡、柳湘莲,贾宝玉也不觉心生爱意,不能自持。小说写贾宝玉与秦钟初见都有相见恨晚的感觉,小说写道"果然出去带进一个小后生来,较宝玉略瘦巧些,清眉秀目,粉面朱唇,身材俊俏,举止风流,似在宝玉之上,只是怯怯羞羞,有女儿之态"。蒋玉菡是忠顺亲王府里唱小旦的戏子,"宝玉见他妩媚温柔,心中十分留恋,便紧紧的搭着他的手,叫他:'闲了往我们那里去。'""柳香莲生得又美,最喜串戏,擅演生旦风月戏文,不知他身份的人,都误作戏子一类"。当看到风流英俊的柳湘莲,贾宝玉心中也是呆劲十足。正是初见时有了美的印象,贾宝玉与他们才有了后面的交往过程,才有了交往中的缠绵悱恻,离别时的恋恋不舍,死别后的念念不忘。对此我们要说的是,无论是贾宝玉的女儿崇拜心理还是他与男性小人物的交往心理,都是他对美的一种追求的心理,这心理正显示出宝玉对美好事物的珍爱的强烈和追求的执着。

《红楼梦》对女儿的描写中,与形貌之美相比给人印象更深刻的是她们的才艺。在小说第一回曹雪芹叙述自己的创作动机,其中原因之一就是心里放不下昔日见识过的女子,她们的行止见识超群出众,远远超过自己。尽管自己是须眉,能力比不过女子实在有些惭愧。但自己觉得悔恨没有用,也不能自护己短。倒不如为这些闺阁女子进行写作,一来可以描写她们的行止见识,让世人知道她们的故事,不让她们泯灭。二来读者看过之后也可以获得赏心悦目、化解愁烦的感受。如此明确地称赞女子的行止见识,并且坦诚以自己不及作衬托,这在中国文学史上堪称开山之论了。

"曹雪芹写众女儿的才艺之美,主要是通过女儿在日常生活中结社唱咏、神情举止等小事的描写,来展示她们丰富而细腻的内心世界,弘扬她们

《红楼梦》情理探源新论

独特的个性魅力,表现她们堪与男子媲美的才华与资质。"①在小说中,林黛玉的诗词个性鲜明,艺术感染力最强。她的《秋窗风雨夕》《桃花行》及《葬花吟》等诗作,是红楼女子的压卷之作。薛宝钗的画论、诗作造诣之高,唯黛玉能与之相提并论。探春的持家能力,在贾府大厦将倾之时愈发显出其挽狂澜于既倒的气魄。小说第五十二回"俏平儿情掩虾须镯 勇晴雯病补雀金裘",写贾宝玉为舅舅庆贺生日,当天特意穿上贾母送他的一件俄罗斯人用孔雀毛线织成的毛氅去赴宴。但晚上回来后,发现毛氅被烧了一个洞。病卧在床的晴雯听说此事,硬挺着身子坐起来为宝玉补毛氅。小说写道:虽有孔雀金线,大家都说不会织。晴雯只好披衣,但因身子虚,刚要动手,觉得头重脚轻,眼前猫金星,又怕宝玉着急,只好咬牙拼命撑着,逢几针,歇一会,一直到后半夜才补完。大家拿过来一看,简直和原来的一模一样。晴雯虽然有时任性刻薄连袭人也不放在眼里,但她对贾宝玉却是诚心诚意尽心尽力的,并且她心灵手巧做了一手好的针线活。经她手补好的孔雀毛氅和原来的一模一样,就可以看出晴雯的工作能力是很强的,甚至可以说她的才艺出类拔萃、无出其右。所以,大观园的女儿们她们有形貌之美,更有才艺气质之美,她们在贾宝玉的心中都是可敬可爱的人,自己需"为她们充役"才能表达对她们的喜爱之情。

秦钟、蒋玉菡、柳湘莲三人的形貌美给贾宝玉留下了深刻而良好的第一印象,这一印象构成了对贾宝玉的外在吸引,但三人内在的气质和才艺则是促使贾宝玉与他们相交成朋友的内在动力。小说描写人前"温文尔雅,人品行事,最使人怜爱"的秦钟,人后是一个聪明绝顶,古灵精怪的人。蒋玉菡是忠顺王府上的名优,能成为忠顺王离不开的人,可知蒋玉菡不仅有俊美的形貌,还有不同凡响的艺术才能。且这种才能已经众人皆知、声名远扬。小说第二十八回"蒋玉菡情赠茜香罗 薛宝钗羞笼红麝串"中,写贾宝玉初见蒋玉菡:"宝玉见他妩媚温柔,心中十分留恋,便紧紧的搭着他的手,叫他:'闲了往我们那里去。还有一句话借问,也是你们贵班中,有一个叫琪官的,他在那里?如今名驰天下,我独无缘一见。'蒋玉菡笑道:'就是我的小名儿。'

---

① 贺岩:《贾宝玉爱情体悟的三重境界》,《明清小说研究》2014 年第 1 期,第 150 页。

宝玉听说,不觉欣然跌足笑道:'有幸,有幸!果然名不虚传。今儿初会,便怎么样呢?'想了一想,向袖中取出扇子,将一个玉玦扇坠解下来,递与琪官,道:'微物不堪,略表今日之谊。'"再有,柳湘莲也是一个多才多艺的人,小说第四十七回"呆霸王调情遭苦打 冷郎君惧祸走他乡"中,写柳湘莲"酷好耍枪舞剑""吹笛弹筝,无所不为",又最喜欢演戏,且演的都是生旦风花雪月的戏文,以至于薛蟠误认他是"风月子弟"。不仅如此,柳湘莲还志趣高雅,豪放洒脱,清高孤傲,人品可嘉,诚为一个"奇优"。所以虽然秦钟、蒋玉菡和柳湘莲的才艺在小说中没有铺开来描写,但通过这些细节介绍也可以看出他们是不俗的人。可以说正是他们有不同一般人的心力才智,才对贾宝玉产生了巨大的吸引力。而他们在交往中彼此真诚真爱,堪称是情投意合的朋友,是融合了正邪"二气"的同道。

三、至诚至爱的求善

《红楼梦》大旨谈情,是因为小说的主人公贾宝玉是个有情之人。脂砚斋(蒙府本第十九回旁批)评贾宝玉"天生一段痴情,所谓'情不情'",脂砚斋甲戌本第八回解释,"情不情"就是"凡世间无知无识,彼俱有一痴情去体贴。"由此可见,贾宝玉的情爱与一般人不同,他的情爱是博大的、广泛的,情洋溢在他的心中,也散发到他生活的各个角落。贾宝玉的人生理想是建立一个充满情爱的快乐世界,为此他平常在大观园"待姐妹们都是极好的",他对黛玉、宝钗、湘云等亲眷姐妹嘘寒问暖、体贴入微,对袭人、平儿、麝月、晴雯等丫头们也细心呵护、关心备至。他还"自降身份"对贾府外地位低微的人友好相待;他为秦钟重病而亡悲伤难过;帮助蒋玉菡逃出忠顺王府遭到父亲的暴打也不后悔;刘姥姥进大观园,他不但没有嫌弃,看到妙玉要把刘姥姥用过的茶杯扔掉,还请求她"不如就给了那贫婆子罢,他卖了也可以度日"。可见贾宝玉"有情"世界构建中,对人充满善意,人与人彼此关爱,人与人和谐相处是他理想目标。不仅如此,贾宝玉的情爱还广泛地扩展到自然空间,在小说第三十五回"白玉钏亲尝莲叶羹 黄金莺巧结梅花络"中,傅家的两个婆子议论贾宝玉说,"他自己烫了手,倒问人疼不疼,大雨淋得水鸡似的,他反倒告诉别人'下雨了,快避雨去吧'。"此外,贾宝玉会在极不堪的繁

《红楼梦》情理探源新论

华中想到去望慰小书房中寂寞的画中美人;斗草后女儿们丢弃在地的并蒂菱蕙,他独自用心掩埋平服。对于秦钟、蒋玉菡、柳湘莲等同性朋友,贾宝玉也是倾其所能,善待他们,保护他们,甚至为他们挨打舍命也不后悔。所有这一切,都可以看出贾宝玉有着一颗至诚至真的至善之心。这种世间少有的至善心肠,可以说是达到了"无我"的善爱境地。

"贾宝玉不知疲倦地爱人、寻求爱,把与周围的人建立一种亲情关系作为实现自我价值的方式。"①他又以情来处理周围事件,他选择的男性小人物朋友也是重情重爱人。尽管他们没有像贾宝玉那样扩展施爱空间,但在情爱态度上,却是纯洁的至善的。秦钟爱智能儿其偷情行为虽不合礼法,但他却是真诚的,热烈的。小说第十六回"贾元春才选凤藻宫 秦鲸卿夭逝黄泉路"中,写秦钟因给姐姐秦可卿送葬受了风寒,又与尼姑智能儿缱绻失于调养而患病,智能儿到家中探望被秦钟父亲撵走不知去向。秦钟因此遭受了父亲暴打和父亲气亡的双重打击,病情加重生命垂危。在弥留之际,秦钟念念不忘的依然是被父亲撵走尚无下落的智能儿。柳湘莲也是个有至善情爱之心的人,为了追求一份纯洁的爱情,他容不得感情上的一点瑕疵,以致误会了尤三姐的为人。在小说第六十六回"情小妹耻情归地府 冷二郎一冷入空门"中,写尤三姐拔剑自刎表明贞节心志,柳湘莲幡然醒悟大哭道:"我并不知道是这等刚烈贤妻,可敬,可敬。"随后,扶尸大哭,买棺入殓。失去真爱的痛苦让柳湘莲无法自拔,在尤三姐梦境的启示和跏腿道士的点拨后,他出家了。柳湘莲的出家,可以说是情到深处无以复加的一种沉寂,是他因情痛苦而到无法承受时的一种超脱。此外,蒋玉菡在历经了人生的波折之后,也找到了自己的真爱,他与宝玉的丫头袭人结为夫妻,平淡的生活、夫唱妇随的情态足见其爱之真之善。

---

① 闫焱:《论贾宝玉的人物形象》,《文化研究》2006 年第 10 期,第 64 页。

第十章 贾宝玉同性交友价值取向成因

贾宝玉是一个又奇又俗的人物。在小说中他不喜读书,不通世故,不走仕途经济之路。他还诋毁圣贤之道,抨击忠臣良将。所以他是封建正统思想的叛逆者,是一个十足的不肖子孙、纨绔子弟。而作为贾宝玉"行为偏僻性乖张"的表现之一,他与秦钟、蒋玉菡、柳湘莲同性相交甚密,甚至行为异常的原因主要有两个方面:一是贾宝玉是一个求真、求美、求善的本真之人,这是他先天的"顽石"特质决定的。二是客观环境的影响以及贾宝玉自我深刻反思的结果。所以,分析贾宝玉叛逆性格形成的主客观原因,就可以找到贾宝玉"行为偏僻性乖张"的原因,也就找到了贾宝玉与同性交友及其异态表现的思想依据和价值取向。

一、否定封建价值观念

在中国封建社会,士大夫层面的人生理想就是"修身,齐家,治国,平天下"。世俗层面的人生理想就是升官发财,走仕途之路,光宗耀祖。贾府的掌权者也希望贾宝玉能够听从他们的安排,去读圣贤书,去参加科举考试,出人头地实现光宗耀祖的愿望。贾宝玉作为贾氏家族众星捧月的核心人物,也理应以"修己安人"为模式,以"内圣外王"为目标,遵循伦理本位,怀抱经世之志,注意道德修养,实现振兴家业的大志。然而贾宝玉偏偏是个生性顽劣,异常不思进取的另类公子。小说第一回暗示,贾宝玉是"女娲氏炼石补天时,剩下弃在此山青埂峰下的一块石头,因经过了煅炼之后,灵性已通"。他身上有来自天然的"石性"特征,又有看穿世俗的灵性。"他大制不

《红楼梦》情理探源新论

割,亦智亦愚,亦聪亦乖,亦柔亦谬,亦巧亦拙,亦灵亦傻,不可用忠、奸、仁、恶这种语言来描述他。拒绝充当世俗社会任何角色,而社会给他的各种命名离他丰富的本色也很远,一切是非、善恶、好坏、黑白的两极判断和概念规定,对他都不合适。"①所以贾宝玉的所有言行离封建道统"接班人"与"继承者"的要求相去甚远,甚至还很有些"南辕北辙"的意味,这其中的原因之一就是他对封建社会的价值取向有独特的认识。

首先,对"仕途经济"人生理想的否定。

在小说第三十六回"绣鸳鸯梦兆绛芸轩 识分定情悟梨香院"中,贾宝玉就对"文死谏""武死战"有一段精彩的论述:"人谁不死,只要死的好。那些个须眉浊物,只知道文死谏,武死战,这二死是大丈夫死名死节。竟何如不死的好!必定有昏君他方谏,他只顾邀名,猛拼一死,将来弃君于何地!必定有刀兵他方战,猛拼一死,他只顾图汗马之名,将来弃国于何地!所以这皆非正死。那武将不过仗血气之勇,疏谋少略,他自己无能,送了性命,这难道也是不得已?那文官更不可比武官了,他念两句书污在心里,若朝廷少有疵瑕,他就胡谈乱劝,只顾他邀忠烈之名,浊气一涌,即时拼死,这难道也是不得已?还要知道,那朝廷是受命于天,他不圣不仁,那天地断不把这万几重任与他了。可知那些死的都是沽名,并不知大义……"在此贾宝玉从根本上否定了"文死谏""武死战"的实际意义,认为那些"文武百官"的壮举,不过是因为自己无能,而又想"邀忠烈之名"的行为,这样做的结果反倒是亵渎了朝廷。不仅如此,贾宝玉还认为所谓的"仕途经济"不过是那些开口圣贤、闭口报国的假圣人实现欺世盗名的一种手段,他在小说的第七十三回中说:"更有时文八股一道,因平素深恶此道,原非圣贤之制撰,焉能阐发圣贤之微奥,不过作后人饵名钓禄之阶。虽贾政当日起身时选了百十篇命他读的,不过偶因见其中或一二股内,或承起之中,有作的或精致、或流荡、或游戏、或悲感,稍能动性者,偶一读之,不过供一时之兴趣,究竟何曾成篇潜心玩索。"因此,在贾宝玉的思想观念中"仕途人生"实质是扼杀自由人性的一种托词,所谓的圣贤之道流传下来的也所剩无几,倒是很多所谓的经史典籍

---

① 刘再复:《〈红楼梦〉与中国哲学》,《渤海大学学报》2010年第2期,第9页。

也都非圣贤之理。为此,贾宝玉鄙弃"仕途经济"的人生追求,断不肯"留意于孔孟之间,委身于经济之道"。

其次,对"尊卑贵贱"等级观念的否定。

原始儒家的等级思想体现了对现实对历史局限性的尊重,为大同社会实现提供了认识基础和思想保障。纵观中国封建制度,在战国末期大体形成,到东汉初年正式提出三纲说,汉代之后等级制度越来越森严。宋明时期程朱理学思想的确立,将封建纲常与宗教的禁欲主义结合在一起,使儒学走向政治哲学化,而失去了仁、中庸思想内涵的等级制度和思想也必然导致君臣、父子、夫妇关系的畸形发展。另一方面"古代中国人从'天道'出发,为'男尊女卑''夫唱妇随'的等级格局寻找合理性证明,使之成为一种'天经地义'的真理。"① 这使得中国"男尊女卑"为核心的等级制度有理可据,形成了普遍认同的社会思想共识。所以在中国封建社会,男尊女卑的思想、富贵贫贱的意识,在人们头脑中是根深蒂固的。而"贾宝玉是封建统治集团养育出来的叛逆者,他看不惯封建社会'三纲五常'种种要求,逃避走封建家长为之规划的'仕途经济'之路,反感'八股取士',反对'文死谏、武死战'等主张"。②

《红楼梦》开篇作家即言自己的创作动机是放不下心中"行止见识,皆在我之上"的女子,即便"茅椽蓬牖、瓦灶绳床"也要把她们一一记录下来"使闺阁昭传"。小说中贾宝玉不在功名利禄的追求中,对于人少有尊卑贵贱的世俗偏见。又由于贾宝玉先天注定认为:"天地间灵淑之气只钟于女子,男儿们不过是些渣滓浊沫而已。"因此,他"懒与士大夫诸男人接谈,又最厌峨冠礼服贺吊往来等事"。这就从思想上对"尊卑贵贱"进行了否定。由于"思想上,贾宝玉与封建社会传统的礼教要求明显脱离,他认为整个世界应该是一个有爱的世界,人人自由平等,感情会得到充分舒展,极具启蒙色彩。他爱一切,包括山、水、花、鸟、木、石等等一切有生命无生命的事物,当然也包括

---

① 陈丛兰:《〈礼记〉婚姻伦理思想的哲学基础》,《兰州学刊》2006 年第 9 期,第 31 页。
② 裴雪莱:《浅谈贾宝玉等人的同性恋问题》,《黑龙江教育学院学报》2011 年第 2 期,第 129 页。

《红楼梦》情理探源新论

男人和女人(是指思想境界与之相近的男人和女人)"。①

不仅如此,在行为上,贾宝玉也践行了"众生平等"的思想。贾宝玉和小厮们在一起,不分上下等级,不因自己是主子要求奴仆敬畏。小说第三十一回"撕扇子作千金一笑 因麒麟伏白首双星"中,贾宝玉见晴雯生气了,就哄她说:"你爱打就打,这些东西原不过是借人所用,你爱这样,我爱那样,各自性情不同。"这里的"你爱这样,我爱那样,各自性情不同"就是承认人不分等级,都有按自己性情行事的平等权利。也正因如此,贾宝玉听晴雯说爱听撕扇子的声音,就把自己的扇子递给她任他撕。二人有说有笑,完全不是主子和奴婢的处事方式。曹雪芹笔下贾宝玉是一个随心所欲不安分的人,可是在姐姐妹妹面前,他"又是天生成惯能作小服低,赔身下气"。之所以这样描写是因为曹雪芹"他赋予贾宝玉这个形象的使命之一,是冲破封建等级限定的尊卑本分,使不同等级的人平等相处"。② 在大观园内,贾宝玉不仅对自家姐妹细心体贴,对待地位低的丫鬟仆人也关怀爱护。晴雯"身为下贱,心比天高",可是贾宝玉对她评价很高,"芙蓉女儿诔"歌颂她"其为质则金玉不足喻其贵,其为性则冰雪不足喻其洁,其为神则星日不足喻其精,其为貌则花月不足喻其色"。在大观园之外,贾宝玉对秦钟、蒋玉菡和柳湘莲男性三友也同样寄予了爱恋和关心。同情女性、善待弱小,贾宝玉的这种思想行为和封建正统思想是相抵触的,因而他的行为处事被人看作"颠狂""怪癖",从中我们却可以看出贾宝玉那无瑕纯美之心和至诚真爱之意。

作为贾府"无事忙"的"快乐王子",贾宝玉他是个贵族子弟,是贾府里的"主子",但他却无贵族相、主子相。他明明是个"主子",却偏偏把自己定位为"侍者"。因为"在贾宝玉心灵里,没有主子跟奴仆的分别,而这种分别恰是等级社会里最重大最根本的分别,连这种分别都打破了,还有什么分别不能打破?打破这种分别要战胜多少偏见?要放下多少理念?要有多大的情怀?但这一切对于贾宝玉来说,都是自然的、平常的。他以平常之心穿越了

---

① 裴雪莱:《浅谈贾宝玉等人的同性恋问题》,《黑龙江教育学院学报》2011年第2期,第129页。
② 徐子余:《曹雪芹哲学思想论辩》,《红楼梦学辩》1983年第3辑,第31页。

等级社会最森严的城墙,做出常人俗人难以置信的行为。这正是黑暗社会里伟大的人格光明"。①

二、厌恶男人劣迹败行

焦大是宁国府的"功臣"。早年他跟随宁国公几次出兵,把奄奄一息的主子从死人堆里背了出来。没有饭吃的时候,他自己饿着肚子去偷东西给主子吃;没有水喝的时候,他把得来的半碗水端给主子喝,自己喝马尿。也正是由于这样的功劳,宁国府的主子们对他另眼相看。但就是这样一个和贾府有着密切关系的人,却在酒后骂起人来:"我要到祠堂里哭老太爷去!我们好不容易挣下的家业,哪里承望如今生下这些畜生来!每日家偷鸡摸狗,扒灰的扒灰,偷小叔子的偷小叔子!我什么不知道?……"这里焦大骂的人和事并不是空穴来风,也不是酒后的胡言乱语。在贾府,男人们的劣迹败行贾宝玉也时有耳闻。可以说除了贾政以外,贾府的男人们大都是荒淫无耻、酒色之徒。贾赦年过半百,却威逼鸳鸯为妾;贾珍、贾琏和贾蓉之流更是无耻之徒,贾珍不仅和儿媳妇秦可卿有不正当关系,而且和妻妹尤氏姐妹也有纠葛;贾琏则是"成日家偷鸡摸狗,脏的臭的,都拉了屋里去",先与厨子多浑虫的老婆多姑娘私通,后又与鲍二家的偷情,不久又偷娶了尤二姐,等到贾赦把房中丫鬟秋桐赏他做妾,他又把尤二姐置之脑后;贾蓉是草字辈中的花花公子,他不仅和王熙凤眉来眼去有暧昧关系,而且和父亲贾珍一起,与尤氏二姐妹打情骂俏……可以说这些污秽不堪的事情,贾宝玉心知肚明。贾府男人表面道貌岸然,背地里却是衣冠禽兽。这些人事深深地刺激着贾宝玉,在强化他"女儿清,男人浊"的观念的同时,也加强了他对"仕途人生"和"尊卑贵贱"的鄙视。

三、身份地位特殊

贾宝玉在贾府身份、地位特殊。小说第二回"贾夫人仙逝扬州城 冷子

---

① 刘再复:《〈红楼梦〉与中国哲学——论〈红楼梦〉的哲学内涵》,《渤海大学学报》2010年第2期,第10页。

《红楼梦》情理探源新论

兴演说荣国府"写,贾宝玉是衔五彩晶莹的玉而生的,这传奇般的出生有神秘色彩把贾宝玉和一般人凡人区别开来。同时,贾宝玉又是贾府当权人物王夫人的宝贝儿子,因为大儿子贾珠病死,王夫人只有贾宝玉一个儿子,所以贾宝玉是王夫人的命根子。不仅如此,王夫人的女儿元春是后宫的妃子,元春十分疼爱贾宝玉,姐弟俩感情很深厚。小说第十八回"隔珠帘父女勉忠勤 搦湘管姊弟裁题咏"中,写道:"当日这贾妃未入宫时,自幼亦系贾母教养。后来添了宝玉,贾妃乃长姊,宝玉为弱弟,贾妃之心上念母年将迈,始得此弟,是以怜爱宝玉,与诸弟待之不同。且同随祖母,刻未暂离。那宝玉未入学堂之先,三四岁时,已得贾妃手引口传,教授了几本书、数千字在腹内了。其名分虽系姊弟,其情状有如母子。自入宫后,时时带信出来与父母说:'千万好生扶养,不严不能成器,过严恐生不虞,且致父母之忧。'眷念切爱之心,刻未能忘。"且贾元春省亲召见宝玉,当时的描写是:"携手揽于怀内,又抚其头颈笑道:'比先竟长了好些……'一语未终,泪如雨下。"可见贾元春对弟弟贾宝玉有种母亲般的感情。贾元春是贵妃,贾宝玉是贵妃心爱的弟弟,他自然成为贾府的核心人物。其次,贾母溺爱贾宝玉。在小说第三回中写,贾宝玉从小就在祖母这边屋里居住,"和姐妹们一处娇养惯了的","无人敢管"。贾母疼爱宝玉,除宝玉衔玉而生之外还有另外一个原因,就是贾宝玉是贾母众儿孙里长相最像荣国公的一个。小说第二十九回"享福人福深还祷福 痴情女情重愈斟情"中写贾母率全家到清虚观打醮,当张道士对贾母说宝玉的"形容身段""言谈举动"就同当日荣国公一个稿子时,"贾母听了不由得满脸泪痕,说道'我养了这些儿子孙子,也没一个像他爷爷的,就是这玉儿像他爷爷'"。所以贾母对宝玉的宠爱非同一般,除天性所然之外,还寄托贾母对丈夫的思念之情。所以小说中"宝钟两人虽是叔侄,却'只论兄弟朋友',表明宝玉的反伦理纲常的性格,这在贾政看来是大逆不道的,但为贾母心尖上的宝玉之行,贾政只能说是'淘气'罢了"。[①] 正因为以上原因的牵制,贾政不能充分施展作为父亲的权威,这也使得宝玉失于严格管

---

① 季惠杰:《过场匆匆自有用意——试论贾瑞、秦可卿、秦钟三人物的艺术作用》,《吉林师范学院学报》1997年第2期,第26页。

教,自然天性得到张扬,想说就说,想爱就爱,全然没有束缚和顾虑。

四、纯情女儿影响

贾宝玉喜欢女儿,认为"女儿是水做的骨肉,男人是泥做的骨肉。我见了女儿,我便清爽,见了男子,便觉浊臭逼人"。按照封建传统道德标准"男女授受不亲",但是作为"钟鸣鼎食之族""书香门第之家"的公子贾宝玉不仅有女孩们服侍,还被获准和女儿们一起居住在大观园。这就使贾宝玉有机会和美丽清纯的女儿们相处,并且使他的"女儿崇拜"思想得以强化并付诸实施。

当宝玉住进大观园以后,他找到了灵魂的栖息地。小说第二十三回"西厢记妙词通戏语　牡丹亭艳曲警芳心"这样写道:"且说宝玉自进园以来,心满意足,再无别项可生贪求之心。每日只和姊妹丫头们一处,或读书,或写字,或弹琴下棋,作画吟诗,以至描鸾刺凤,斗草簪花,低吟悄唱,拆字猜枚,无所不至,倒也十分快乐。"在大观园里,"贾宝玉时时感受着女儿们的美丽与清纯,感受着女儿们的非凡的才艺和气度。他为女儿之美陶醉,同时,他又通过认同女儿清纯、澄明的自然人格,为自己找到了一个同情、关怀乃至献身的对象,使自己无意义的人生获得了一种特殊的意义。"①可以说,大观园是贾宝玉女儿崇拜思想成长的温床,是贾宝玉灵魂的驻足之地。

王昆仑在《红楼梦人物论》中说道:"贾宝玉他既不克勤克俭,遵循那平庸可怜的仕宦传统;也不酒色昏迷,混入那荒淫得可耻的纨绔之群;他表现出一种逸出常规超脱现实的畸形姿态。"②贾母的骄纵、王夫人的疼爱,使宝玉身份地位特殊,得到了荣宁两府上上下下的关注。宽松的家庭环境,养成了宝玉恣情任性的性格;享受的特权,又使宝玉有条件和胆量抗拒封建礼教的束缚,从而去接触他人难以接近的人,做他人做不了的事。这就为他产生女儿崇拜心理和与男性小人物朋友交往心理和行为奠定了基础。

---

① 谢传荣:《贾宝玉的情友——秦钟》,《南都学坛》2005年第6期,第51页。
② 杨庙平:《〈红楼梦〉悲剧精神的新境界》,《红楼梦学刊》2007年第3辑,第35页。

《红楼梦》情理探源新论

第十一章 贾宝玉同性三友的共性特点

曹雪芹在小说第二回"贾夫人仙逝扬州城 冷子兴演说荣国府"中,借贾雨村之口对贾宝玉一类具有不俗心性的人做了精辟的阐释。"天地生人,除大仁大恶两种,余者皆无大异。若大仁者,则应运而生,大恶者,则应劫而生。……清明灵秀,天地之正气,仁者之所秉也;残忍怪癖,天地之邪气,恶者之所秉也。今当运隆祚永之朝,太平无为之世,清明灵秀之气所秉者,上至朝廷,下及草野,比比皆是。所余之秀气,漫无所归,遂为甘露、为和风,洽然溉及四海。……使男女偶秉此气而生者,在上则不能成仁人君子,下亦不能为大凶大恶。置之于万万人中,其聪俊灵秀之气,则在万万人之上;其乖僻邪谬不近人情之态,又在万万人之下。若生于公侯富贵之家,则为情痴情种;若生于诗书清贫之族,则为逸士高人;纵再偶生于薄祚寒门……必为奇优名倡。"从贾雨村"正邪"二气化合成人的分析来看,贾宝玉他不是"正气"生成的仁者,也不是"邪气"生成的恶人。他是"正邪"二气化合生成的灵秀之人,他聪俊灵秀,在万万人之上;同时他又乖僻邪谬,在万万人之下。"他既不克勤克俭,遵循那平庸可怜的仕宦传统;也不酒色昏迷,混入那荒淫得可耻的纨绔之群;他表现出一种逸出常规超脱现实的畸形姿态。"①贾宝玉他生于公侯富贵之家,因此他归属情痴情种之类。而看小说中和贾宝玉志趣相投的秦钟、蒋玉菡、柳湘莲,他们身上也"好坏兼具"秉承了"正邪二气"之质。只不过他们或生于诗书清贫之家,或生于薄祚寒门。由此小说中的他

---

① 王昆仑:《红楼梦人物论》,北京出版社2004年版,第131页。

们不乏逸士高人的独特,更有奇优名倡的风采。由此可以看出,不仅贾宝玉是一个具有"玉石"品质的人,就连秦钟、蒋玉菡、柳湘莲他们也应是同类。想必正是他们的不俗,才使他们志趣相投,心性相通,相见如故,相交成友。

一、家境清贫、地位低微

秦钟、蒋玉菡和柳湘莲三人或家境清贫受到冷遇,或优伶名倡被人轻贱,或四处漂流居无所依托。小说第八回"比通灵金莺微露意 探宝钗黛玉半含酸"中介绍,秦钟出身清寒,父亲秦业虽任营缮郎,却时常宦囊羞涩。为了让秦钟能够上贾家的私塾,秦业还要东拼西凑才凑足给先生的二十四两贽钱。秦钟唯一的姐姐秦可卿,虽因秦家"与贾家有些瓜葛"的原因而嫁入豪门大户,但那贾府上上下下都是一双"富贵眼睛",事实上秦钟家和贾府来往并不多,因此也没有得到贾府的实惠接济。"贾宝玉生于'侯门公府',秦钟生于'清寒之家',二人初次相会,都觉得门第'限人',但二人都有求近交结之心,后都有'自为高过世人'的见识,因性情相近,遂成相契。正因为曹雪芹认为人的性情由气享决定,社会地位的不同并不妨碍人们有相同的性情,所以不同阶层的人能成为同一流人物"。①

蒋玉菡是忠顺亲王府里唱小旦的戏子,小说第二十八回"蒋玉菡情赠茜香罗 薛宝钗羞笼红麝串"中介绍,蒋玉菡名扬天下尽人皆知,以至于贾宝玉也早有耳闻,倾慕已久希望有缘相见。但在中国古代,戏子是下九流的行当,平头百姓也不看好,即使是奇优名伶也免不了受纨绔子弟的欺侮。长相好、技艺高的名伶蒋玉菡,被当朝权贵忠顺亲王豢养宠幸。他虽衣食无忧生活富足,但不甘心做权贵手中的玩物。最后蒋玉菡经过精心的策划准备,逃出了忠顺王府在外开始了新的生活。想必就是那种没有自由、没有尊严的生活他无法忍受。至于柳湘莲的身份,小说第四十七"呆霸王调情遭苦打 冷郎君惧祸走他乡"中也有介绍说"那柳湘莲原是世家子弟,读书不成,父母早丧,素性爽侠,不拘细事,酷好耍枪舞剑,赌博吃酒,以至眠花卧柳,吹笛弹筝,无所不为"。从这段话可以知道,柳湘莲虽出身名门,但年纪轻轻就经受

---

① 徐子余:《曹雪芹哲学思想论辨》,《红楼梦学刊》1983年第3辑,第28页。

情理探源新论

了父母皆丧的不幸。由于放荡不羁,赌博喝酒,眠花卧柳,不拘小节,家业逐渐被败光。再加上他酷好耍枪舞剑,吹笛弹筝,最喜欢演戏,于是在人们眼中柳湘莲就是一个演风月戏文的风月弟子。小说中的柳湘莲居无定所,四处漂泊,生活也时常陷入困顿。秦钟的祭日快到了,柳湘莲与贾宝玉商量给秦钟上坟的事。柳湘莲对贾宝玉说:"……眼前十月初一,我已经打点下上坟的花消。你知道我一贫如洗,家里是没的积聚,纵有几个钱来,随手就光的,不如趁空留下这一份,省得到了跟前扎煞手。"由此可见,柳湘莲的生活是时常入不敷出,十分清苦。

家境清贫、社会地位低微是秦钟、蒋玉菡、柳湘莲三人的共同特点。而尊卑贵贱等级划分是中国封建社会,人与人交往不可逾越的门槛。小说中的贾宝玉不但跨过了这道身份地位相差悬殊的界限,而且还打破了自己固守的"女儿清,男人浊"的思想信条,与秦钟、蒋玉菡、柳湘莲三人交往成为挚友。身为贵族子弟,贾府里的"主子",贾宝玉他无贵族相、主子相,因为在贾宝玉心灵里,人有有情和无情之分,没有高低贵贱之别,与人交往完全是因为情投意合的相互吸引。所以在贾宝玉看来,秦钟、蒋玉菡、柳湘莲三人交往是自然的、平常的事情。而贾宝玉"他以平常之心穿越了等级社会最森严的城墙,做出常人俗人难以置信的行为。这正是黑暗社会里伟大的人格光明"。① 贾宝玉执着地与秦钟、蒋玉菡和柳湘莲交往,与他们相处融洽、彼此珍惜,甚至有时还低三下四、投其所好,完全是因为在他们身上有自然本真、不羁任性的特质,这些特质不仅满足了贾宝玉的审美需要,也实现了同类相悦、彼此心灵相通的精神默契。

二、形貌俊美、举止不凡

在贾宝玉的审美观照中,秦钟、蒋玉菡、柳湘莲他们不属浊物男人之列,相反他们各自有自己的风韵,各自有自己的风流。秦钟美丽晶莹,似女儿一般的水晶人儿;蒋玉菡妩媚温柔,使人意乱情迷;柳湘莲风流潇洒,如行云流水般洒脱飘逸。小说第七回"送宫花贾琏戏熙凤 宴宁府宝玉会秦钟"中,

---

① 徐子余:《曹雪芹哲学思想论辨》,《红楼梦学刊》1983 年第 3 辑,第 28 页。

贾宝玉和王熙凤应尤氏婆媳之邀,到宁国府赴宴,其间秦可卿把弟弟秦钟介绍给宝玉,当时小说描写秦钟是:"较宝玉略瘦些,眉清目秀,粉面朱唇,身材俊俏,举止风流,似在宝玉之上,只是怯怯羞羞,有女儿之态,腼腆含糊,慢向凤姐作揖问好。凤姐喜的先推宝玉,笑道:'比下去了!'……"而贾宝玉对秦钟的印象是:"自见了秦钟的人品出众,心中似有所失,痴了半日,自己心中又起了呆意,乃自思道:'天下竟有这等人物!如今看来,我竟成了泥猪癞狗了。'"由此可见,秦钟秀美的容貌、俊俏的身材、风流的举止,一下子就吸引了贾宝玉的目光。而秦钟那腼腆羞涩酷似女儿的神态,也不由得让贾宝玉意动神思,生出许多感慨。同样,蒋玉菡在贾宝玉的眼中也是如同女子一般妩媚温柔的人儿。蒋玉菡是忠顺王府的戏子,生得俊俏,常演旦角,故而有女儿情态。小说第二十八回"蒋玉菡情赠茜香罗　薛宝钗羞笼红麝串"中,写贾宝玉初见蒋玉菡,"宝玉见他妩媚温柔,心中也十分留恋,便紧紧的达着他的手,叫他:'闲了往我们那里去……'"交谈中当贾宝玉确认眼前的蒋玉菡就是名驰天下自己倾慕已久的名优琪官时,便更觉名不虚传,感觉相见恨晚。之后他们二人互赠了礼物,情意绵绵彼此有情。小说第三十三回"手足耽耽小动唇舌　不肖种种大承笞挞"中,有长史官传忠顺王爷的话给贾政:"若是别的戏子呢,一百个也罢了,只是这琪官随机应答,谨慎老诚,甚合我老人家的心,竟断断少不得此人。"可见,蒋玉菡确实是一个不可多得的尤物。不仅如此,在小说中,柳湘莲也是个风流倜傥、英俊潇洒的人物。小说第四十七回"呆霸王调情遭苦打　冷郎君惧祸走他乡"中写道,柳湘莲他"最喜串戏,且串的都是生旦风月戏文","年纪又轻,生得又美,不知身份的人,却误认作优伶一类。"正因如此,薛蟠看到年轻英俊,又擅串旦戏的柳湘莲,便情不自禁、想入非非。他误将柳湘莲当作了出卖色相的"风月子弟",席间勾引挑逗调笑,惹恼了柳湘莲。直至被柳湘莲骗到北门外遭到他一顿痛打,薛蟠才恍然大悟,后悔自己不该误认了人。

三、任性率意、脱俗不羁

《红楼梦》开头就暗示主人公贾宝玉是一块"无才补天,幻化入世"的顽

情理探源新论

石。从小说的描写来看,贾宝玉确实是一个既无"补天之才",又"顽石"性十足的人。而秦钟、蒋玉菡和柳湘莲他们能和贾宝玉交往并成为挚友,也是因为他们秉性一致,志趣相投。他们有共同的特点,概括起来就是任性率意、脱俗不羁。

秦钟表面怯怯羞羞,腼腆含糊,有女儿之态,但骨子里却是一个浪子。秦钟表字鲸卿,秦鲸卿谐音"情经情",在个人感情方面,秦钟不顾世俗,纵情玩乐。小说第九回"恋风流情友入家塾 起嫌疑顽童闹学堂"中,写秦钟和贾宝玉在贾家学堂里闹出了同性恋的风流案,姐姐秦可卿本就有病,得知此事后病情又加重了。秦可卿病死后,宁国府上上下下为给秦可卿厚葬忙成一团。身为弟弟的秦钟,不仅没有悲伤之意,竟然还在给姐姐送葬的路上调戏偶遇的村姑,与水月庵的尼姑智能儿偷情。小说第十五回"王凤姐弄权铁槛寺 秦鲸卿得趣馒头庵"中描写:"秦钟、宝玉二人正在殿上顽耍,因见智能过来,宝玉笑道:'能儿来了。'秦钟道:'理那东西作什么?'宝玉笑道:'你别弄鬼,那一日在老太太屋里,一个人没有,你搂着他作什么?这会子还哄我。'秦钟笑道:'这可是没有的话。'宝玉笑道:'有没有也不管你,你只叫住他倒碗茶来我吃,就丢开手。'秦钟笑道:'这又奇了,你叫他倒去,还怕他不倒?何必要我说呢。'宝玉道:'我叫他倒的是无情意的,不及你叫他倒的是有情意的。'秦钟只得说道:'能儿,倒碗茶来给我。'那智能儿自幼在荣府走动,无人不识,因常与宝玉秦钟顽笑。他如今大了,渐知风月,便看上了秦钟人物风流,那秦钟也极爱他妍媚,二人虽未上手,却已情投意合了。"秦钟和智能儿的情事泄露,秦钟被老父秦业暴打,接着是秦业气病而亡,秦钟因偷情受了风寒得病丧命。中国古代婚姻大事讲究父母之命、媒妁之言、门当户对,可是秦钟对这些全然不顾。秦钟私会智能儿没有父母之命、媒妁之言,不符合伦理道德规范。并且他所私会偷情的对象是一名尼姑,与尼姑有男女私情,不仅有辱家风,也为世俗社会所诟病。所以,秦钟的所作所为在当时社会环境下,是十足的忤逆不轨行为。"贾宝玉'你爱这样,我爱那样,各人性情不同'的个性自由思想,……持这种思想的贾宝玉,一方面同气相求,与性情相投的人'类聚',另一方面,对性情不合的人有反感,但不加约束,任其性之所之,……曹雪芹提出这种个性自由的主张,是有重大的进步意义的。"①

　　身为戏子的蒋玉菡虽是个妩媚温柔,女儿一般的水晶人儿,但他骨子里也是透着脱俗不羁、率性而为的不俗气质。他身为驰名天下的名优,被忠顺亲王宠爱。在忠顺亲王府中,他可以锦衣玉食、使奴唤婢,并且他还可以借忠顺亲王之势,求得更多的荣耀。但蒋玉菡并不愿意充当任人摆布的宠物,没有自由尊严的生活。因为他骨子里就不想依附权贵,甚至蔑视权贵。所以,经过精心的准备,蒋玉菡毅然决然逃离忠顺王府,在东郊离城三十里的紫檀堡置了几亩田产、几间房舍安身。这意味着蒋玉菡从名优寄生状态中走了出来,成为良家平民开始了新的生活。尽管他也知道忠顺亲王不会放过他,尽管他也知道忠顺王府的管家正在多方搜罗他,但最终蒋玉菡也没有回头,再没有回到过去,这足见蒋玉菡也是一个胆大率性、脱俗不羁的人。

　　柳湘莲的任性率意、脱俗不羁,具体表现是适性逍遥、自由自在。小说文本第四十七回"呆霸王调情遭苦打　冷郎君惧祸走他乡"中,写柳湘莲"他最喜串戏,且串的都是生旦风月戏文……"同时又说他"素性爽侠,不拘细事,酷好耍枪舞剑,赌博吃酒,以至眠花卧柳,吹笛弹筝,无所不为"。这里要说明的是,柳湘莲串戏有别于一般为生活演戏的优伶。柳湘莲他串戏不是为了谋生,而是他的个人喜好选择,这种喜好是他潇洒人生的生活内容之一,是淘汰了功利杂质的为艺术的审美追求,是其他方式所无法取代的人生乐趣。可以说柳湘莲背叛了以读书仕进为高尚、以优伶演艺为卑贱的传统价值观,开拓了自己人生的广阔领域。但柳湘莲的人生趣味,不仅招致众口非议,被"误认作优伶一类"。偏偏柳湘莲又是一个冰清玉洁、自尊自爱之人,当薛蟠把他误认"风月子弟"而在酒宴上调情侮辱时,他是无法容忍的。小说写他不动声色,随即施展计谋把薛蟠诓骗到城外一顿暴打痛骂,直让薛蟠为自己误认了人而后悔不迭。此外,柳湘莲还是个特立独行、颇有豪侠之气的人。虽然当年因痛打薛蟠而漂泊他乡,但当薛蟠同伙计贩了货物路经平安州界遇到打劫时,柳湘莲毫不犹豫仗义相救,让薛蟠惭愧感激。由此可

---

① 徐子余:《曹雪芹哲学思想论辨》,《红楼梦学刊》1983年第3辑,第30页。

见柳湘莲的放浪不羁和率情仗义。

　　小说中贾宝玉与秦钟、蒋玉菡和柳湘莲是至交。而贾宝玉与秦钟、蒋玉菡、柳湘莲这三位同性相交成友,无论从贾宝玉心理还是当时社会的价值取向两个角度来看,都是一件不可思议的事。因为从文本描写的角度来看,贾宝玉的社交行为没有心理基础。小说中贾宝玉秉持"女儿清、男人浊"的"怪论",可以推知贾宝玉在内心深处应该是厌恶、抵触、排斥男性的,同时他在行为上也是会极力避免与男性的生理接触的,但他却与三位同性朋友交往甚欢。贾宝玉的社交行为没有社会基础。贾宝玉出身公侯世家,锦衣玉食,裘马扬扬,又有皇亲国戚的余荫庇护。不仅如此,贾宝玉是贾府的核心人物,他是贾母的心肝,王夫人的宝贝,贾府理所当然的继承人。和一些不入流的官宦子弟来往接触已确属不当不正,更何况秦钟、蒋玉菡和柳湘莲他们既没有家财也不尊贵。从这一方面来说,"作为贾府'无事忙'的'快乐王子',贾宝玉的释迦秉性除了上述的'情不情'之外,还有一个特别之处是他的尊卑不二分,彻底打破人际关系中的分别相。他是个贵族子弟,是贾府里的'主子',但他却无贵族相,主子相,少爷相,公子相。他明明是个'主子',却偏偏把自己定位为'侍者'——'神瑛侍者'。但这一切对于贾宝玉来说,都是自然的、平常的。他以平常之心穿越了等级社会最森严的城墙,做出常人俗人难以置信的行为。这正是黑暗社会里伟大的人格光明。"①

　　综上所述,秦钟、蒋玉菡和柳湘莲三人形貌俊美、脱俗不羁、特立独行。他们身上秉承了"正邪二气",具有不同凡夫俗子的特质。他们的所作所为,在当时的历史背景下,为封建正统思想所不容,但却强烈地吸引着贾宝玉的目光,满足着贾宝玉把他们作为艺术品来欣赏的审美需要。正因如此,贾宝玉全身心地投入与三位同性朋友的交往,这一选择不仅使贾宝玉越过了"男人都是泥做的浊物"的心理防线,而且就此也使他自己陷入了同性恋的是非争议之中。

---

　　① 刘再复:《〈红楼梦〉与中国哲学——论〈红楼梦〉的哲学内涵》,《渤海大学学报》2010 年第 2 期,第 10 页。

第十二章　贾宝玉异态交友特点及心态分析

贾宝玉与秦钟、蒋玉菡和柳湘莲他们之间的交往,是不是同性恋的关系至今还有争议。因为人们看到贾宝玉与三位同性朋友之间的交往行为是非常态的,他们见面彼此倾慕,相见恨晚;他们相亲相依,话语缠绵;他们离别留恋不舍,信誓旦旦。上述现象虽有读者主观个体直觉的感知成分,但确也集中体现出了贾宝玉社交行为中存在着某种不同常态的特点。

一、一见钟情、相见恨晚

贾宝玉与秦钟、蒋玉菡、柳湘莲的见面,有一个共同的特点就是相见恨晚。小说第七回"送宫花贾琏戏熙凤　宴宁府宝玉会秦钟"中,写贾宝玉与王熙凤应尤氏婆媳之邀一同到宁国府赴宴,其间与秦钟第一次见面。贾宝玉见到秦钟"眉清目秀、粉面朱唇、身体俊俏、举止风流又腼腆含糊、怯怯羞羞的女儿之态"就有一种相见恨晚的感觉:"宝玉自见了秦钟,秦钟的人品出众,心中似有所失,痴了半日,自己心中又起了呆意,乃自思道:'天下竟有这等人物!如今看来,我竟成了泥猪癞狗了。可恨我为什么生在这侯门公府之家,若也生在寒门薄宦之家,早得与他交结,也不枉生了一世。我虽如此比他尊贵,可知锦绣纱罗,也不过裹了我这根死木头,美酒羊羔,也不过填了我这粪窟泥沟。富贵二字,不料遭我荼毒了!'秦钟自见了宝玉形容出众、举止不凡,更兼金冠绣服、骄婢侈童,秦钟心中亦自思道:'果然这宝玉怨不得人溺爱他。可恨我偏生于清寒之家,不能与他耳鬓交接,可知'贫窭贫窭'二字限人,亦世间之大不快事。'"二人一样的胡思乱想,一样的彼此倾慕。对

情理探源新论

于宝玉和秦钟的相见,脂砚斋甲戌本批语写道:"二人一见如故,两情脉脉,心有灵犀,颇类宝黛初逢的情景。"从上述描写两人相见的文字和脂砚斋的评语来看,贾宝玉和秦钟两人的见面确实是彼此欣赏,惺惺相惜的。

贾宝玉和蒋玉菡见面也是彼此一见倾心。小说第二十八回"蒋玉菡情赠茜香罗 薛宝钗羞笼红麝串"中,写贾宝玉见到唱小旦的蒋玉菡,虽然并不知他就是名驰天下的琪官,但看到人家妩媚温柔,心中也是十分留恋,他不由自主地紧紧地搭着蒋玉菡的手,叫他:"闲了往我们那里去。"接着就迫不及待地询问仰慕已久、却无缘相见的戏子琪官在哪里。当得知眼前的蒋玉菡就是琪官时,小说写道:"宝玉听说,不觉欣然跌足笑道:'有幸,有幸!果然名不虚传。今儿初会,便怎么样呢?'想了一想,向袖中取出扇子,将一个玉玦扇坠解下来,递与琪官,道:'微物不堪,略表今日之谊。'琪官接了,笑道:'无功受禄,何以克当!也罢,我这里得了一件奇物,今日早起方系上,还是簇新的,聊可表我一点亲热之意。'说毕撩衣,将系小衣儿一条大红汗巾子解了下来,递与宝玉,道:'这汗巾子是茜香国女国王所贡之物,夏天系着,肌肤生香,不生汗渍。昨日北静王给我的,今日才上身。若是别人,我断不肯相赠。二爷请把自己系的解下来,给我系着。'宝玉听说,喜不自禁,连忙接了,将自己一条松花汗巾解了下来,递与琪官。"从他们话语的表白和礼物的相赠,我们不难看出贾宝玉和蒋玉菡的相识,不仅有一见钟情之心,更有相见恨晚之意。

小说中没有关于贾宝玉与柳湘莲初见的描写,但从小说描写中体现的二人交往的熟悉亲密程度来看,他们彼此也有良好的第一印象。小说第四十七回"呆霸王调情遭苦打 冷郎君惧祸走他乡"中,写贾宝玉、薛蟠、柳湘莲等人在赖大家花园中聚会。席间贾宝玉托赖大儿子赖尚荣转话给柳湘莲。小说写道:"赖尚荣又说:'方才宝二爷又嘱咐我,才一进门虽见了,只是人多不好说话,叫我嘱咐你散的时候别走,他还有话说呢。你既一定要去,等我叫出他来,你两个见了再走,与我无干。'说着,便命小厮们到里头找一个老婆子,悄悄告诉'请出宝二爷来'。那小厮去了没一盏茶时,果见宝玉出来了。赖尚荣向宝玉笑道:'好叔叔,把他交给你,我张罗人去了。'"从上面情节描写来看,贾宝玉和柳湘莲二人已经交往很久,而且感情很深厚。日久不见，贾宝玉很想见柳湘莲，且还有很多心里话要对他说。所以，虽然小说中没有柳湘莲和贾宝玉初见的正面描写，但从贾宝玉交友的情状来看，那些能入贾宝玉眼的，都有审美愉悦的特点。柳湘莲在小说描写中又是一个身材俊美、倜傥潇洒的人，这不仅具备贾宝玉一见倾心的对象特质要求，同时柳湘莲的素性爽侠、不拘小节、无所不为的生活状态也让贾宝玉十分羡慕，以及他们交往中贾宝玉对柳湘莲的不舍和依恋的强烈程度，都不难想见他们二人的初见也是彼此倾心，彼此欣赏的。

二、情深意厚、难舍难分

贾宝玉和秦钟、蒋玉菡、柳湘莲三位同性朋友交往日久感情深厚，在小说文本中也有多处描写。小说第九回"恋风流情友入家塾 起嫌疑顽童闹学堂"中，写自从贾宝玉和秦钟相见以后，两人就感觉情投意合。他们两人不仅同来同往同吃同住，还相约一同到贾府族中私塾学堂学习。小说有这样的描写："不上一月之工，秦钟在荣府便熟了。宝玉终是不安本分之人，竟一味的随心所欲，因此又发了癖性，又特向秦钟悄说道：'咱们俩个人一样的年纪，况又是同窗，以后不必论叔侄，只论弟兄朋友就是了。'先是秦钟不肯，当不得宝玉不依，只叫他'兄弟'，或叫他的表字'鲸卿'，秦钟也只得混着乱叫起来。"在义学里，秦钟腼腆温柔，像个女孩子一样不爱说话，而且一说话脸就红。贾宝玉则是低声下气体贴绵缠地对秦钟，于是二人的关系更加密切，感情更加深厚。因为他们二人太过亲近，就有他们二人关系不正常的谣言传出。偏偏二人并没有放在心上，他俩还与学堂里另外两个眉清目秀的学子名叫香怜和玉爱的暗生情愫，眉来眼去。由于贾宝玉、秦钟、香怜、玉爱四人举止缠绵，过分亲近，引起了金荣等人的嫉妒吃醋，于是导致了学堂内一场"飞砚混战"发生。这里顽童学堂闹事，固然有金荣任性无礼的原因，但也从侧面看出贾宝玉和秦钟之间的关系确实好的非同寻常。这种情深义厚的关系，在小说中还有其他情节体现，如小说第十六回"贾元春才选凤藻宫 秦鲸卿夭逝黄泉路"中写贾元春加封贤德妃，贾府上下设宴观戏庆祝。就在众人高兴之时，贾宝玉却悄悄离席心中怅然若失，原因就是担心秦钟的病情。秦钟因为姐姐秦可卿出殡在郊外受了风寒，又与智能儿偷期缱

情理探源新论

绻失于调养得了病。加之和智能儿有男女私情的事情被父亲知道遭到毒打,后来父亲被气死深受打击,秦钟的病情加重了。为此,贾宝玉亲自上门去看望秦钟,并且在秦钟死后也念念不忘每年祭日去上坟祭奠。这些都说明秦钟和贾宝玉之间确实有真挚的感情,并且是情真意切的密切感情。

小说中,贾宝玉对蒋玉菡也是一往情深。初次相见,贾宝玉对蒋玉菡就十分留恋,不单是紧紧地搭着蒋玉菡的手让他:"闲了往我们那里去。"当知道蒋玉菡就是慕名已久的琪官时,马上赠物留念。贾宝玉是先赠玉玦扇坠,后赠松花汗巾。蒋玉菡则是把系小衣儿的一条红汗巾子解下递与宝玉道:"这汗巾子是茜香国女国王所贡之物,夏天系着,肌肤生香,不生汗渍。昨日北静王给我的,今日才上身,若是别人,我断不肯相赠。"可见在彼此的心中,对方都是重要的。而日后他们的交往中,也是接触频繁,感情日深。从小说第三十三回"手足耽耽小动唇舌 不肖种种大承笞挞"中,长史官对贾政说:"我们府里有一个做小旦的琪官,一向好好在府里,如今竟三五日不见回去,各处去找,又摸不着他的道路,因此各处访察。这一城内,十停人倒有八停人都说,他近日和衔玉的那位令郎相与甚厚。"从这段话中,可以看出贾宝玉与蒋玉菡确实是交往频繁尽人皆知,并且从贾宝玉的回话中也看出他对蒋玉菡的情况也确实十分了解,甚至可以说贾宝玉为蒋玉菡摆脱忠顺王爷在郊外置地置房起到了一定的帮助作用。贾宝玉为蒋玉菡的事情,遭到父亲的暴打。但他表示不会后悔,就是被打死也愿意。可见两人的交情实在是肝胆相照,感人至深。

贾宝玉对于柳湘莲也是真诚相待、情深义厚。小说第四十七回"呆霸王调情遭苦打 冷郎君惧祸走他乡"中,写贾宝玉在赖大家做客,见柳湘莲也在座,就托赖大的儿子赖尚荣转话给柳湘莲说要见他。等见了柳湘莲,贾宝玉不仅嘘寒问暖十分亲切,还推心置腹和他商量给秦钟上坟祭奠的事情。小说写道:"宝玉便拉了柳湘莲到厅侧小书房中坐下,问他这几日可到秦钟的坟上去了。湘莲道:'怎么不去?前日我们几个人放鹰去,离他坟上还有二里。我想今年夏天的雨水勤,恐怕他的坟站不住。我背着众人,走去瞧了一瞧,果然又动了一点子。回家来就便弄了几百钱,第三日一早出去,雇了两个人收拾好了。'宝玉道:'怪道呢,上月我们大观园的池子里头结了莲蓬,我摘了十个,叫茗烟出去到坟上供他去,回来我也问他可被雨冲坏了没有。他说不但不冲,且比上回又新了些。我想着,不过是这几个朋友新筑了。'"从上面描写中可以看出,秦钟和贾宝玉、柳湘莲日常都是十分要好的朋友。尽管秦钟病亡,但贾宝玉和柳湘莲并没有忘记他,都想着在秦钟的祭日到坟上去祭奠他。可见贾宝玉和柳湘莲他们二人情投意合很默契,他们都有对友情的珍爱、对朋友的深情。不仅如此,贾宝玉对柳湘莲更有依恋难分的感情。当他听柳湘莲又要出门走走且要三五年才能回来时,贾宝玉很意外很难过。贾宝玉想挽留柳湘莲,对他说:"这是为何?"又说:"好容易会着,晚上同散岂不好?"当听柳湘莲说不想多事时,贾宝玉又请求他"只是你要果真远行,必须先告诉我一声,千万别悄悄的去了"。说着说着就流下泪来。

三、与女儿相处心态

《红楼梦》中贾宝玉所秉持的"情"是"意淫"之情。所谓"意淫"是指"天分中生成的一段痴情"。小说第五回警幻仙姑解释说:"淫虽一理,意则有别。如世之好淫者,不过悦容貌,喜歌舞,调笑无厌,云雨无时,恨不能尽天下之美女供我片时之趣兴,此皆皮肤淫滥之蠢物耳。如尔则天分中生成一段痴情,吾辈推之为'意淫'二字,惟心会而不可口传,可神通而不可语达。汝今独得此二字,在闺阁中,固可为良友;然于世道中未免迂阔怪诡,百口嘲谤,万目睚眦。"脂砚斋对"意淫"的批语是"二字新雅,按宝玉一生心性,只不过是体贴二字。""贾宝玉是近女色而不侵犯女性,有欲望但不是色欲和占有。"[1]在小说中,贾宝玉的典型性格特点就是他的"女儿崇拜"。贾宝玉的女儿情,是充分肯定女儿世界,他对女儿从衣着到言辞的喜爱、对女儿高洁之气的赞美,无不表达了贾宝玉对女儿的崇拜和尊敬。但贾宝玉的爱"女儿"思想不是同情,从其伊始就是一种发自内心的"自然"情愫,出自"赤子之心"。也就是说"贾宝玉的'不情之情',更多时候表现为'意淫',即没有实

---

[1] 谭兴海:《贾宝玉形象的文化张力》,《广西师范学院学报(哲学社会科学版)》2006年第4期,第83页。

情理探源新论

质身体接触的欲念。这是对女性人格的尊重,是一种受理性支配的情感"。①从警幻仙姑对"意淫"的解释和脂砚斋批语可知,"意淫"是与"皮肤滥淫"相对立的两个概念,贾宝玉和"世之好淫者"的区别,在于并不"云雨无时,恨不天下之美女供我片时之趣兴"。他同样"悦容貌,喜歌舞,调笑无厌",同样觊觎"天下之美女",只不过所要的不是"片时"而是永恒。他的心理要求是按住时光的流逝,将美好的一切予以固定。他的这种情怀使他把对女性的欲望化为一种怜爱,以至于达到忘我的境界。事实上也确实如此,在"意淫"的精神引领之下,贾宝玉的性本能不断转化为审美的生命本真体验,在对女性的同情、关爱和体贴中,显示着他在生命本真的情怀。

《红楼梦》细致描写贾宝玉对众女儿精细入微的体贴关怀的情节,"这些描写让读者看到了'意淫'之用情与皮肤淫滥的欲望放纵的天壤之别,引领人们觉悟什么是真正的人之情感。"②小说的第七十七回"俏丫鬟抱屈夭风流 美优伶斩情归水月"中,写生病的晴雯被王夫人赶出了大观园,宝玉心里惦念随后到家中探望。要知道在大观园宝玉与晴雯相处的日子里,这位风神灵秀如黛玉般美貌的女儿始终是睡在宝玉的外床上。此时,晴雯的嫂子说了这样一段话:"我进来一会在窗下细听,屋内只你二人,若有偷鸡盗狗的事,岂有不谈及于此,谁知你两个竟还是各不相扰。"这段话让我们清楚地知道他们一直是"各不相扰"的,贾宝玉对晴雯的至真至纯之情天地可鉴。不仅如此,贾宝玉对挚爱的林妹妹,也是纯情至深。小说第十九回"情切切良宵花解语 意绵绵静日玉生香"中,就有这样一段描写:"彼时黛玉自在床上歇午,丫鬟们皆出去自便,满屋内静悄悄的。宝玉揭起绣线软帘,进入里间,只见黛玉睡在那里,忙走上来推他道:'好妹妹,才吃了饭,又睡觉。'将黛玉唤醒。……黛玉只合着眼,说道:'我不困,只略歇歇儿,你且别处去闹会子再来。'宝玉推他道:'我往那去呢,见了别人就怪腻的。'黛玉听了,嗤的一声笑道:'你既要在这里,那边去老老实实的坐着,咱们说话儿。'宝玉道:'我也歪着。'黛玉道:'你就歪着。'宝玉道:'没有枕头,咱们在一个枕头上。'黛玉

---

① 谢德俊:《论贾宝玉的情理世界》,《泉州师范学院学报(社会科学版)》2003 年第 5 期,第 71 页。

② 孙爱玲:《〈红楼梦〉的人文思辨》,苏州大学 2006 届博士学位论文,第 85 页。

道:'放屁!外头不是枕头?拿一个来枕着。'……黛玉听了,睁开眼,起身笑道:'真真你就是我命中的天魔星,请枕这一个。'说着,将自己枕的推与宝玉,又起身将自己的再拿了一个来,自己枕了,二人对面倒下。"在这段描写中,虽然"却像似淫极,然究竟不犯一丝淫意",就是从整个的"玉生香"情节来看也没有一丝的亵语。相反,我们感受到的是两小无猜、天真烂漫的童心、童趣。贾宝玉面对挚爱,在"二人对面倒下"说话的镜头里,依然坐怀不乱,"童心"可表。试想贾宝玉对钟爱的林黛玉尚能做到至纯至善如此,又怎能对男性小人物朋友有非分之欲、非礼之举?

四、与同性交友心态

贾宝玉与秦钟、蒋玉菡、柳湘莲三个同性朋友的关系长期以来受到读者的非议,原因是他们的交往情态缠绵悱恻,超出了一般同性朋友的交往尺度,让人心里难以承受。但就此断定他们是同性恋的关系,还必须拿出客观的实证依据。鉴于问题的评判,某种程度会影响小说主人公贾宝玉形象的塑造影响,所以有必要从当代同性恋的界定和构成要件角度,对贾宝玉与其三个同性朋友的交往关系进行理性的分析、客观的判断。

近代英国性心理学家霭理士在《性心理学》一书中对于同性恋有这样的界定,他说:"在一切性的畸变之中,同性恋是界限最分明的。一样是性冲动的表现,一样是用情。而情的寄托则根本的,而且很完整的从一个常态的对象转移到另一种对象身上。……我们一再地说'一样'两个字,是因为除了对象的转变为同性而外,其余一切用情的方法、过程、满足等等,可以说完全和异性没有二致。"[1]近代美国著名性学专家金赛博士也在他的论著《金赛性学报告》中对同性恋进行了阐述,他认为同性恋是"一个和自己同样性别的伴侣有过肉体接触,并达到性高潮的人"。[2] 中国社会科学院社会学研究员现代学者李银河在《同性恋亚文化》一书中同样对同性恋也进行了概括,她指出"同性恋是指以同性为对象的性爱倾向与行为"。[3] 上述专家对于同性

---

[1] [英]霭理士著,潘光旦译:《性心理学》,上海三联书店2006年版,第31页。
[2] [美]金赛著,潘绥铭译:《金赛性学报告》,海南出版社2007年版,第12页。
[3] 李银河:《同性恋亚文化》,中国友谊出版公司2002年版,第22页。

《红楼梦》情理探源新论

恋的界定和特征概况尽管说法不一，但构成同性恋的两个基本条件他们的看法是一致的，即同性恋的同性之间必须对性有强烈的渴望，也就是说情感的寄托从一个常态的异性对象转移到了另一种同性对象身上，而且终生都是对同性的人有渴望。再有就是同性恋双方要有实质的性行为，即除了对象的转变为同性而外，其余一切用情的方法、过程、满足等完全和异性没有不同。下面我们就用同性恋的这两个构成要件，对贾宝玉与其男性朋友之间的关系进行比照分析。

首先，是否有实质性的性行为。在《红楼梦》文本中，明确写到贾宝玉的性行为共有两处。一是第五回"贾宝玉神游太虚境　警幻仙曲演红楼梦"中，写贾宝玉在警幻仙姑的安排下，和秦可卿初试云雨事；二是小说第六回"贾宝玉初试云雨情　刘姥姥一进荣国府"中，写贾宝玉回到府中把神游太虚境的事细说给袭人听，并与袭人重温了警幻所授的云雨之情。贾宝玉的这两次性行为均发生在书的开头处，其中一次还是在梦中，这两次性行为描写之后书中就再也没有明确写过贾宝玉的云雨之事，可见贾宝玉不是一个贪图色欲的"肌肤烂淫之徒"。那么，小说开头处贾宝玉的两次性行为描写有什么深意？龙志坚在《论贾宝玉的精神世界》中认为："这两次肉体的淫也许是要告诉读者，贾宝玉并无生理的残障，也无心理疾患。"[①]这一说法，不仅让读者看到了一个身心健康的贾宝玉，同时也为贾宝玉后来的女儿崇拜以及与男性小人物朋友的交往涂上了一层纯粹的色彩。其次，他们的性取向是否指向同性。同性恋作为一种"特殊"感情存在，他的感情对象是同性。并且同性恋也是一种单一的情感给予，和通常的男女私情本质应该是一样，具有排他性。可是在小说中，我们可以看到贾宝玉、秦钟、蒋玉菡、柳湘莲他们皆以异性为情感归属，即他们各自都有自己心爱的异性对象。如贾宝玉爱的是林黛玉，且贾宝玉对林黛玉的感情是专一的、执着的。小说第五回"贾宝玉神游太虚境　警幻仙曲演红楼梦"中写："如今且说林黛玉自在荣府以来，贾母万般怜爱，寝食起居，一如宝玉，迎春、探春、惜春三个亲孙女倒且靠后，便是宝玉和黛玉二人之亲密友爱处，亦自较别个不同，日则同行同坐，

---

① 龙志坚：《论贾宝玉之精神世界》，《南华大学学报（社会科学版）》2004年第4期，第73页。

下篇：异态论

夜则同息同止,真是言和意顺,略无参商。"从中可见贾宝玉与林黛玉一见钟情、青梅竹马、心灵相通。而在小说后续的描写中,又可见他对林黛玉的爱是真挚的,一方面,在众女儿中贾宝玉最关心体贴林黛玉,另一方面他也是不失时机地向黛玉表达自己的爱意。小说第三十二回"诉肺腑心迷活宝玉　含耻辱情烈死金钏"中,贾宝玉和林黛玉的对话表明了他们彼此相爱的心意。宝玉点头叹道:"好妹妹,你别哄我。果然不明白这话,不但我素日之意白用了,且连你素日待我之意也都辜负了。你皆因总是不放心的原故,才弄了一身病。但凡宽慰些,这病也不得一日重似一日。""林黛玉听了这话,如轰雷掣电,细细思之,竟比自己肺腑中掏出来的还觉恳切,竟有万句言语,满心要说,只是半个字也不能吐,却怔怔的望着他。此时宝玉心中也有万句言语,不知从那一句上说起,却也怔怔的望着黛玉。两个人怔了半天,林黛玉只咳了一声,两眼不觉滚下泪来,回身便要走。宝玉忙上前拉住,说道:'好妹妹,且略站住,我说一句话再走。'林黛玉一面拭泪,一面将手推开,说道:'有什么可说的。你的话我早知道了!'"

　　由于宝黛爱情不符合贾府掌权人的心意,在贾母、王夫人和王熙凤的刻意安排下,贾宝玉娶了表姐薛宝钗为妻。但贾宝玉心中还是不能忘却林妹妹,没有了林妹妹,贾宝玉每天失魂落魄,不知所踪。由此可见,贾宝玉的真爱是林黛玉,贾宝玉对林黛玉的爱世上难有,真诚感人。而秦钟、蒋玉菡、柳湘莲也都有自己的异性爱人,秦钟对尼姑智能儿不怕世俗礼法,柳湘莲为了刚烈的尤三姐不惜斩断俗缘,而蒋玉菡最终也娶了袭人为妻。另一方面,贾宝玉和男性三友没有拥有彼此的愿望。小说第十五回"王凤姐弄权铁槛寺　秦鲸卿得趣馒头庵",当秦钟和智能儿夜里偷情被宝玉发现时,宝玉不但没有生气,还打趣他们一番,然后答应替他们保密。试想有哪位恋人会对爱恋的对象和外人偷情能做到如此大度宽容。小说第六十六回"情小妹耻情归地府　冷二郎心冷入空门"中,写云游归来的柳湘莲一见到贾宝玉,就把贾琏给他提亲尤三姐的事告诉了他,宝玉听后笑道:"大喜,大喜!难得这个标致人,果然是个古今绝色,堪配你之为人。"小说第一百二十回"士隐详说太虚情　贾雨村归结红楼梦"中,写宝玉出家当了和尚,王夫人和薛姨妈商量给袭人配一门正经亲事。袭人在家中翻出了自己的松花汗巾被丈夫认出是当年送给宝玉的,这时袭人才知道自己的丈夫就是宝玉朋友蒋玉菡。小说的这些描写都足以说明贾宝玉与秦钟、蒋玉菡、柳湘莲他们并没有独占对方的感情世界,更没有侵占对方的爱情空间。

再有,贾宝玉视同性三友如清纯女儿。从小说的描写我们知道,秦钟、蒋玉菡、柳湘莲他们都不是粗鄙憨愚的精壮汉子,相反他们都有相当浓重的女性色彩。妩媚、娇好的容貌,温柔、婉丽的言谈,温文尔雅的举止,这些都是贾宝玉所钟情的那个女性世界里女儿们所具备的特征。正是因为秦钟、蒋玉菡、柳湘莲他们具有"女儿之风",拨动了贾宝玉心底的"女儿崇拜"情结,引发了贾宝玉对男性三友的爱惜体贴之情。因此,和男性三友交往"从思想观念上讲,贾宝玉是视男性三友如清纯女儿。在贾宝玉的眼中秦钟等人俨然成了女儿们的化身,是美好女儿的标志符号"。① 同时,在贾宝玉与其男性小人物朋友的交往中,秦钟、蒋玉菡尽管是"怯怯羞羞,有女儿之风",柳湘莲"风流倜傥,英俊异常",但在小说中没有任何有关他们主动挑逗宝玉的情节,更没有和宝玉有越轨的行为的情节描写。倒是贾宝玉"惯能作小服低,赔身下气,情性体贴,话语绵缠",主动和他们交往,因此他们之间的感情才更加亲厚。所以,贾宝玉和男性三友之间的感情,从秦钟、蒋玉菡和柳湘莲一方来讲更多的是接受贾宝玉的好意,一个愿意给一个被动接受,这是一种单项的情感交流,这一点与互相愉悦的同性恋者的表现有很大的不同。

综上所述,不管是对众女儿的"意淫",还是对女性化男子的单恋,贾宝玉都仅仅停留于观赏的阶段。贾宝玉与其男性小人物朋友的交往,是少年的情趣相投,精神气质的吸引。他们因欣赏彼此身上的自然特质而接触,又因接触频繁而感情加深。因此"我们可以认定贾宝玉应该只是一个有着同性恋倾向的异性恋者,他不同于贾琏的同性性行为只是为了满足生理的发泄,也不同于薛蟠的两者皆好,他对同性(如秦钟等)大都是一种欣赏,一种精神层次的心理感受"。② 至于文本中"未见真切"算的账目,留下匪夷所思

---

① 刘秀玲:《情爱边缘的友情——秦钟与贾宝玉社会关系的现代透视》,《时代文学》2006年第4期,第69页。
② 孙忠良:《论贾宝玉的同性恋情结》,《红楼梦研究》2006年第3辑,第83页。

的疑案等,这些似有若无的朦胧描写,尽管透漏出主人公的某种同性恋倾向,但这种倾向是不能用世俗体制内"普通的道德"去作出判断的。而我们从整个作品的角度来看,《红楼梦》作者对宝玉同性爱恋倾向的描写,完全是作为一种生命本真存在形式而展现的。

情理探源新论

第十三章 贾宝玉异态交友行为的本质

在中国哲学思想中,道家学派的核心主张是天人合一。认为人是自然的构成,自然本真、精神自由是人的天性。为此,庄子主张摒弃偏执的自我,"役物而不役于物",使心不为任何外物所累。综观《红楼梦》,作者在洋洋洒洒的文字内容中,形象地描述了人和物的本真之情。揭示贾宝玉的"情"是美和善的真性之"情",贾宝玉的用情是他对回归自然本真的美与善的追求。为此,作家王蒙在对《红楼梦》思想的评价中就指出,《红楼梦》深刻地探讨了人生问题。人究竟该怎么生活?人与人之间,是应该真情相待,还是互相倾轧?强调要重视《红楼梦》思想的"人本"内涵。贾宝玉的女儿崇拜和他与同性三友的交往,体现了贾宝玉"不为任何外物所累"的人性本真思想,在封建社会,这是一种离经叛道的行为。但这些行为却展现了人类崇尚自然,追求纯真,向往自由的至纯至真之情,具有鲜明的人本特色。而其中自然率性、平等待人、娱情悦性的本质内涵,则至今闪耀着人文主义思想的光芒。

一、自然率性的坦诚

"中国传统有'天—道—人'的本体模式,它遏制了人们向人性深处的开掘和体验。而中国传统文化人格中氤氲着一种挥之不去的回向天然属于人类童年心态的真性之思和优美之感,此种真性之思和优美之感深刻地影响着人的情感心理和文化倾向。"①从小说文本的描述中,我们可以看出贾宝玉

---

① 单世炼:《徘徊在规范之外——贾宝玉的一个新诠释》,《红楼梦学刊》1988年第2辑,第10页。

下篇:异态论

和秦钟、蒋玉菡、柳湘莲都是有着这种回归情结的人,他们的情结外化为具体的生命情感和存在状态,就是执着真性真情、拒绝世俗功利的生命本真状态。其外化为具体的生命情感和存在状态,就是伤春惜时、悲秋叹命的感伤和拒绝世俗功利的情节。

贾宝玉是具有回归天然的真性之思和优美之感的人。他在自己的情爱世界构建中,着力摒弃封建世俗的和功利性的成分,呈现出一种"绝假存真"的清明澄碧。他执着于人的真性真情的生命本真,表现出一种自然率性的恣情和超然。"他的女儿崇拜心理和他的与男性小人物交往的心理,都非常接近原初的、挣离后天文化和社会强塑于人性和人格之上的理性建构,因而更趋近于存在的本真状态的生命诗意和人性真美。"①在大观园之外,贾宝玉自由率性的表现之一,就是与其三个男性小人物朋友的交往。在交往过程中,贾宝玉从他们的人生中不仅求证了与自己类似的自由率性情感的美好,同时他自己的自由本真之质也得到了立体而动态的展现。贾宝玉和同性三友他们都是按自己的意愿去自由生活的人,他们之间有一种自然率性而为,无拘无束的心灵默契,有一种对无视门第、无视贵贱、无功利需求的人情之本真的认同。所以,他们的交往行为本质是生命本真思想和行为的统一,是自然率真的心性共通的一种交流和释放。

在大观园内,贾宝玉自然率性的表现是追求个人性情和生活方式的自由。所以生活中贾宝玉想说就说,想做就做,口无遮拦。如他喜欢纯净的女子,就说:"女儿是水做的骨肉,男子是泥做的骨肉,我见了女儿便清爽,见了男子,便觉浊臭逼人!"他反对传统的忠臣良将的说法,就不加掩饰地对"文死谏""武死战"大放厥词。他还明确地和周围的姐妹们说,谁要是劝他走仕途经济,他就和谁生分。不仅如此,他心口一致,践行自己的主张,宣传实施自己自然本真理想。小说第三十一回"撕扇子作千金一笑 因麒麟伏白首双星"中,写晴雯怕打破盘子,宝玉就笑着对她说:"你爱打就打,这些东西原不过是借人所用,你爱这样,我爱那样,各自性情不同。比如那扇子原是扇的,你要撕着玩也可以使得,只是不可生气时拿他出气。就如杯盘,原是盛

---

① 翟新格:《试论〈红楼梦〉"情"的文化人格模式》,《宁波大学学报(人文科学版)》2004年第2期,第49页。

东西的,你喜听那一声响,就故意的碎了也可以使得,只是别在生气时拿他出气。这就是爱物了。"贾宝玉的这段话,听起来似乎有些荒谬,而细细思之,确有些道理:人与物的关系是人为主,物为宾;人主宰物,物为人所用。而人之性情有别,各有所好,只要发自自然本性,如何用物都是可以的,也就是所谓的"爱物"或物尽其用了。由此,晴雯撕扇并不是不可以的做法,倒是扇子因为满足了晴雯想听撕扇声音的愿望而实现了其之所以成物的价值,人也实现了造物的目的。显然,贾宝玉话语中的核心思想是天地万物中,人最为贵,余次之;人在生活中,真情最要紧,余可不计;"评判事物的标准为是否顺乎自然,合乎人意(性情、志趣、爱好)。总之一句话,自然天成乃人生活的最高境界。"①

　　这里贾宝玉对于物和人的关系的认识体现其以人为本的思想,这与他在小说中的乖张任性行为保持自己的自然生命状态相吻合。所以在小说中曹雪芹以贾宝玉为代言,表达按照人的自然本性或真情,不作矫饰、不受拘束、自由自在地生活的现实要求,折射出明清时期人的觉醒和要求个性解放的进步思潮,也体现出《易经》天人合一哲学思想具有跨越时代肯定自然生存及其价值的现实意义。在诗歌绘画建筑艺术上,贾宝玉也主张返璞归真,顺乎自然。小说第十七回"大观园试才题对额　荣国府归省庆元宵"中,写贾政和宝玉带众清客游览大观园,在贾政看来大观园有凤来仪、稻香村、茆堂三个好去处。这三处依据"'天然'者,天之自然而有,非人力之所成"的审美标准,"固然系人力穿凿"但已有自然之态,能勾起人回归自然的情怀。而在贾宝玉看来三处中"有凤来仪"处最佳,因为此处不仅有自然之态,还有"自然之理""自然之气"。贾宝玉认为有"自然之势""有自然之理,得自然之气"才是"天然"的全面完美的含义。这里贾宝玉的审美观体现世人普遍具有的自然观,即身心有回归自然的向往,不事雕琢喜欢纯朴,简约生活的价值追求。"有自然之理,得自然之气"既是贾宝玉的审美理想,也体现了他崇尚天然、纯朴,反对人力穿凿的哲学思想。而这正与古代道家提出的"天道自然"、顺应自然、无为而治的主张一脉相承,可见"贾宝玉身体力行的正

---

① 宋子俊:《〈红楼梦〉中的哲学意蕴及曹雪芹思想的价值取向》,《红楼梦学刊》2006 年第 2 辑,第 256 页。

是老庄'有为伤天性'思想"①。

二、平等待人的纯净

"曹雪芹首先用自己的人性论来反对男尊女卑。他用浪漫主义的方法把男尊女卑的论据颠倒过来,以揭露男尊女卑的偏见及与之相适应的制度的不合理。……从思想观点方面说,曹雪芹还从自己的人性论中导出人与人平等、个性自由等近代民主思想的萌芽。"②作为曹雪芹的代言人,贾宝玉反对封建等级制度,主张"世法平等"。在小说中他尊重女性、保护女性、赞美女性,坚决反对蹂躏、践踏女性。这一点在中国有几千年男尊女卑传统思想的封建社会里尤其可贵,从中看出他自然本真的心性。

在大观园里,不受任何礼法拘束、自由快乐地生活,是贾宝玉的人生理想。为了实现理想,贾宝玉对不同层次的人,都尽力去维护、平等相待。贾宝玉对他极度崇拜的女儿们甘愿抛洒真爱,对生活环境中居于被压迫地位的小人物寄予同情和关爱。他平常"待姐妹们都是极好的","每每甘心为诸丫头充役"。有时丫鬟们生病生气,宝玉反倒经常服侍她们,甚至受她们的排揎,但他都不以为忤。贾宝玉对小厮也从不摆主子架势。他和茗烟无话不说,亲密无间,有时宝玉还要茗烟为他出主意,两人全然没有什么主奴的界限。小说第四十三回"闲取乐偶攒金庆寿 不了情暂撮土为香"中,写贾宝玉和茗烟偷偷到水仙庵去祭奠,在祝告的时候茗烟说:"我茗烟跟二爷这几年,二爷的心事,我没有不知道的,只有今儿这一祭祀没有告诉我,我也不敢问。只是这受祭的阴魂虽不知名姓,想来自然是那人间有一,天上无双,极聪明极俊雅的一位姐姐妹妹了。二爷心事不能出口,让我代祝:若芳魂有感,香魂多情,虽然阴阳间隔,既是知己之间,时常来望候二爷,未尝不可。你在阴间保佑二爷来生也变个女孩儿,和你们一处相伴,再不可又托生这须眉浊物了。"此话可以看出,贾宝玉和茗烟虽为主奴,但宝玉并没有欺压茗烟。茗烟知道贾宝玉的心思,并且真心实意希望贾宝玉每天快乐开心。可

---

① 林世芳:《论曹雪芹一生思想演变轨迹》,《福建师范大学福清分校学报》2002年第1期,第41页。

② 徐子余:《曹雪芹哲学思想论辨》,《红楼梦学刊》1983年第3辑,第31页。

以说,他们之间的关系已经超越了主仆贵贱的界限,达到了心灵相通、彼此交心的程度。此外,贾宝玉对刘姥姥的态度也体现了他不分贫富、人人平等的思想观念。刘姥姥是一乡村贫妇,她进大观园攀亲实在是穷的没办法。刘姥姥一共三次进贾府,每次贾宝玉都不嫌弃她。小说第十九回"村姥姥是信口开合　情哥哥偏寻根究底"中,写刘姥姥二进贾府,贾宝玉缠着刘姥姥让她讲完"茗玉"小姐的故事,当听刘姥姥说茗玉小姐死了之后,她父母就让人盖了祠堂,把她供奉在这里,并派人烧香拨火,后来年深日久,庙毁像坏。贾宝玉就建议刘姥姥重修祠堂,日后收个烟火钱当香头增加收入。从中可以看出在贾宝玉的思想观念中,从来没有高人一等的意识,相反他却时常为求得一种和谐的气氛,而对人低三下四委屈自己。

　　贾宝玉和奴仆在一起,不分上下等级,不因自己是主子要求奴仆敬畏。"曹雪芹说贾宝玉一味随心所欲,'不安本分','又是天生成惯能作小服低,赔身下气'的。他赋予贾宝玉这个形象的使命之一,是冲破封建等级限定的尊卑本分,使不同等级的人平等相处。"①贾宝玉向晴雯说"你爱这样,我爱那样"就是承认人不分等级,都有按自己性情行事的平等权利,这是贾宝玉平等待人的思想基础。而他与地位低微、家境清贫的秦钟、蒋玉菡、柳湘莲交往密切,则体现他对平等待人原则的坚守。虽然从正统思想的角度来看,贾宝玉的所作所为是不务正业。但贾宝玉与同性朋友的交往,本质上反映了人性解放、个性自由和人权平等的进步要求。从正面来看,在当时"存天理,灭人欲"的封建社会,贾宝玉的平等对人、善待弱小的行为具有积极进步的意义,反映出了当时人们已经有了初步的民主主义思想追求。

三、娱情悦性的美好

　　从人性的角度说,追求美好是人的本能。贾宝玉"不以现实价值和意义要求生活,而寻求有韵味和独得之乐的生活方式,放弃强势而选择弱势,放弃攻势而选择守势,放弃功利而选择审美"。② 作者倾尽全力塑造的贾宝玉,虽然他并不把色看作是做人的唯一价值,但他的女儿崇拜和与秦钟、蒋玉

---

① 徐子余:《曹雪芹哲学思想论辨》,《红楼梦学刊》1983 年第 3 辑,第 30 页。
② 徐卫卫:《论贾宝玉欲求之边缘性》,《红楼梦学刊》2004 年第 3 辑,第 49 页。

菡、柳湘莲交往不可否认的都有一种怡情悦性之举。

作为一个自然人,贾宝玉对于怡情悦性之美,有一种本能的关注。贾宝玉他的思维方式、生活习惯,均体现着强烈怡情悦性的心灵需要。大观园里女儿的清纯美丽,让宝玉倾倒。小说曾以牡丹比喻宝钗,而以芙蓉象征黛玉。宝玉既爱黛玉为代表的清新脱俗之美,也爱宝钗为代表的现实丰润之美。贾宝玉对美的怜惜之情,还由人延伸到对大自然的态度上,因而触景生情是他的常态。在小说文本的许多描写中,贾宝玉都对变幻多彩的大自然,不时地表现出"多愁善感"的一面。小说第三十五回写他"时常没人在跟前,就自哭自笑;看见燕子就和燕子说话,河里看见了鱼儿就和鱼儿说话,见了星星月亮,他便不是长吁短叹的,就是咕咕哝哝的"。我们说"宝玉对自然景物的爱,源于他对美好事物的留恋。其实质正是人类最美的一部分即少女爱和同情的扩大与深化"。①

在大观园外,贾宝玉他把对女儿的审美和对自然的关爱情感扩展开来,延伸到三个男性朋友身上,同样他也获得了心理的满足和审美的愉悦。在贾宝玉的审美观照中,秦钟、蒋玉菡、柳湘莲他们不属浊物男人之列,相反他们各自有自己的风韵,各自有自己的风流。或美丽晶莹,似女儿一般的水晶人儿;他们或风流潇洒,如行云流水般洒脱飘逸。小说第七回"送宫花贾琏戏熙凤　宴宁府宝玉会秦钟"中,写贾宝玉和王熙凤应尤氏婆媳之邀,到宁国府赴宴,其间秦可卿把弟弟秦钟介绍给宝玉,当时小说对秦钟是这样描绘的:"较宝玉略瘦些,眉清目秀,粉面朱唇,身材俊俏,举止风流,似在宝玉之上,只是怯怯羞羞,有女儿之态,腼腆含糊,慢向凤姐作揖问好。凤姐喜的先推宝玉,笑道:'比下去了!'……"而贾宝玉也是:"……自见了秦钟的人品出众,心中似有所失,痴了半日,自己心中又起了呆意,乃自思道:'天下竟有这等人物!如今看来,我竟成了泥猪癞狗了……'"由此可见,秦钟秀美的容貌、俊俏的身材、风流的举止,一下子就吸引了贾宝玉的目光。而秦钟那腼腆含糊、酷似女儿的神态,也不由得让贾宝玉意动神思生出许多感慨。"他们两人的互相欣赏,主要应看作是两人对对方相貌的肯定,是对相貌之美的

---

① 朱淡文:《红楼梦形象探源(下)》,《红楼梦学刊》1996年第2辑,第182页。

情理探源新论

本能的反应,正如作者在第七回最后所说的'不因俊俏难为友,正为风流始读书'。"①

蒋玉菡在贾宝玉的眼中也是如同女子一般妩媚温柔的人儿。蒋玉菡生得俊俏,常演旦角,故而有女儿情态。小说第二十八回"蒋玉菡情赠茜香罗"中,贾宝玉初见蒋玉菡,"宝玉见他妩媚温柔,心中也十分留恋,便紧紧的达着他的手,叫他:'闲了往我们那里去。'"当贾宝玉确认眼前的蒋玉菡就是名驰天下、自己倾慕已久名优琪官时,便更觉名不虚传,相见恨晚。之后他们二人不但互赠了礼物,还情意绵绵彼此生情。不仅如此,在小说中,柳湘莲也是个风流倜傥、英俊潇洒的人物。第四十七回"呆霸王调情遭苦打 冷郎君惧祸走他乡"中写道,柳湘莲他"最喜串戏,且串的都是生旦风月戏文","年纪又轻,生得又美,不知身份的人,却误认作优伶一类。"正因如此,薛蟠看到年轻英俊,又擅串旦戏的柳湘莲,便情不自禁,想入非非。薛蟠误将柳湘莲当作了出卖色相的"风月子弟",席间勾引挑逗调笑,以致热闹了柳湘莲,直至被柳湘莲骗到北门外遭到一顿痛打,薛蟠这才有所大悟!后悔自己不该误认了人。

贾宝玉的人生就是企求过随心所欲、听其自然的生活。在大观园女儿国中斗草簪花、低吟悄唱,和志同道合的男性小人物朋友谈天说地,自由自在地生活。所以,贾宝玉与男性小人物交友,从本质上说就体现了他对娱情悦性的需要。贾宝玉同性交友行为是"他们之间是平等的有共鸣的生命之间的相互回应。而这种回应又是一种带有'孤芳自赏'意味的自我生命的肯定。他们共同组成了一个新的'自我',这个'自我'包含着真实自我外显和内隐的形象特征,这是一个'孤独者'的生命见到'族类'的欢愉。在这里我们看到是灵与灵之间的相互交流、相互救赎的企图"。②

---

① 谢传荣:《贾宝玉的"情友"——秦钟》,《南都学刊》2005 年第 6 期,第 46 页。
② 付晓蕾:《以生命情怀观红楼里的同性恋叙写》,《曹雪芹研究》2014 年第 4 期,第 124 页。

第十四章　贾宝玉异态交友描写的文化价值

贾宝玉与秦钟、蒋玉菡、柳湘莲交往中所追求的"情"思想内涵丰富,其中包括人性本真、个性解放和人人平等等内容,并体现出超越时代具有进步意义的人文品质。正因如此,贾宝玉与同性三友的交往,蕴含着博爱精神的巨大力量,具有深刻和丰厚的文化意蕴。"这些男性的'小人物'丰富了贾宝玉的思想性格,促进了贾宝玉的人生理想。"[①]

一、女儿世界情感体验的延伸和扩展

贾宝玉用自己全部身心经营他的"有情"世界,让读者从中看到了"痴情"。小说中贾宝玉的"痴情"表现最集中的就是他的"女儿崇拜"和他与"同性三友"的交往。"女儿崇拜"和与"同性三友"交往是贾宝玉"有情"活动的重要内容,也是他情爱观思想的重要体现。贾宝玉的"女儿崇拜"有着重要的文学作用,同样贾宝玉与"同性三友"交往也具有重要文化意义。

贾宝玉的"女儿崇拜"情节,从其伊始就是一种发自内心的"自然"情愫,出自"赤子之心"。也就是说"贾宝玉的'不情之情',更多时候表现为'意淫',即没有实质身体接触的欲念。这是对女性人格的尊重,是一种受理性支配的情感"[②]。小说第五回,贾宝玉被警幻仙子称为"古今天下第一淫人",

---

[①] 杜恒贵:《论〈红楼梦〉中"小人物"爱情描写的审美价值》,《学术交流》1993年第6期,第114页。

[②] 谢德俊:《论贾宝玉的情理世界》,《泉州师范学院学报(社会科学版)》2003年第5期,第71页。

情理探源新论

同时又说,宝玉的"淫"是"意淫"与"皮肤滥淫"之辈不同。所谓"意淫",警幻仙姑解释为:"是天分中生成的一段痴情","在闺阁中,固可为良友"。脂砚斋对"意淫"的批语是"二字新雅,按宝玉一生心性,只不过是体贴二字。故曰'意淫'"。从以上对"意淫"的解释和脂砚斋批语可知,"意淫"是与"皮肤滥淫"相对立的两个概念,贾宝玉和"世之好淫者"的区别,在于并不"云雨无时,恨不天下之美女供我片时之趣兴"。他同样"悦容貌,喜歌舞,调笑无厌",同样觊觎"天下之美女",只不过所要的不是"片时"而是永恒。他的心理要求是按住时光的流逝,将美好的一切予以固定。

贾宝玉与秦钟、蒋玉菡、柳湘莲三友的交往,从情感内涵来看,是他在理想的女儿世界用情的延伸和扩展。因为,在小说中贾宝玉致力于构建一个纯情洁净的"有情"世界,希望在这个世界中有他钟爱的"女儿"们来陪伴。在贾宝玉的"女儿论"中,他认为女儿是天地灵气所钟,是水做的,清纯无比。女儿们保持了"混沌未开,天真烂漫"的真情性,没有受到污浊社会的熏染。所以"厮混"在她们之中,他能感受到人性的纯真质朴。而秦钟、蒋玉菡和柳湘莲也没有世俗的观念,他们行为举止尽显生命本真。所以,贾宝玉和他们交往也如沐春风,清新舒爽。如果说贾宝玉在大观园里,通过认同女儿清纯、澄明的自然人格,为自己找到了一个同情、关怀乃至献身的对象,使自己无意义的人生获得了一种特殊的意义。那么在大观园之外,通过和同性三友的交往,贾宝玉在更广泛的领域在践行着对自然本真的人生追求。只不过这种自然本真的人生实践,包含追求个性解放、人人平等、生命本真等更丰富的思想内涵。从这个角度说,贾宝玉与同性三友交往的情感体验,更具有超越时代的进步的现实意义。不仅如此,从思想感情的表达方式来看,贾宝玉与秦钟、蒋玉菡、柳湘莲的交往和他的"女儿崇拜"还有相同的特质。在"女儿崇拜"和与"同性三友"交往活动中,贾宝玉的用情对象都是美丽的对象。他们同样的形貌俊美,同样的清纯多情。为此,贾宝玉在与同性三友的交往中也表现出和女儿世界相同的用情特点,即一样的体贴、一样的呵护、一样的关爱。由此,贾宝玉在以上两个领域的情感体验在内涵和表达形式上存在着密切联系。在大观园里,贾宝玉用自己全部身心经营着他的"有情"世界,从中使我们感到了他的"女儿崇拜"在"女儿世界"的特殊的现实意义。而贾宝玉与其男性小人物朋友的交往和他的"女儿崇拜",在贾宝玉的"有情"世界建构中,也有着同样深刻而重要的意义。

二、贾宝玉情爱观内涵的补充完善

以往人们评述贾宝玉的情爱思想,更多的是停留在大观园里他和林黛玉的爱情和他对众女儿的关爱层面上。这样一来大观园以外,贾宝玉的情感活动的作用往往被淡化或忽略。而通过贾宝玉在大观园外和"同性三友"的交往描写,不仅可以对贾宝玉的情感世界有一个全面的了解,同时对他的情爱观也会有一个充分的认识。

1. 贾宝玉的情爱是广泛的

贾宝玉具有诗人的感伤气质,他感情丰富,珍视一切美好的事物。在大观园里人们称宝玉是"无事忙""爱博而心劳",其实,他的"忙"、他的"心劳"都是为了大观园中的姐姐妹妹们。因为他希望与她们和睦相处,永远不分开。为此,他愿意为她们"充役",愿意降低自己的身份,去讨好她们、体贴她们。在贾府外的社会交往中,贾宝玉对于自然本真、相貌俊美的秦钟、蒋玉菡、柳湘莲三个同性朋友,也倾注了真挚的情爱,对他们嘘寒问暖、体贴周到。小说第十六回"贾元春才选凤藻宫　秦鲸卿夭逝黄泉路"中,写贾府设宴庆祝贾元春晋封凤藻宫尚书加封贤德妃,贾宝玉却"心中怅然如有所失,虽闻得元春晋封之事,亦未解得愁闷"。原因是贾宝玉知道秦钟受了风寒失于调养在家养病,不想他的病情加重了,而且一天比一天重。因为惦记秦钟,贾宝玉每天提心吊胆、坐立不安,不时上门探望秦钟。当听说秦钟"不中用"之后,宝玉更是焦急万分,立刻起身要送秦钟最后一程。秦钟不治而亡之后,贾宝玉也没有忘记这个朋友,他每年秦钟的祭日都不忘到坟上祭奠。由此可见,秦钟和贾宝玉之间的关系,感情深厚、情真意切。不仅如此,从小说第三十三回"手足耽耽小动唇舌　不肖种种大承笞挞"中,也可见贾宝玉对蒋玉菡的亲密互动。一方面贾宝玉对于蒋玉菡摆脱忠顺王爷的牢笼狎亵,从王府出走一事是知情的。而且从忠顺亲王打听得蒋玉菡近日与宝玉相与甚厚,派长史官到贾府中找人来看,贾宝玉还对蒋玉菡交往频繁,甚至可能对蒋玉菡的出逃忠顺王府起到了帮助作用。贾宝玉以此遭到父亲的暴打,他表示为了蒋玉菡就是被打死也愿意。可见两人的交情实在是非同一般感人至深。再有,贾宝玉对于柳湘莲的感情更是情真意切、难舍难分。小说第四十七回"呆霸王调情遭苦打 冷郎君惧祸走他乡"中,写柳湘莲因受辱而痛打了薛蟠,为了防止薛蟠报复,柳湘莲不得不远走他乡避祸。当贾宝玉听柳湘莲说要出远门而且"三年五载再回来"时,心里很是难过。他先是忙问道:"这是为何?""好容易会着,晚上同散岂不好?"当得知柳湘莲远行的原因,自知无法阻拦时,贾宝玉又道:"只是你要果真远行,必须先告诉我一声,千万别悄悄的去了。"说着便滴下泪来。所以,贾宝玉是一个具有"仁爱"思想的人,为了情爱他可以自降身份,可以委屈自己。正是这种同情人、关爱人、把人当人、舍己为人的情怀思想,构成了小说重要的思想基调,使小说放射出人文主义精神的光辉。

2. 贾宝玉的情爱观是有条件的

贾宝玉以秦钟、蒋玉菡、柳湘莲为友,不是他一时的心血来潮,而是他的情之价值取向使然。贾宝玉的至真至善使他在与人的交往中始终保持着平等的关系,特别是他力所能及地保护着他能保护的一切人和物。但"贾宝玉的情爱义是有原则的,并不是不分是非的屈从"。① 贾宝玉不仅自己用情,他还把"情"作为区分人的标准。而现实生活中我们知道,最能使人动情的,自然是那些具有真、善、美特质的事物。因此,求真求善求美是贾宝玉的审美追求目标,也是他情之所至的归宿。而与秦钟、蒋玉菡、柳湘莲的交往正是贾宝玉人生追求的具体体现,也是他真善美情感选择的必然结果。

贾宝玉付出情爱的条件主要有两个:一方面是赏心悦目的。贾宝玉诚然是个"泛爱主义者",但宝玉之"爱人"并不是儒家道德纲常之"爱人",而是有形貌聚美的条件的。在小说中,作者用"清"来形容女儿们,可见"清"字足现女子的外表美丽和内心纯洁。而具有这种特质的女儿一如艺术品般作为审美鉴赏的对象,给人清新忘俗的美好感受。所以,大凡为宝玉所关怀的、所动情的,无一不是美丽动人的、赏心悦目的。贾宝玉的情感构成,从某种程度来说就是美的汇集。"只要是水做的女孩儿,那么不论是主子还是奴

---

① 许山河:《〈红楼梦〉的理想世界》,《海南师范学院学报(社会科学版)》2005年第5期,第97页。

才,不论是世间女还是画中人,不论是相熟相知还是素昧平生,宝玉一概会投入地爱一次,爱得真心实意,爱得死去活来,甚至爱得斯文扫地。"①贾宝玉所谓的"女儿个个都好"是要以漂亮的相貌为前提的。正是因为有珍爱一切美好事物的心理,使得贾宝玉对美有着一种异乎寻常的敏感,因而发现美、拥有美、关爱美是他人生的一大特点。而对男人,贾宝玉也并不都觉得"浊臭逼人",也有他见了"便清爽"的,那就是秦钟、柳湘莲和蒋玉菡这三个风流人物。在贾宝玉的审美观照中,秦钟、蒋玉菡他们二人不仅不属浊物男人之列,相反,他们各自有自己的风韵,各自有自己的风流。秦钟是"眉清目秀,粉面朱唇,身材俊俏,举止风流""怯怯羞羞,有女儿之态";蒋玉菡是"妩媚温柔",宝玉心中十分留恋;柳香莲是"年纪又轻,生得又美,不知他身分的人,却误认作优伶一类"。可见"赏心悦目之美"是贾宝玉与其成为密友的基础,也是贾宝玉情感产生的前提条件。

另一方面是自然率真的。在小说中,贾宝玉倾心地为女儿们付出,但他对待女儿的态度也不尽相同。他曾经说过这样的话:"女孩儿未出嫁是颗无价之宝珠。出了嫁,不知怎么就变出许多不好的毛病来;虽然是颗珠子,却没有光彩宝色,是颗死珠了。再老了,更变得不是珠子,竟是鱼眼睛了。分明一个人,怎么变出三样来?"如他对"心比天高"不染丝毫奴气的晴雯便特别偏爱,甚至尊重。也正是基于此种着眼点,贾宝玉方才渐渐地疏远了薛宝钗、史湘云,而把全部的情感寄托在了林黛玉的身上。因为史湘云和薛宝钗会时不时地劝说他:"没见你成年家只在我们队里搅些什么。"(第三十二回)"幸而是这个,明儿倘或把印也丢了,难道也就罢了不成。"(第三十二回)而薛宝钗更是逮着机会就表示:"自古道'女子无才便是德',总以贞静为主,女工还是第二件。其余诗词,不过是闺中游戏,原可以会可以不会。"(第六十四回)唯独林黛玉在"风刀霜剑严相逼"的处境中坚守自尊与独立,正如贾宝玉所说的:"林姑娘从来说过这些混账话不曾?若她也说过这些混账话,我早和她生分了。"(第三十二回)因此宝玉逐渐与其他女儿"生分",最终与黛玉建立了"你好我自好,你失我自失"的唯一关系。

---

① 胥惠民:《一曲女儿的热情颂歌——也论〈红楼梦〉的主题思想》,文化艺术出版社 1995 年版,第 104 页。

《红楼梦》情理探源新论

贾宝玉喜爱女儿的美丽纯真,作为他的朋友,秦钟、柳湘莲和蒋玉菡不仅有女儿般的俊美魅力,而且因其不受封建礼法、世俗观念的束缚,也表现出自然率真的一面。中国婚姻讲究父母之命、媒妁之言、门当户对,秦钟对这些不理不顾,和一个水月庵的尼姑智能儿厮混。这在当今社会、当代中国也是不寻常的出格行为。所以,秦钟不拘泥于社会的礼仪规范,是个超凡脱俗的另类。蒋玉菡也是一个另类,他在忠顺王府,是出了名的旦角。他可以锦衣玉食、使奴唤婢,并且他还可以借忠顺亲王之势求得富贵荣华。但蒋玉菡他并不愿意充当任人摆布的宠物,而甘愿过平常百姓的日子。他追求自由生活、不依附权贵,甚至蔑视权贵。所以,蒋玉菡是自尊自爱的自然人。柳湘莲是一个适性逍遥、自由自在的"浪子"。小说说他"素性爽侠,不拘细事,酷好耍枪舞剑,赌博吃酒,以至眠花卧柳,吹笛弹筝,无所不为"。可以说柳湘莲也叛逆了以读书仕进为高尚、以优伶演艺为卑贱的传统价值观,开拓了其人生的广阔领域,具有特殊的审美价值。所以和这样的人交往贾宝玉感到放松舒爽、无拘无束,自己的天性得以释放。可见自然率真,是贾宝玉与黛玉、晴雯及三个男性小人物成为知音的关键。

三、主人公命运阶段性的暗示

"秦钟、柳湘莲、蒋玉菡是贾宝玉人生中独特的三位同性挚友。他们身份低下、品性各异,却与贾宝玉在思想境界方面有着至为亲密的交汇。他们的人生更与贾宝玉有着千丝万缕的关联,并对贾宝玉产生至关重要的影响。"[①]在小说中,我们看到贾宝玉与其男性三友是心性相通的。小说塑造除贾宝玉之外的这三个具有同样性格倾向的男子,不只在于让读者看到他们志同道合,还在于让他们成为贾宝玉各段生命时期的人生引导。也就是说秦钟、蒋玉菡和柳湘莲的人生是宝玉由红尘依恋到皈依空门的生命历程中不同阶段的缩影。

从秦钟的用情来看,他对姐姐秦可卿是无情的,他和宝玉之间是真情的,他和智能儿之间是钟情的。感情的冷漠、缠绵构成了秦钟的情感世界,

---

① 贺岩:《贾宝玉爱情体悟的三重境界》,《明清小说研究》2014年第1期,第146页。

下篇：异态论

而行为的失礼、失度组成了他的人生历程。秦钟姓名的谐音是"情钟""情种"，意思是秦钟是一个"情种"，是一个"钟情之人"，脂评："古诗云'未嫁先名玉，来时本姓秦'。二语便是此书大纲目，大比托，大讽刺处。"前句"名玉"当然指宝玉，后句"姓秦"则指秦钟。脂砚斋评语透露出一个消息，即秦钟、宝玉名虽二，实为一体。曹雪芹是借秦钟之名写宝玉之实。"秦钟在临死之前，对自己以前的所作所为是幡然悔悟的，他叮嘱宝玉要'立志功名''光耀显达'。很明显，作者是将秦钟塑造成一个临死前方悔悟的不良子弟的形象的。"①考察秦钟死后贾宝玉的人生的变化轨迹，确实可以看出秦钟的结局对贾宝玉行为有某种重要的作用。即秦钟死后贾宝玉就少了那种心猿意马的性爱冲突而专一执着，而专心关心体贴他人，开始真正的有情世界构建实践。特别是小说第十七、十八回元春省亲之后，人间净地大观园矗立在宝玉眼前，他同众女儿搬进大观园领略"仙闺风光"。这时象征护花使者的"怡红公子"，代替了"混世魔王"般的绛洞花主。贾宝玉体贴风露清愁才华绝世的黛玉，关心艳冠群芳凝辉钟瑞的宝钗，关照名士风流英豪大量的湘云，爱护灼灼如桃花般温柔和顺的袭人。贾宝玉不仅用心去体贴姐姐妹妹们，还深深地理解和敬佩她们，甘心为她们充役，为她们忧而忧，为她们乐而乐。所以说"秦钟的人生结局，即标明宝玉从深陷的情欲中走出，他冲破情欲之网，摆脱尘界之情事，升华为对纯洁爱情的向往和追求"。② 从此，贾宝玉诗意地生活在大观园的净土之中，开始对众女儿同情、关注和呵护，开始了对"木石前盟"的精神恋爱。

对蒋玉菡的描写，小说虽然着墨不多。但他对于贾宝玉的人生也有重要的暗示作用。小说二十八回写贾宝玉和蒋玉菡二人初逢、交换信物成为朋友，至三十三回忠顺王府要找失踪（其实是逃跑）的蒋玉菡，宝玉透露蒋玉菡在东郊离城三十里的紫檀堡置了田产建了房舍。这些情节介绍表明蒋玉菡从寄生被豢养的束缚中解脱了出来，开始了新的生活。蒋玉菡自立门户开始独立生活，意味着他完成了从名优到平民的蜕变，这种变化是蒋玉菡抗争争取的，是他的人生追求。袭人是和贾宝玉有过性体验的人，最后嫁给了

---

① 谢传荣：《贾宝玉的情友——秦钟》，《南都学坛》2005年第6期，第47页。
② 刘竞：《超越的幻灭》，《红楼梦学刊》2002年第2辑，第81页。

贾宝玉的朋友蒋玉菡。蒋玉菡没有嫌弃袭人,生活中反而尊敬和理解她的心思,两人比翼人间夫唱妇随。这似乎在告诉人们秦钟之于贾宝玉,毕竟是他人人生修行悟道的历练,而唯有蒋玉菡才是贾宝玉留在人间真正的情种。这就预示出贾宝玉在世间的另一种人生结局,即"真正理想的人生是什么,在当时当世归于平静平淡,入境随俗是一种人生的选择"。① 这一段话可以理解为,从另一个角度看贾宝玉的俗身是"化在蒋玉菡和花袭人身上"的,即贾宝玉出家佛身升天,而蒋玉菡和花袭人结为连理,二者相辅相成,更近乎中国人的人生哲学,即佛学与儒学、出世与入世并存不悖。

柳湘莲的人生悲剧对贾宝玉人生也有暗示作用。柳湘莲是贾宝玉人生的最后一个同性知己,柳湘莲用自己叛逆的一生抗争过也拥有过,但最终还是失去了最珍贵的东西。尤三姐自杀明志,让柳湘莲认识到尤三姐就是自己苦苦寻觅的爱人。苦苦追求的至真至纯的感情不在了,柳湘莲的追求与抗争也就化为虚有。于是,柳湘莲感到尘世的情爱虽好,却如过眼烟云,如梦一般的变幻不定。于是,他看破了红尘,寻求解脱。人生的苦痛使柳湘莲否定了红尘世俗,否定了一切追求的努力。他顿悟,他找到了解决痛苦的方法,于是,他一步一步地走向了幻灭,也一步一步地达到了对"我"的超越。这正如跛足道人所言:"好便是了,了便是好。若不了,便不好,若要好,须是了。"(第一回)情缘已尽的柳湘莲终于进入空虚之中,不再有痛苦,也不再有欢乐。"从人生道路这个角度看,柳湘莲的人生悲剧对贾宝玉有铺垫、启迪和引导等艺术作用。柳湘莲的入空门,更是宝玉的先行者和示范者。"② 在柳湘莲的前导下,宝玉渐悟了。柳湘莲把宝玉从红尘之中拉出来,最终完成了悲剧的解脱。

四、美好人性主题的呼唤

《红楼梦》表达了现实生活中的人们对人文理想的追求。爱情、自由、悦

---

① 白先勇:《贾宝玉的俗缘蒋玉菡与花袭人——兼论〈红楼梦〉的结局意义》,《红楼梦学刊》1990年第1辑,第64页。
② 关四平、陈默:《柳湘莲人生悲剧索解》,《东北师大学报(哲学社会科学版)》1996年第6期,第71页。

性是贾宝玉的人生需要。尚情、尊重个性、人人平等,是他认同的理想的生活状态。

贾宝玉见不得虚情假意、道貌岸然,不认同仕途经济光宗耀祖。在他的心目中有女儿崇拜情节,他认为"女儿是水作的骨肉,男人是泥作的骨肉。我见了女儿,我便清爽,见了男子,便觉浊臭逼人"。之所以有这样的奇谈怪论,是因为贾宝玉本身是"顽石"在人间的化身。他来自自然,欣赏自然,最后也要回归自然。而女儿们少不经事,没有更多世俗礼教的浸染,她们言谈举止尽显自然本真,是贾宝玉最喜欢的状态和感觉。所以,贾宝玉他的愿望是希望女儿们永远如水般纯净自然、如花般美丽娇艳青春常在,他还希望与大观园里的姐姐妹妹们和睦相处,永远生活在诗情画意之中不受外界的干扰。而和秦钟、蒋玉菡、柳湘莲三个同性朋友交往,也同样是贾宝玉生命本真、个性自由、人生理想的追求表现。因为"和三位男性小人物朋友的交往,则表明宝玉希图从他们的人生中求证与自己类似的东西,以建立自我理想人生"。① 贾宝玉选择和男性小人物交往,实际上是选择与现实社会的彻底决裂。因为他们所要走的道路,是不受封建约束的完全自由自在的自由人生之路。贾宝玉希望自己能够做自己的主人,不受封建大家庭的束缚,和情投意合的同伴寻找到他们自由的家园。但是现实是残酷的,秦钟早死,蒋玉菡受制忠顺王,柳湘莲出家皈依佛门没有好的结局,追根究底是贾宝玉和其男性小人物朋友都追求异于传统的自然本真、个性自由的人生。因为在中国封建社会讲求遵守伦理规范,走仕途经济和光宗耀祖,贾宝玉和同性三友的价值选择行为表现不符合传统要求。所以,他们的行为就是忤逆,是会受到遏制和指责的。所以,小说描写肯定贾宝玉与秦钟、蒋玉菡、柳湘莲的交往行为,就是从扼杀人性角度批判与否定封建社会,来表达对美好人性的尊重和向往之情。

五、作者愿望的内心独白

曹雪芹经历过贵族生活的奢靡和衰落后的贫困潦倒,深刻感受到世态

---

① 陈元洋:《贾宝玉形象的女性化分析》,西北大学硕士研究生论文,2003年4月,第66页。

情理探源新论

炎凉,他对所谓的儒家正统思想有理性的评判,体现出"入世有为"的生活态度。小说开篇说要"借'通灵'之说,撰此《石头记》一书"来记录自己"曾历过的一番梦幻"。即便面对僵化儒学的禁锢,曹雪芹依然执着地探寻本真,竭力构建有情的理想世界,并在此过程中实现对生命本真与自由的追求。于是在《红楼梦》中有大观园有情世界的描写,有贾宝玉对于仕途经济的深恶痛绝,有愤然弃世出家的决绝。在小说中贾宝玉拥有一颗独特的心灵,他一方面对生命和世界中纯洁而美好的东西深深地眷爱迷恋,一方面又为其不可避免的衰落和破碎而无比伤感痛苦。"宝玉用自己全部身心经营着他的'有情'的世界,从中即使我们看到了宝玉的痴情,也使我们通过宝玉,看到了曹雪芹那颗孤独、执著地跋涉,虽然时时迷茫,却依然追寻着春天的伟大灵魂。"[1]

《红楼梦》是曹雪芹对封建社会唱出一曲无比痛楚的挽歌。他在《红楼梦》这部巨著中对现实社会的种种虚伪、丑恶和罪恶作了无情的揭露和鞭笞。曹雪芹所追求的理想是一种文士的理想,他所追求的理想生活是一种隐逸的生活,大观园这一理想世界就是文士理想和隐逸生活的混合体。曹雪芹人生理想的重要内涵是要在浑浊的现世之外建立一个真实、洁静、有情的世界,这个世界不仅作为小说人物活动的环境而存在,而且作为小说的灵魂,也是曹雪芹思想的灵魂而存在。曹雪芹正是在《红楼梦》的创作中,尤其是贾宝玉"有情"世界的构建中实现着自我的人生价值。总之,曹雪芹对世间万物、对人生、对社会、对文学创作有着相当全面、深刻的理性思考和把握,并在小说中酣畅淋漓地表现出来,构成了《红楼梦》博大精深思想内容和巨大艺术魅力的一个重要方面,亦使这部小说充溢着与众不同的睿智美和哲理美。《红楼梦》"它不仅使读者了解了中国优秀传统文化的精髓和无穷魅力,而且懂得许多深邃的人生哲理和文艺创作之真谛,这也正是曹雪芹之所以伟大和他的小说百读不厌、流芳百世的原因之一"[2]。

---

[1] 刘衍青:《〈红楼梦〉"有情"世界的构建与毁灭》,《固原师专学报(社会科学版)》2006年第5期,第20页。

[2] 宋子俊:《〈红楼梦〉中的哲学意蕴及曹雪芹思想的价值取向》,《红楼梦学刊》2006年第2辑,第262页。

第十五章　秦钟异态社会关系分析

对秦钟人物形象塑造作家用墨不多,小说第七回"送宫花贾琏戏熙凤　宴宁府宝玉会秦钟",写贾宝玉和王熙凤应尤氏婆媳邀请到荣国府做客,秦可卿把弟弟秦钟介绍给贾宝玉。这是写秦钟第一次出场,所用笔墨不过百字;小说第八回"比通灵金莺微露意　探宝钗黛玉半含酸",写贾宝玉禀告贾母要和秦钟一同去上家塾,后秦钟到贾府拜见贾母和王夫人;第九回"恋风流情友入家塾　起嫌疑顽童闹学堂",写秦钟与贾宝玉等人,在学堂风流缠绵惹恼了金荣,茗烟加入上演了闹学堂的"飞砚大战"。这两回关于秦钟的描写加起来笔墨也不过百字;直到小说的第十五回"王凤姐弄权铁槛寺　秦鲸卿得趣馒头庵"和第十六回"贾元春才选凤藻宫　秦鲸卿夭逝黄泉路"中,写秦钟与智能儿偷情和秦钟最后夭亡的情节,对秦钟的描写才较为充分,但也不过二三百字。所以在《红楼梦》塑造的众多个性人物形象中,秦钟确实是一个小人物。可是就是这样一个小人物,因其社会关系呈现出异态表征,而成为读者非议的对象,也引起了学界研究的关注。

一、秦钟与贾宝玉的关系

"贾宝玉不知疲倦地爱人、寻求爱,把与周围的人建立一种亲情关系作为实现自我价值的方式。"[①]在贾宝玉与周围人建立的亲情关系中,他与秦钟的交往尤为突出。贾宝玉生于钟鸣鼎食之家,地位高身份高贵,秦钟则家境贫寒,连上贾府家塾的钱,都要父亲秦业向外人借用。"正因为曹雪芹认为

[①] 詹丹:《〈红楼梦〉与中国古代小说研究》,东华大学出版社2003年版,第10页。

情理探源新论

人的性情由气决定，社会地位的不同并不妨碍人们有相同的性情，所以不同阶层的人能成为同一流人物。"①所以，贾宝玉和秦钟二人初次相会就惺惺相惜，宝玉觉得："可恨我为什么生在这侯门公府之家，若也生在寒门薄宦之家，早得与他交结，也不枉生了一世。"秦钟也暗想："可恨我偏生于清寒之家，不能与他耳鬓交接，可知'贫窭'二字限人，亦世间之大不快事。"虽然他们二人都觉得门第"限人"不能早日见面感觉遗憾，但这并没有影响他们的日后交往。因为他们都是自然本真之人，他们性情相近，心灵相通。特别是贾宝玉约秦钟一同上贾氏家塾后"他二人同来同往，同坐同起，愈加亲密"。贾宝玉和秦钟交往具有重要的文本意义，即"贾宝玉与秦钟相见促使他王孙公子人生理想的转移；秦钟与贾宝玉相处，促进他破落子弟追求新生的行动"。②

秦钟和贾宝玉的交往关系，长期以来受到读者的质疑和指责。原因是他们的交往行为异常亲密，言谈举止远远超出了正常朋友交往的限度。小说第九回"恋风流情友入家塾 起嫌疑顽童闹学堂"写道，在家塾中"秦钟腼腆温柔，未语面先红，怯怯羞羞，有女儿之风，宝玉又是天生成惯能作小服低，赔身下气，情性体贴，话语绵缠，因此二人更加亲厚，也怨不得那起同窗人起了疑，背地里你言我语，诟谇谣诼，布满书房内外"。为此，有必要对贾宝玉和秦钟之间的交往关系进行分析，以明确他们的交往性质，理解他们的交往行为。

第一，秦钟的感情倾向在小说中秦钟的感情倾向是异性。首先，秦钟对贾宝玉没有非分之想。小说第七回"送宫花贾琏戏熙凤 宴宁府宝玉会秦钟"中，写贾宝玉和秦钟初次相见，秦钟因为贾宝玉"形容出众，举止不凡"很是欣赏，并产生了相见恨晚的感觉。这种因相貌俊美、气质不俗，所产生的羡慕欣赏情绪，在现实生活中并不少见且许多人都经历过，所以单凭这一点是不足以说明秦钟对贾宝玉的感觉是同性恋的一见钟情。小说第九回"恋风流情友入家塾 起嫌疑顽童闹学堂"写相约去家塾中读书，随着频繁的接

---

① 徐子余：《曹雪芹哲学思想论辨》，《红楼梦学刊》1983年第3辑，第28页。
② 杜恒贵：《论〈红楼梦〉中"小人物"爱情描写的审美价值》，《学术交流》1993年第6期，第114页。

触,秦钟和贾宝玉的感情日益加深。他们形影不离,同来同往,同吃同住。而秦钟和贾宝玉的这种交往和感情发展状态,在当今的少年乃至青年的交往中也属常态。至于小说中,他们之间的眉目传情暗送秋波的表现,生活中青少年亲密交往时也会有类似现象,所以这些都不能成为他们是同性恋交往的结论,所以,秦钟和宝玉他们之间的此种程度的交往也应该视为正常人的交往行为。再有,在秦钟和贾宝玉的交往过程中,即使是"秦钟腼腆温柔,未语面先红,怯怯羞羞,有女儿之风,宝玉又是天生成惯能作小服低,赔身下气,情性体贴,话语绵缠,因此二人更加亲厚",但在小说中没有任何有关秦钟和宝玉有越轨行为的情节描写。相反,更多的时候是情投意合、互为知己的关心关爱,而且这种情感的表达多是贾宝玉更为主动。所以秦钟和贾宝玉之间的感情交流,从秦钟一方来讲只不过是一个愿意给,一个乐得接受的单项交流。此外,秦钟比贾宝玉有着更强烈的异性需求。小说第五回"贾宝玉神游太虚境 警幻仙曲演红楼梦"中,警幻仙姑说贾宝玉是"天下古今第一淫人也",但贾宝玉是"意淫"之人,即贾宝玉他的风情淫意只限于在精神层面上。而秦钟与贾宝玉不同,秦钟的"淫"是"悦容貌,喜歌舞,调笑无厌,云雨无时",所以,秦钟属"皮肤淫滥"之类,在追求异性行为上比贾宝玉更大胆,更露骨直白。秦钟为了纵情可以抛弃伦理,为了女色可以不计场合、不考虑后果。小说中他不放过和女孩子调情打趣的机会,即使是为姐姐送殡的途中也不例外。他不受世俗观念的约束,和智能儿频繁偷情。这一切都可以看出秦钟是一个地道的情场老手,是一个谙知男女风情的风流人物。

第二,贾宝玉的情感指向。贾宝玉的情感指向也始终是异性。首先,贾宝玉最喜在内帏中厮混。小说第二回"贾夫人仙逝扬州城 冷子兴演说荣国府"中,写贾宝玉"虽然淘气异常,但其聪明乖觉处,百个不及他一个。说起孩子话来也奇怪,他说'女儿是水作的骨肉,男人是泥作的骨肉。我见了女儿,我便清爽;见了男子,便觉浊臭逼人'"。贾宝玉对女儿们有一种来自天然的亲近感觉,因为她们没有世俗气,所以贾宝玉与女儿们在一起,感到清爽、自然、舒服。为此在生活中他竭尽所能呵护体贴身边的姐姐妹妹,宝钗、袭人生病他嘘寒问暖端茶递药,晴雯生气他好言相劝任由她撕扇耍性,对黛玉贾宝玉更是时时赔着小心关系体贴、照顾周到。贾宝玉对女儿们的

情理探源新论

感情是发自内心的真挚感情,是一种没有尊卑贵贱,没有利益需求的倾心付出。再有,贾宝玉对男性的态度,总体来说是反感的排斥的。因为在贾宝玉所接触的男性当中,有的道貌岸然、虚伪功利,有的荒淫无度、虚情假意。所以,虽然贾宝玉喜欢秦钟,但真正吸引贾宝玉的是他身上散发的女儿的魅力。因为贾宝玉和秦钟交往,找到了和女儿们相处的感觉,一样的清新、舒爽,感到美好。于是,即便秦钟是男子,贾宝玉他也不厌烦,不但要亲近他还要呵护他。从这个角度来看,贾宝玉他喜欢的不是秦钟的人,而是欣赏秦钟的精神气质。也就是说在贾宝玉心中,秦钟已经是女儿的一个化身,他也用对待女孩的方式来和秦钟交往。贾宝玉与秦钟的情爱"强调一种知己之感,而且能够超越道德和教化的'尘俗',体现出人性中的'真性情'"。[①] 在贾宝玉的感情世界中有姐弟之情、兄妹之情,也有男女之间的爱情,对此贾宝玉的感情界限是明确的,言谈举止大体是符合人际交往的规范的。

第三,二人的感情所属。从秦钟和贾宝玉二人的交往来看,他们没有独占对方的感情世界。在贾宝玉的爱情世界里,林黛玉是他的爱的对象,爱的归属。他们二人一见面就似曾相识,印证了"木石前缘"的说法。林黛玉进了贾府之后,和贾宝玉同住在贾母身边,二人亲密友爱,日则同行同坐,夜则同息同止,言和意顺两小无猜。及至他们长大,爱情的种子萌芽成长起来,小说第三十二回"诉肺腑心迷活宝玉 含耻辱情烈死金钏"中,贾宝玉向林黛玉表达爱意,推心置腹的对话中,可以看出他们彼此相爱的心愿。小说写道:宝玉点头叹道:"好妹妹,你别哄我。果然不明白这话,不但我素日之意白用了,且连你素日待我之意也都辜负了。你皆因总是不放心的原故,才弄了一身病。但凡宽慰些,这病也不得一日重似一日。""林黛玉听了这话,如轰雷掣电,细细思之,竟比自己肺腑中掏出来的还觉恳切,竟有万句言语,满心要说,只是半个字也不能吐,却怔怔的望着他。此时宝玉心中也有万句言语,不知从那一句上说起,却也怔怔的望着黛玉。两个人怔了半天,林黛玉只咳了一声,两眼不觉滚下泪来,回身便要走。宝玉忙上前拉住,说道:'好妹妹,且略站住,我说一句话再走。'林黛玉一面拭泪,一面将手推开,说

[①] 李大博:《〈红楼梦〉"同性观"的回归性建构》,《赤峰学院学报(汉文哲学社会科学版)》2010年第10期,第91页。

道:'有什么可说的。你的话我早知道了!'"

而秦钟心中也有钟爱之人,那就是水月庵的尼姑智能儿。小说第十五回"王凤姐弄权铁槛寺　秦鲸卿得趣馒头庵"中,写为姐姐秦可卿送殡到了水月庵,秦钟见到了在贾府认识的相好智能儿,贾宝玉就打趣秦钟。小说描写:宝玉笑道:"能儿来了。"秦钟道:"理那东西作什么!"宝玉笑道:"你别弄鬼,那一日在老太太屋里,一个人没有,你搂着他作什么?这会子还哄我!"秦钟笑道:"这可是没有的话。"宝玉笑道:"有没有也不管你,你只叫他倒茶来我吃,就丢开手。"秦钟笑道:"这又奇了,你叫他去倒,还怕他不倒?何必要我说呢?"宝玉道:"我叫他倒的茶是无情意的,不及你叫他倒的是有情意的。"秦钟只得说道:"能儿,倒碗茶来给我。"再有,当秦钟和智能儿夜里偷情被贾宝玉发现时,贾宝玉不但没有生气,没有告发他们,还打趣了一番,然后答应替他们保密。如果秦钟和贾宝玉是同性恋的关系,想必是不会出现这样宽容理解甚至纵容包庇的状况。不仅如此,听说秦钟得病,智能儿不顾一切到家中看望。秦钟因为和智能儿的事情被父亲痛打一顿,并且父亲因此气死,他自己也病情加重。但临咽气之前,秦钟还是记挂智能儿,不知他到哪里去了。所以种种迹象都表明一点,秦钟和宝玉他们的感情倾向不是指向对方的。他们都有自己异性爱人,并且他们对自己心爱的人都真心真意,用心执著。这里作家之所以用心描写二人异态的交往行为,不是要向读者介绍他们的性取向,而是为了更好地衬托主人公的个性特点。

二、秦钟与秦可卿的关系

在小说中秦可卿和秦钟是姐弟,可是他们之间的姐弟关系却不同寻常。我们知道作家曹雪芹以细致的情感描写见长,他对人物之间的关系特别是亲情关系的描写在小说中随处可见。但在小说中有关秦可卿对弟弟呵护之情的描写用墨却不多。小说第七回"送宫花贾琏戏熙凤　宴宁府宝玉会秦钟"中,写贾宝玉和凤姐应尤氏婆媳之邀到宁国府做客,因为怕宝玉闷得慌,秦可卿就把弟弟秦钟介绍给宝玉,并对宝玉说:"宝叔,你侄儿倘或言语不防头,你千万看着我,不要理他。他虽腼腆,却性子拐孤,不大随和些是有的。"再有小说第九回"恋风流情友入家塾　起嫌疑顽童闹学堂"中,写秦钟和宝玉在学堂因为

《红楼梦》情理探源新论

眉来眼去、举止亲昵引出风言风语。再加上香怜、玉爱二人对秦钟、宝玉缱绻羡慕,四人走得很近,引起了金荣等人的嫉妒,于是在学堂发生了"飞砚混战"。病中的秦氏听到消息后"又是恼,又是气。恼的是那样混账狐朋狗友的扯是搬非、挑三惑四的那些人;气的是他兄弟不学好,不上心念书,以致如此学里吵闹"。以上两处是仅有的能够表现秦可卿对待弟弟态度的情节描写,而且都是在说秦钟的不是。由此会有这样的疑问,秦可卿在贾府可谓是人人喜欢各个称赞的人,就连婆婆尤氏都说"这么个模样,这么个性情的人儿,打着灯笼也没地方找去"。可是为人几近完美思虑无所不周的秦氏,为什么在姐弟亲情方面,却表现出不十分用心。

另一方面,再从秦钟对待姐姐的态度上看,也能够发现用情的不寻常。小说第十四回"秦可卿死封龙禁尉　王熙凤协理宁国府"中,写因秦可卿染病不治而亡,贾珍为办理丧事忙里忙外忙不过来,于是请求凤姐帮助料理宁国府的内务。有这样一段描写:"一时登记交牌。秦钟因笑道:'你们两府里都是这牌,倘或别人弄一个支了银子跑了,怎样?'凤姐笑道:'依你说,都没王法了。'"再有,小说第十五回"王凤姐弄权铁槛寺　秦鲸卿得趣馒头庵"中,写秦钟随众人为秦可卿送殡,途中秦钟、凤姐、宝玉来到一茅堂歇息,小说写道:"时凤姐进入茅堂,因命宝玉等先去玩玩。宝玉等会意,因同秦钟出来,带着小厮们各处游玩。……只见炕上有个纺车,宝玉又问小厮们:'这又是什么?'小厮们又告诉他原委。宝玉听说,便上来拧转作耍,自为有趣。只见一个约有十七八岁的村庄丫头跑了来乱嚷:'别动坏了!'众小厮忙断喝拦阻。宝玉忙丢开手,陪笑说道:'我因为没见过这个,所以试他一试。'那丫头道:'你们那里会弄这个,站开了,我纺与你瞧。'秦钟暗拉宝玉笑道:'此卿大有意趣。'宝玉一把推开,笑道:'该死的!再胡说,我就打了。'"通常情况自己的姐姐病逝还未下葬,接连不断有人前来祭奠哭丧,堂上路上哭声不断哀乐声不绝,作为弟弟的秦钟应该是悲伤难过、痛苦万分。可是上述描写中他竟然能有闲心到后堂和凤姐闲聊家事,面对一个年轻的村姑,他竟然有心和宝玉逗趣玩笑,全然没有亲人故去后的悲伤难过和痛苦的状态。甚至在一行人到了水月庵以后,秦钟遇到了相好小尼姑智能儿,他更加放纵高兴起来。白天调笑还不算,夜晚趁黑无人,又寻智能儿偷情,直至被宝玉发现。由此描写看出,姐姐的逝去并没有影响秦钟的生活感情,秦钟对秦可卿没有多少感情。如果说秦钟前两次的不当行为是少年不识世故,不知礼节,耐不得愁苦。那么与智能儿的偷情行为描写,则可以看出他不仅是一个成年人,而且还有成年人的情爱。作为成人秦钟在姐姐尸骨未寒时,竟然去寻欢作乐,确实是非同寻常之举。

秦可卿和秦钟的姐弟关系呈现非正常状态,究其原因有两个方面:一是两人没有血缘关系;二是姐弟二人共同生活的时间短,没有感情基础。小说第八回是"比通灵金莺微露意 探宝钗黛玉半含酸"的其结尾处介绍了秦可卿和秦可卿的身世说:他父亲秦业现任营缮郎,年近七十,夫人早亡。因当年无儿女,便向养生堂抱了一个儿子并一个女儿。谁知儿子又死了,只剩女儿,小名唤可儿,长大时,生的形容袅娜,性格风流。因素与贾家有些瓜葛,故结了亲,许与贾蓉为妻。那秦业至五旬之上方得了秦钟。这段描写说明秦可卿不是秦业的亲生女儿,她是秦业在养生堂抱养的;秦钟和秦可卿也不是亲姐弟,秦钟是秦业五旬上方生的。另外,从这段描写中还传递出一个信息,就是秦钟和秦可卿他们共同生活的时间并不长。因为秦钟是秦业年方五旬上方生的,而现在秦业年近七十岁了。由于在中国古代,女孩普遍出嫁较早,通常情况下女孩大约十三四岁,最多十五六岁就嫁人了,所以正常的情况下秦可卿出嫁时也不过十四五岁。而据此我们可以推断,从秦可卿长大成人嫁到贾府,到秦钟出生直至长大,一家人在一起生活时间并不长。而且他们共同生活状态还存在两种状况,一是秦可卿对秦钟爱护有加,只是因为秦钟那时还小,不通人情事理,因而不能够理解姐姐对他的那份爱护之情。二是因为秦业老来得子对秦钟溺爱骄纵,使秦钟养成了冷漠自私的坏毛病,作为姐姐的秦可卿在规劝无力的情况下,也懒得管他。上述两种情况,不管哪一种情况存在,都不可避免地出现一个共同的结果,那就是姐弟之间感情交流是不顺畅的,姐弟彼此之间没有相互亲近的感情。再有,在秦可卿的身世介绍中还有一个情节介绍,就是秦业虽然愿意秦钟和宝玉一起去贾府的家塾去读书,但怎奈他宦囊羞涩,有心向贾府去借,又觉得"那贾府上上下下都是一双富贵眼睛,容易拿不出来"。所以,为了面子上过得去,为了儿子的终身大事,秦业不得不"东拼西凑的恭恭敬敬封了二十四两赘",亲自带了秦钟去给老师见礼。所以从这些描写中又可看出,虽然贾府和秦业素有瓜葛,以致两家结成儿女亲家。但此时秦家和贾家两家贫

富地位相差悬殊,关系已经是大不如从前。不仅已经没有了往日的亲密,而且秦业还对贾家人有了看法,认为贾府上上下下都是势利眼。而对于秦业本人来说他的自尊心又很强,所以他不会低三下四去巴结讨好贾府的人,也不会让儿子主动去贾府走动。由此可见,在这种微妙复杂关系的作用下,父女之间、姐弟之间的相处就会受到影响,亲情疏远、感情冷淡也就在情理之中了。

姐姐对弟弟少有关照,对家里的事不上心;弟弟对姐姐不亲近,甚至没有感情。作家曹雪芹通过这样的描写,给读者造成一个悬念,让人们去体会去探究。可见,作家的这种大手笔创作中的小的细节的把握,可谓别具一格;作家设伏铺陈、前后照应的艺术手法,也可以说是独具匠心的。而对秦钟和秦可卿不寻常姐弟关系进行分析,从中可以体会到作家的创作意图,即使小说描述相应情节与秦可卿的身世相一致,与可能和应该出现的姐弟亲情疏远相一致。也就是说,作家通过这样的描写设计实现了对秦钟这个人物形象的塑造,实现了对小说社会背景进行拓展的目的,丰富了人物塑造的思想内涵,具有深刻的社会意义。

三、秦钟和智能儿的关系

对于秦钟,大多数读者都不看好他。原因是他和贾宝玉关系过于亲近,十分暧昧,他对姐姐秦可卿不亲不敬,甚至不如外人。所以,秦钟是一个"肌肤滥情"之人。然而分析他与智能儿的关系虽有悖于常情常理,但却可以看出他是一个本真的人,性情中的人。从现代社会视角审视他和智能儿情爱关系,他的偷情行为不仅不应该过多地指责,并且应该对他们二人追求爱情的大胆执着给以肯定。

首先,他们是情投意合有感情基础的恋人。智能儿是水月庵净虚的徒弟,自幼在荣国府走动,无人不识。长大后渐知风情,看上秦钟人物风流,秦钟也爱她妍媚。小说第十五回"王凤姐弄权铁槛寺　秦鲸卿得趣馒头庵"中介绍:"那智能儿自幼在荣府走动,无人不识,因常与宝玉秦钟顽笑。他如今大了,渐知风月,便看上了秦钟人物风流,那秦钟也极爱他妍媚,二人虽未上手,却已情投意合了。谁想秦钟趁黑无人,来寻智能。刚至后面房中,只见智能独在房中洗茶碗,秦钟跑来便搂着亲嘴。智能急的跺脚说:'这算什么!再这么我就叫

唤。'秦钟求道:'好人,我已急死了。你今儿再不依,我就死在这里。'智能道:
'你想怎样?除非等我出了这牢坑,离了这些人,才依你。'"从这一段描写中可
知,秦钟和智能儿是早就认识并且有接触了解的,智能儿长大后看上了秦钟风
流,秦钟也极爱智能儿的美丽。所以秦钟和智能儿的感情是两情相悦、情投意
合的。同时,智能儿不是一个随便轻浮的女子,她对自己的处境是不满的,她
希望有朝一日离开水月庵和秦钟堂堂正正的生活。从这一点来看,秦钟和智
能儿是有感情基础的。特别是智能儿对感情是认真的,"水月庵的小尼姑智能
本是一个妙龄少女,但由于命运的安排,使她羁留佛门,僵化的教义控制着她
的思想和行为,死板的戒律规范着她的感情和欲望。但是,她仍然依恋人情世
故,仍然向往人生欢乐。自从宝玉带着秦钟出现,唤起了她对世间人情的倾
慕,更激起她对异性本能的欲求。失常的心理逐渐平衡,异化的天性得到恢
复,这是爱情的力量。"[①]

由此,秦钟和智能儿两人由最初的相识到后来日久生情,他们的感情是经
过了一段渐变的接触过程,这一点至少说明,选定对方作为心仪的对象不是双
方的一时的感情冲动,也不是路边野花的随意采摘,更不是萍水之人的轻佻之
举。两情相悦是现代青年所追求的理想的爱情境界,小说中秦钟和智能儿他
们两人正是"两"厢情愿、两情相悦的。

其次,他们的感情是没有功利成分的纯洁爱情。中国古代男女恋爱结婚,
讲究父母之命、媒妁之言、门当户对。智能儿是水月庵净虚师傅的徒弟,作为
尼姑,她应该抛弃世俗情欲,遵守清规戒律,一心修行。可是智能儿做尼姑并
不是心甘情愿的,因为是不得已而为之,所以她虽身在庵堂,心却还在世俗间。
小说写她跟随师傅出入荣国府和秦钟有了接触,她爱秦钟的英俊风流,秦钟爱
她的美貌多情。于是智能儿和秦钟恋爱了。但他们的爱情注定是悲剧性的结
局,因为秦钟是一个书生,智能儿是一个尼姑,身份不同。秦钟生在书香门第,
智能儿却是个孤儿,门不当户不对。秦钟和智能儿恋爱,父亲不知情,没有父
母之命媒妁之言。所以秦钟和智能儿他们的恋爱行为,在当时是大逆不道的
惊世骇俗之举。智能儿身为出家之人却动了凡心,佛教的清规戒律要惩罚

[①] 杜恒贵:《论〈红楼梦〉中"小人物"爱情描写的审美价值》,《学术交流》1993年第6期,第110
页。

情理探源新论

秦钟做出偷情的丑事,父亲更不会允许。明知道这一切的秦钟和智能儿,他们还是不管不顾,有机会就幽会偷情。可见,在秦钟和智能儿的心中,没有名利之累,没有等级之分。因为有爱情,他们真心地给予,真情地投入。因为有爱情,他们顶着压力,无所顾忌,无所畏惧。所有,秦钟和智能儿可以说他们一无所有,他们的感情无名无利,很纯洁、很纯粹。再有,他们都是有真感情、彼此珍惜的人。秦钟,谐音是"情钟""情种",从小说描写来看秦钟到处留情当属"肌肤滥淫"之徒。从秦钟和智能儿两个人的偷情来看,也有他图一时之男欢女爱云雨之情的感觉。但在他们悲剧性的爱情结局描写中,却可以看出他们二人都是有情有义之人。上面写智能儿对秦钟说"除非我出了这牢坑,离了这些人,才依你"。脂砚斋甲戌侧批写:"不爱宝玉,却爱秦钟,亦是各有情孽。"这一评语表明智能儿并不是水性杨花随便的人,贾宝玉各方面条件都比秦钟好,但她唯独爱秦钟并有意托付终身。可见智能儿是一个感情专一,对生活有憧憬的人。同时,智能儿又是一个重感情的人。由于秦钟秉性最弱,又因他在郊外受了风霜,又与智能儿偷情缱绻未免失于调养,所以他回到家中便咳嗽伤风,在家中休养。智能儿知道消息后,私逃进城找至秦钟家门去探望。此时的智能儿一心要看秦钟。他全然不顾庵中的清规戒律,不顾受人歧视可能,不顾自己名声损坏的危险。就这一情节描写来看,就足见智能儿对秦钟不仅是真心真意,而且珍惜、关心秦钟的。再说,秦钟对智能儿也是有真感情的。一方面,和智能儿偷情的事被父亲知晓后,秦钟却被父亲痛打了一顿。试想如果秦钟向父亲表白和智能儿不过是逢场作戏,发誓以后再也不和她来往,其结果不至于被父亲痛打,也不至于把父亲气死。而推断秦钟被打和父亲被气死的原因,很可能是秦钟与父亲产生了争执,并且秦钟的态度很坚持。而秦钟父亲又是极好面子自尊心很强的人,他无论如何是不能接受儿子的做法,所以他气恼痛打儿子,又急火攻心,猝然死亡。对于气死父亲这样的结果,秦钟自然是后悔莫及,于是他的病情更加重了。但即便是这样,秦钟也没有忘记智能儿,在秦钟生命垂危、魂魄离身的时候,他还想着智能儿离开自己的家后至今尚无下落,因此他向索命的鬼判百般求告不要把他带走。由此可见,秦钟虽然风流,但他对待智能儿却是有感情的、认真的。

脂砚斋批注说:"秦钟者,设云情钟也。"甲戌侧批:"看至此一句令人失望,

— 174 —

下篇:异态论

再看至后面数语,方知作者故意借世俗愚谈愚论设譬,喝醒天下迷人,翻成千古未见之奇文奇笔。""情钟"之意是通过秦钟的感情经历给那些滥用感情、有伤风化的人敲响警钟,以使之觉醒。确实,秦钟在亲情方面的冷酷、在友情方面的不检点使他背负着众多的非议,这一点很值得人们深思,然而在秦钟和智能儿之间的关系方面,他们的感情却是真挚的、纯洁的。秦钟和智能儿是一对苦命的鸳鸯,他们生不逢时,在封建社会里成为被指责非议的对象,但从人性关怀的角度,从当代文化视角来看,他们的所作所为不仅符合理法,而且与功利的情爱观念相比更有积极进步的社会意义。

第十六章　秦钟异态社会关系描写的文本价值

分析秦钟的社会关系,可见他对贾宝玉是过亲的,对姐姐秦可卿是不亲的,对智能儿是至亲的。秦钟的社会关系描写有重要的文化意蕴需要挖掘,同时秦钟社会关系异态表现本质也需要客观理性分析来揭示。长期以来,秦钟人物形象研究更多立足于其与贾宝玉的同性恋关系方面的探讨,角度单一视野不够开阔,特别是对秦钟人物形象塑造的重要作用,文学价值研究还不够充分、不够集中。而这方面的研究分析,不仅可以丰富读者对秦钟人物形象的认识,同时还可以促进小说小人物形象系列研究工作的深入开展。

一、推动故事情节的发展

前文所述,小说对于秦钟的描写着墨不多,涉及秦钟故事情节的主要有第七回、第九回、第十五回和第十六回。并且在这些章回的描写中秦钟不是主角而是一个无足轻重的小人物,但就是这样一个小人物,在小说中对小说故事情节展开却具有重要的铺垫和推动作用。

首先,引出了秦可卿的身世介绍。

在小说前十三回中,秦可卿可以说是一个举足轻重的神秘人物。而有关秦可卿的身世及活动情况的内容,多处是在秦钟活动描写基础之上体现的。如小说第七回"送宫花贾琏戏熙凤　宴宁府宝玉会秦钟"中,写秦可卿向贾宝玉介绍弟弟秦钟,而后秦钟和贾宝玉二人聊了起来,贾宝玉问秦钟家务事时,秦钟告诉他"业师于去年病故,家父又年纪老迈,残疾在身,公务繁冗,因此尚未议及再延师一事,目下不过在家温习旧课而已"。这里秦钟在介绍自己的学习状况，顺带也说明了父亲的身体工作情况。因为秦钟和秦可卿是一家人，自然这段家庭情况的介绍，某种程度也是对秦可卿家庭背景的揭示。再有，贾宝玉听秦钟说学业老师亡故，自己在家温习旧课时，而他自己的老师也回家探亲不在，正有意去家里的学堂去读书，于是就想约秦钟跟他一同去贾府义学去读书，而秦钟听后也欣然同意。这样就有了小说第八回"比通灵金莺微露意 探宝钗黛玉半含酸"中秦钟到贾府拜见贾母和王夫人的情节。而接着秦钟去贾府学堂读书是需要给先生见礼的，所以有必要对秦钟家境状况做一下交代。小说结尾处写道："他父亲秦业现任营缮郎，年近七十，夫人早亡。因当年无儿女，便向养生堂抱了一个儿子并一个女儿。谁知儿子又死了，只剩女儿，小名唤可儿，长大时，生的形容袅娜，性格风流。因素与贾家有些瓜葛，故结了亲，许与贾蓉为妻。那秦业至五旬之上方得了秦钟。因去岁业师亡故，未暇延请高明之士，只得暂时在家温习旧课。正思要和亲家去商议送往他家塾中，暂且不致荒废，可巧遇见了宝玉这个机会。又知贾家塾中现今司塾的是贾代儒，乃当今之老儒，秦钟此去，学业料必进益，成名可望，因此十分喜悦。只是宦囊羞涩，那贾家上上下下都是一双富贵眼睛，容易拿不出来，为儿子的终身大事，说不得东拼西凑的恭恭敬敬封了二十四两赘见礼，亲自带了秦钟，来代儒家拜见了。然后听宝玉上学之日，好一同入塾。"这里小说再一次介绍秦钟家境，同时也就是对秦可卿的身世进行了再一次说明。这段文字内容传递的信息很丰富，不仅补充完善了秦钟秦可卿的身世家境信息，而且一定程度上也说明了秦钟和秦可卿不亲的原因，即秦可卿是秦业从养生堂抱养的女儿，秦钟是秦业五十多岁才生的，所以秦钟和秦可卿不是亲姐弟。且姐弟二人年龄差距很大，在一起生活时间不长，因为没有建立起深厚的感情基础，秦钟对于姐姐去世并没有常态的悲伤难过。所以从这个角度说作家塑造秦钟这个人物形象，不仅不落痕迹地完成了对秦可卿身份进行必要交代的任务，同时也间接地揭开了秦钟和秦可卿姐弟关系异态表现的谜底，丰富了对人物的认知。其次，铺垫后续故事情节。秦钟人物形象塑造对小说故事情节展开有重要的推动作用。可以说没有秦钟的活动，就没有后续相应故事情节。小说第七回写秦钟和贾宝玉初见相识，聊得投机，二人相约一同到贾家学堂读书。这就为小说第九回"恋风流情友入家塾 起嫌疑顽童闹学堂"故事情节的展开做了铺垫。而秦钟和

《红楼梦》情理探源新论

贾宝玉一同上学读书后,他们同来同往,同坐同起,关系更加亲密,同学的人看不惯,背地里议论。再加上他们二人又和妩媚风流的香怜、玉爱"八目勾留,或设言托意,或咏桑寓柳,遥以心照"惹恼了金荣等人,于是在学堂上演了一场"飞砚大战"。这又为后来秦可卿病情加重不治身亡埋下了伏笔。因为学堂闹事秦钟觉得受了金荣的欺负,于是到姐姐秦可卿面前告状。本来就已经生病的秦可卿,听了之后又气又恼,"恼的是那群混账狐朋狗友的扯是搬非,调三惑四的那些人,气的是他兄弟不学好,不上心念书,以致如此学里吵闹。"秦可卿病情加重,推动了小说第十三回"秦可卿死封龙禁尉 王熙凤协理宁国府"以及第十四回"林如海捐馆扬州城 贾宝玉路谒北静王"和第十五回"王凤姐弄权铁槛寺 秦鲸卿得趣馒头庵"等故事情节的进展,也就是说因为秦钟向秦可卿告状的情节出现,导致了秦可卿的死亡。而需要为秦可卿大办丧事人手不够,才有了王熙凤协理宁国府的必要。因为给秦可卿出殡贾宝玉得以路遇北静王,也才有王熙凤弄权铁槛寺的情节故事。由此,秦钟虽然是个小人物,但他却对小说故事情节具有重要的推动作用。没有秦钟,主人公的活动线索就无法铺展,没有秦钟的活动,小说的人物介绍和背景环境就没有依托。所以从这个角度来说,秦钟和秦可卿的社会关系描写,具有重要的文本价值。"作为两个具体的形象,二秦既不同于娇杏、霍起之辈,并非简单谐音的过场人物,也不同于茫茫大士、渺渺真人之类,并非虚无缥缈的宗教神仙。他们虽然具有相对完整的故事,但作者将秦可卿安排作为十二钗的收束,将秦钟安排作为宝玉的第一个朋友,又使这两人具有象征性,不同于一般的情节人物,因此,二秦既有隐喻意味,又有独立的性格,并推动了情节发展。"[①]

二、揭示了贾府衰败没落的原因

贾宝玉是一个情圣,他的人生理想就是建立一个和谐的"有情"社会。为此,他以大观园为核心身体力行地进行实践。"思想上,贾宝玉与封建社会传统的礼教要求明显脱离,他认为整个世界应该是一个有爱的世界。他爱一切,包括山、水、花、鸟、木、石等等一切有生命无生命的事物,当然也包括男人和女

---

① 郭杨:《还记石头成一梦 欲解红楼觅二秦》,《南都学坛》2005年第1期,第54页。

人(是指思想境界与之相近的男人和女人)。"①在行动上,他对姐姐妹妹尽心尽力,关心她们,爱护她们,帮助她们,甘愿降低身份为她们充役。但是,贾宝玉的努力并没有收到预期效果,他的人生理想最终以失败告终。贾宝玉人生理想破灭有自身、家庭、社会等多个方面原因,而秦钟的人物形象塑造则展现了贾府子弟不务正业、不思进取的现状,某种程度揭示了贾氏覆灭家族层面的原因。

在小说第二回"贾夫人仙逝扬州城　冷子兴演说荣国府"中,冷子兴介绍荣宁两门时有一段话:"如今生齿日繁,事务日盛,主仆上下,安富尊荣者尽多,运筹谋画者无一;其日用排场费用,又不能将就俭省,如今外面的架子虽未甚倒,内囊却也尽上来了。这还是小事。更有一件大事:谁知这样钟鸣鼎食之家,翰墨诗书之族,如今的儿孙,竟一代不如一代!"冷子兴的这段话表明如今的贾府已经大不如从前,是徒有虚名的空架子。而贾府败落的原因主要有两个方面,一是贾府物资消耗很大,入不敷出。因为"生齿日繁,事务日盛",而各府中主仆上下都想着如何安享尊荣,每日里讲究排场、奢侈浪费,所以贾府的内里已经空虚了。二是,一代不如一代,后继无人。据冷子兴介绍宁国府"贾敬袭了官,如今一味好道,只爱烧丹炼汞,余者一概不在心上"。"这珍爷那里肯读书,只一味高乐不了,把宁国府竟翻了过来,也没有人敢来管他"。从小说后续描写来看,荣国府里的贾赦为人好色,平日依官作势,行为不检。虽上了年纪,儿子、孙子、侄子满堂,却还要左一个右一个小老婆放在屋里寻欢作乐。贾赦之子贾琏虽然捐了个同知的官位,但他不务正业,并且和他父亲一样也是一个好色之徒。所以从贾府男人们的所作所为来看,家族贾府子弟一代不如一代,振兴家族后继无人。

如果说上面所述是贾府成年男子的生活状态,那么秦钟和贾宝玉的交往活动就体现贾府未成年弟子的生活状态。小说第九回"恋风流情友入家塾　起嫌疑顽童闹学堂"中,写秦钟和贾宝玉相约一同去义学堂去读书,这个学堂是贾府的家塾,因为学堂是贾家的始祖为族中的弟子所建,所以在这里聚集了贾家本族未成年的学童,其中有贾宝玉、贾瑞、贾蔷、贾兰、贾菌等人。除此之

---

① 裴雪莱:《浅谈贾宝玉等人的同性恋问题》,《黑龙江教育学院学报》2011年第2期,第129页。

外,还有些亲戚的子弟,如秦钟、金荣、薛蟠、香怜、玉爱等人。小说交代学堂里聚集了贾家的各色人等,由于人多龙蛇混杂不乏下流的人物。事实上贾家的子弟们包括贾宝玉在内,他们在学堂的表现也正说明了这一点。即除了李纨的儿子贾兰等少数的几人之外,其他的贾家弟子大都不务正业。如贾瑞在学里以公报私,勒索子弟们;贾宝玉和秦钟、香怜、玉爱等人挤眉弄眼、暗地传情也非止一日;薛蟠横行霸道,金荣仗势欺人,贾蔷推波助澜。所以小贾家未成年的子弟不学无术、荒废学业的状况描写,印证了冷子兴贾府"一代不如一代"的说法。脂砚斋批注:"此篇写贾氏学中,非亲即族,且学乃大众之规范,人伦之根本。首先悖乱,以至于此极,其贾家之气数,即此可知。"而"秦钟他起初的性格实为腼腆怯羞。小说中至少四次说他腼腆,两次说他怯羞。作者多次提他腼腆、怯羞,为什么做宝玉伴读后,在'闹书房'中成为祸首,馒头庵得趣染风流? 作为腼腆怯羞之人,只因见了'大阵仗儿','脾气拐孤'也非必然导致。前后性格变化如此之大,不能不说与他伴宝玉读书有关。一个'生于贫寒之家'腼腆少年变成一个'目中无人、偷期缝缝'的花花公子,其原因不过是'仗着宝玉和他相好'(金荣语)。因此,通过他,作者巧妙地说出了宝玉之殊、贾家子弟风习之恶。"①这样通过上述贾家子弟们的生活学习的描写,我们对贾府衰落的情况有了更全面的了解,对于贾府衰落的原因认识也更深刻了。从这点来说,秦钟人物形象塑造让读者了解了贾府子弟的生活状况,认识了贾府败落的原因根源。

三、反映封建社会现实生活

秦钟人物形象塑造,辅助了人物形象塑造,助推了小说故事情节展开,揭示了贾府衰败的原因,同时也一定程度上反映了封建社会人无法掌握自己命运的社会现实。首先,社会存在贵贱高低等级观念。小说第七回"送宫花贾琏戏熙凤 宴宁府宝玉会秦钟",写贾宝玉和秦钟初次见面,二人共同的感觉是相见恨晚。而二人之不得见面的原因,就是他们的身份地位不同、贫富差距悬

---

① 杜恒贵:《论〈红楼梦〉中"小人物"爱情描写的审美价值》,《学术交流》1993 年第 6 期,第 114 页。

殊。小说有这样两段描写:"宝玉自见了秦钟的人品出众,心中似有所失,痴了半日,自己心中又起了呆意,乃自思道:'天下竟有这等人物!如今看来,我竟成了泥猪癞狗了。可恨我为什么生在这侯门公府之家,若也生在寒门薄宦之家,早得与他交结,也不枉生了一世。我虽如此比他尊贵,可知锦绣纱罗,也不过裹了我这根死木头,美酒羊羔,也不过填了我这粪窟泥沟。富贵二字,不料遭我荼毒了!'秦钟自见了宝玉形容出众,举止不凡,更兼金冠绣服,骄婢侈童,秦钟心中亦自思道:'果然这宝玉怨不得人溺爱他。可恨我偏生于清寒之家,不能与他耳鬓交接,可知贫窭二字限人,亦世间之大不快事。'"这两段描写表明,在当时的封建社会里人和人之间是有高低贵贱的,而高低贵贱划分的标准就是身份地位高低以及贫富的差距。而基于此,社会上尊卑贵贱等级观念严重,不同等级的人家几乎是不来往的,人和人之间也几乎不接触。所以,秦钟出身于书香贫寒之家,小说第八回"比通灵金莺微露意 探宝钗黛玉半含酸"中,介绍秦钟的父亲秦业虽任营缮郎,却时常宦囊羞涩。为了让秦钟能够上贾家的私塾,秦业还要东拼西凑,凑足二十四两银子给先生做见面礼。而贾宝玉出身于钟鸣鼎食之族,贾府主子们都尊享富贵,讲究排场奢侈浪费。尽管秦钟的姐姐秦可卿,因秦家"与贾家有些瓜葛"的原因而嫁入豪门大户,但因为贾府上下都长了一双"富贵眼睛",秦钟家和贾府的来往并不多。而秦钟和贾宝玉交往很大程度上是因为贾宝玉是一个"情圣",在贾宝玉思想观念中没有贵贱高低之分,有的只是有情和无情之别。所以贾宝玉与人交往看中的是情投意合。而秦钟的女儿之风和任性率意、脱俗不羁的自然状态深深吸引着贾宝玉,于是他们超越等级观念有了亲密接触。其次,男女感情本人没有决定权。秦钟和智能儿本是一对有情人,可是他们的感情不但没有结果,还受到世人的指责非议。原因就是他们的关系不符合社会道德规范。在中国封建社会儒家为正统的思想观念中,男女关系的确立必须是名正言顺、门当户对的,同时彼此的交往也要在父母之命、媒妁之言之下才可以。而秦钟和智能儿的交往完全背离了这些道德规范要求,所以尽管他们不顾一切地幽会偷情,可最终悲剧不可避免。中国社会有正名思想,为人处世讲求名正言顺克尽本分。秦钟和智能儿幽会偷情,不仅名不正言不顺而且也失了各自的本分。因为秦钟是一个

《红楼梦》情理探源新论

读书人,作为书生他应该是"非礼勿视,非礼勿听,非礼勿言,非礼勿动",专心读圣贤书,可是他却违反儒家道德要求与智能儿有了私情;智能儿是个尼姑,作为一个出家人却动了凡心,且有了幽会偷情的行为,这是违反清规戒律的大不敬行为。所以,秦钟和智能儿的交往关系是不光彩的行为,一旦事发他们都是要受到惩罚的,并且中国社会世俗婚姻观念讲究门当户对。而小说介绍智能儿是孤儿,从小跟着师傅长大,没有家。而秦钟的父亲是营缮郎,虽然家境并不富裕,但也是书香门第。所以秦钟和智能儿交往门不当户不对,不符合世俗婚姻观的要求,同时他们没有父母之命媒妁之言。中国封建社会婚姻大事都是要由父母做主,要有媒妁牵线介绍,私订终身是大逆不道的行为。秦钟和智能儿交往,秦钟并没有禀告父亲,所以秦钟的父亲不知道。秦钟生病智能儿到家门探望,秦钟父亲才知道他们的事情。秦钟父亲本来对儿子寄予成才的厚望,不想自己的儿子却做出这样的丑事,一怒之下他痛打了秦钟,最后他自己也被气死。这一结果说明秦钟和智能儿的私情,在名不正言不顺、门不当户不对的情况下,是不可能得到秦钟父亲的同意的。基于上述情况,秦钟和智能儿虽然是有情人,但他们的感情注定是悲剧结局。这就是当时的社会现实,人们无法掌握自己的命运,不能有自己的理想和愿望。小说中秦钟和智能儿之间的感情描绘,给我们认识当时社会了解小说背景提供了一个窗口,透过窗口看到了秦钟和智能儿的爱情悲剧,同时也认识到他们的悲剧是历史的悲剧、时代的悲剧。另外,"在情节的发展上,秦钟与智能儿的爱情又为宝黛爱情做了铺垫和暗示,宝玉通过秦钟提前完成思想性格的塑造;秦钟'夭逝黄泉路'前仍'记挂着智能尚无下落',实际上也预示了宝黛爱情的悲剧结局"①。

综上所述,从秦钟的社会关系来看,他和姐姐秦可卿之间的关系是不亲近的,他和贾宝玉之间的交往是情趣相投的,他和智能儿之间的感情是两情相悦的。秦钟人物形象塑造,为人们展示了一个丰富多彩的大千世界,在这个世界里可以看到中国封建社会末期亲情、友情乃至于爱情的存续状态,认识亲情冷漠、友情失态、爱情毁灭的是非曲直,也了解到了封建社会里人们无法把握自

---

① 季惠杰:《过场匆匆自有用意——试论贾瑞、秦可卿、秦钟三人物的艺术作用》,《吉林师范学院学报》1997年第2期,第25页。

己命运的残酷现实。所以秦钟在小说虽然是一个小人物，但他的存在既必要又重要。在《红楼梦》中像秦钟这样的小人物有很多，学界应该站在历史的角度，站在文学创作高度，对他们进行充分系统的研究分析，从而使这些小人物的存在作用和价值得到充分发挥和实现。

《红楼梦》情理探源新论

结　语

　　《红楼梦》是一部哲学化的文学著作,近二十年的《红楼梦》哲学研究,学者大多站在儒、释、道三家的角度进行分析论述。事实上曹雪芹对儒道思想有充分的理解和认识,同时对易理思想也有本质的把握和运用。相关研究主要有三个方面:一是,与易理思想一致的论述:如杜正堂在《〈红楼梦〉:〈易〉象与原型》一文中认为,作为"群经之首""人文之元"的《易经》和作为中国传统文化集大成者的《红楼梦》,不管是从人类文化的继承关系上,还是从意识形态各部门相互影响关系上,两者在精神命脉有相似相通之处。刘再复在《〈红楼梦〉与中国哲学》一文中指出:"《红楼梦》把不二法门进一步泛化,推演到宇宙世界,以至物我无分,天人无分,阴阳无分,直通易经哲学。第三十一回史湘云所表述的阴阳一体,阴阳合一可看作是曹雪芹哲学观的一项重要内容。"郝亦民在《〈红楼梦〉的阴阳两仪哲学观和钗黛合一意象美》一文中认为:"从《红楼梦》一书中可以看出,曹雪芹对这种阴阳哲学观是深有领悟的。曹雪芹是我国古代作家中使用意象的大师,《红楼梦》则是通篇充满意象色彩的。'钗黛合一'也正是《红楼梦》中极典型的一组意象,只有从此入手加以理解,也许才能更容易贴近曹雪芹的本意。"宋子俊在《〈红楼梦〉中的哲学意蕴及曹雪芹思想的价值取向》中指出:"第一回跛足道人所唱之《好了歌》和甄士隐所作之《好了歌》解注,清楚地表明世间人事变幻,盛衰交替之状。此一歌一谣虽具有世情难料,万事皆空的消极意味,却也道出了人类社会生活的某些规律,即事物总是在不断发展变化,盛极必衰,乐极悲生。"二是,对易理思想发展的分析:如汪宏华在《论曹雪芹的哲学思想》一文中认为:"曹雪芹认识到人具有超越于自然之物的'通灵'之处,提出了'意欲'的概念,进而把阴和阳各分出内外两个层面。

— 184 —

结　语

他认为阴阳在通过内外合理取舍之后,不但可以结合,而且必须结合才能形成一个完整的、稳定的、均衡的整体。"李昌集在《历史的渊源与时代的新意》中认为:"'有无观'确是《红楼梦》思想构架的一个重要支柱,是全书内在哲理的逻辑起点,它既积淀着、反映着古代对世界存在本体和事物变化的若干认知观念,又是作者从对现实生活的感性把握出发对旧观念的扬弃和改造,从而体现了曹雪芹新的思想意识。"杜瑾焕在《阴阳观念与〈红楼梦〉的人物命运》一文指出,曹雪芹正是基于阴阳关系及变化刻画了他笔下的人物性格及命运。阴、阳构成二元对立的两极又形成完美和谐的统一。阴阳互补较为理想,阴阳对决似乎阴占上风。可从整个消长过程来看,有所得必有所失,基本持平。瞿明刚《宇宙图式与〈红楼梦〉的时间悲情》中提到,阴阳五行思想渗透在大观园人物的时间悲情的文化心理中。指出"自然有节候之交替,景物之变化,人生有老少之推移,生死之更迭。人们从草长草衰不可抗拒的自然规律中体悟到了自己生命的最后归宿。"三是,易理基础上的变异阐述:如徐子余《曹雪芹哲学思想论辨》一文指出:"曹雪芹首先用自己的人性论来反对男尊女卑。他用浪漫主义的方法把男尊女卑的论据颠倒过来,以揭露男尊女卑的偏见及与之相适应的制度的不合理。"并且认为:"从思想观点方面说,曹雪芹还从自己的人性论中导出人与人平等、个性自由等近代民主思想的萌芽。"汪宏华的《论曹雪芹的哲学思想》一文认为:"曹雪芹哲学思想的独特之处,就在于他不是宿命地将社会和人的'阴阳循环'归结为一种不可逆转的自然规律,而认为只是一种社会规律。他清楚地看到了这种'阴阳循环'的症结所在,并且认为是可以改变的。"刘再复在《〈红楼梦〉与中国哲学》中指出:贾宝玉"实际上是不正不邪,亦正亦邪,在正邪中搏击游走、阴阳难分的正常人,也是一个既可以近女性(阴)也可以近男性(阳),既是至柔之身(情种)又是至刚之身(内心对功名利禄的拒绝力量)的中性人"。且"他拒绝充当世俗社会任何角色,而社会给他的各种命名离他丰富的本色也很远,一切是非、善恶、好坏、黑白的两极判断和概念规定,对他都不合适"。

《红楼梦》中易理"悖论"思想具有人文关怀的特色,是作家对当世现实理性认知和生命理想表达。作家的生命价值追求和人生理想的"离经叛道"思想具有超越现实的进步性、先进性,应该说这正是《红楼梦》作为个性化的文学作

情理探源新论

品的独特之处。更主要的是小说易理接受的内容和形式的完美结合,体现了小说的文学价值和艺术魅力,这可以彰显小说思想的普世价值和历久弥新的文化魅力,对于当代《红楼梦》文化的国内外交流有积极的促进作用。同时对于以"文化强国"建设为核心的精神文明建设的当代中国,在增强民族自尊心、提升文化自信力方面也有积极的助力作用。

《红楼梦》两百多年来长盛不衰,在于它达到了小说思想和艺术的最高水平,在于它创造性地构建了一种全新的"情文化理念",并努力构建了系统完整的"情文化"结构体系。关于曹雪芹创作思想的研究,从文献整理到理论研究可以看出,在国内已经取得了丰硕的成果,在国外的日本、韩国也取得了一定的学术研究成绩。但针对曹雪芹的"情理念"和《红楼梦》"情文化"的研究,无论国内还是国外,都还不够充分。在国内,1904 年王国维发表《红楼梦评论》(《教育丛书》1904 年第 8 至 13 期)一文,首开曹雪芹思想研究之端。1925 年涛鸣发表《读王国维先生〈红楼梦评论〉之后》(《清华文艺》1925 年 10 月第 1 卷第 2 期)一文,全面介绍王氏观点的同时,提出了《红楼梦》之精神,不在解脱,而在言情;《红楼梦》之价值,不在造成"无的世界",而在造成"情的世界"的学术主张,涛鸣对《红楼梦》思想的精练概括,体现出对曹雪芹"情本思想"的初步认识。20 世纪 80 年代,曹雪芹的创作思想研究达到高潮。这一时期,曹雪芹的世界观、哲学观、人生观、社会史观、美学观、艺术观、补石观等,无一不得到深入的研究。可是,相比之下,作为曹雪芹创作思想基础的"情本思想"和《红楼梦》的"情文化"现象研究论述明显不足。表现是,一方面,没有独立系统的研究;另一方面,相关的研究论述资料也较少。以 1990 年到 2005 年为例,中国语言文学研究网检索到的有关曹雪芹的研究论述 515 篇,其中研究曹雪芹创作思想的 169 篇,而其中有关"情思想"和"情文化"的论述不足 20 篇,切合曹雪芹"情本思想"和《红楼梦》"情文化"内涵外延的研究不足 6 篇。而且综合上述研究,大都得出曹雪芹的情感,源于他的人生遭遇的结论。除此之外,没有更深刻、更广泛、更新角度的见解。

曹雪芹的"情本思想"是中华民族共有的情感思想,曹雪芹在《红楼梦》中构建的"情文化",是中华民族的情感理想和理想情感形态的有机结合。《红楼梦》"情文化"体系"情"的范围广泛性、丰富性,包含男女相恋之情,包括人与人

结 语

之间的亲情、友情以及人与物之间的感通之情。其"情"的表达具有品位性层次性,即以"人之常情"为基准,最高品位是"至情",即至真、至善、至美之情;最低品位是"滥情",即脱离人性、违背人情、亵渎人伦的自私之情。其"情"的价值取向具有超越社会时代的人文性先进性,即在"男女相爱"关系层面表现了超性爱的"意淫"仁爱观念,表达了以思想志趣一致为基础的现代情爱思想;在亲情、友情、人情的关系层面上,融入了尊重、关爱、自由、平等的思想内涵;在人与物的关系层面上,则容纳了天人合一、感化感通的和谐思想内涵,体现出人类仁人爱物的博大情怀等。《红楼梦》"情文化"体系构成的思想基础是曹雪芹的"情文化理念",而曹雪芹的"情文化理念"又是以他的"情本"思想为核心的。所以曹雪芹在小说创作中以"情"为中心,《红楼梦》"情文化"体系也以"情"为灵魂。一部《红楼梦》大旨谈情,不仅是曹雪芹创作体会的概括,也是对曹雪芹"情理念"和《红楼梦》"情文化"的高度概括。当代视角下,《红楼梦》中的"情文化"内涵,有着诸多当今社会所需的情感元素。这些情感元素,既是中国和谐社会建设发展的需要,也是世界范围内文化信息交流的情感基础。从作家和文本两方面,对曹雪芹"情理念"和《红楼梦》的"情文化"的研读,发掘其丰富、深刻的文学价值、美学价值,汲取曹雪芹"情理念"和《红楼梦》"情文化"中的丰富养分,陶冶情操、提高民族文明素质,为当代中国和谐社会建设和世界范围内的信息交流和传播提供文化情感的支撑具有重要现实意义。

《红楼梦》小人物的研究近些年越来越受到人们的重视,出现了一些《红楼梦》小人物研究论著。如北京语言大学周思源教授著的《〈红楼梦〉里的小人物》,对小人物进行了一系列的论述,其中对焦大、茗烟、李贵等几个人物的评析,不仅让人们感受到了《红楼梦》小人物的非凡魅力,也使人们认识到了研究《红楼梦》小人物的重要意义。但尽管如此,从《红楼梦》研究总体来看,小人物的研究余地仍然很大。一方面,为数不少的小人物,还没有进入人们的研究视野;而引起人们研究注意的小人物,就其多角度的全面研究,如关于小人物的文学价值和对作品主题表达的作用的研究还不够充分。另一方面,《红楼梦》中有争议的小人物问题,由于缺乏充分的研究论证,长期以来严重困扰着读者对作品的认知,客观上需要有较为明确、充分的研究论述来引导读者的审美认识,可是这方面的工作做的人也并不多。为此,从对读者、对作品负责的角度

情理探源新论

来看,都有必要对有争议的小人物进行深入的研究。

秦钟、蒋玉菡和柳湘莲三人是贾宝玉的男性小人物朋友,交往中他们关系微妙近乎暧昧,行为缠绵近乎低俗。因此他们是同性恋关系的说法流传已久,如马秦的《同性恋——贾宝玉颓废性格的明证》[《新疆师范大学学报(哲学社会科学版)》1984年第2期]、谢传荣的《贾宝玉的"情友"秦钟》[《南都学坛(人文社会科学学报)》2005年第6期]以及肖应勇的《贾宝玉与秦钟的同性恋》(《沙洋师范高等专科学校学报》2006年第4期)等。在这些论述文章中作者们大多摘录了小说文本中有关贾宝玉和秦钟、蒋玉菡、柳湘莲亲密、暧昧的情节,再加上作者一定程度的猜测、推断,最后得出了贾宝玉与其男性小人物朋友是同性恋者的结论。然而在笔者看来,同性恋结论的得出在这些论述文章中大都存在着证据不足,缺乏说服力的情况。同时笔者就此问题翻阅了大量研究资料从中又发现了不少不同的声音,如孙忠良在《论贾宝玉的同性恋情结》(《红楼梦研究》2006年第3期)中就明确指出,"我们可以认定贾宝玉只是一个有着同性恋倾向的异性恋者,他不同于贾琏的同性性行为只是为了满足生理的发泄,也不同于薛蟠的两者皆好,他对同性(如秦钟等)大都是一种欣赏,一种精神层次的心理感受。"针对上述两种对立观点的存在,笔者有意对贾宝玉与其男性小人物朋友的交往关系的本质进行探究,目的是揭开贾宝玉与其男性小人物朋友之间的情感关系之谜,还作品以客观本真的面目。

基于上述研究存在不足的认识,笔者着意对小说进行了易理基础、情文化构建、贾宝玉异态交友和秦钟异态社会关系三个角度的问题研究,集结成具有个性特征和时代特点的论著内容,希望以此进行相关方面的交流和反馈,并希望引起具有针对性的研究关注,也由于能力和水平所限,论述难免有不足之处,在此也诚恳接受各方的批评和雅正。

参 考 文 献

[1]王国维:《红楼梦评论》,浙江古籍出版社2012年版。
[2]俞平伯:《红楼梦研究》,上海古籍出版社2015年版。
[3]王昆仑:《红楼梦人物论》,北京出版社2004年版。
[4]周汝昌:《红楼梦新证》,中华书局2016年版。
[5]冯其庸:《论红楼梦思想》,黑龙江教育出版社2002年版。
[6]葛兆光:《中国思想史》,复旦大学出版社2001年版。
[7]黄寿祺、张善文:《周易译注》,上海古籍出版社2004年版。
[8]李贽:《焚书》,上海古籍出版社1982年版。
[9]汤显祖:《汤显祖诗文集》,上海古籍出版社1982年版。
[10]马克思、恩格斯:《马克思恩格斯全集》,人民出版社1972年版。
[11]张建业:《李贽文集》(第一卷),社会科学文献出版社2000年版。
[12]梅新林:《红楼梦哲学精神》,华东师范大学出版社2007年版。
[13]张锦池:《中国古典小说十二讲》,吉林人民出版社2001年版。
[14]胡文彬:《红楼梦与中华文化论稿》,中国书店2005年版。
[15]胥惠民:《一曲女儿的热情颂歌——也论〈红楼梦〉的主题思想》,文化艺术出版社1995年版。
[16]李希凡:《〈红楼梦〉艺术世界》,文化艺术出版社1996年版。
[17]李鸿渊:《〈红楼梦〉人物对比研究》,浙江大学出版社2011年版。
[18]张锦池:《红楼梦管窥》,文化艺术出版社2009年版。
[19]童庆炳:《文学理论教程》,高等教育出版社1998年版。
[20]张岱年、方克立:《中国文化》,北京师范大学出版社1998年版。

[21]孙犁:《耕堂读书记》,百花文艺出版社1982年版。

[22]詹丹:《红楼梦与中国古代小说研究》,东华大学出版社2003年版。

[23][英]霭理士著,潘光旦译:《性心理学》,上海三联书店2006年版。

[24][美]金赛著,潘绥铭译:《金赛性学报告》,海南出版社2007年版。

[25]李银河:《同性恋亚文化》,中国友谊出版公司2002年版。

[26]刘达临、鲁龙光:《中国同性恋研究》,中国社会出版社2005年版。

[27]刘再复:《〈红楼梦〉与中国哲学》,《渤海大学学报》2010年第2期。

[28]冯其庸:《千古文章未尽才》,《红楼梦学刊》1997年增刊。

[29]张锦池:《红楼梦研究百年回眸》,《文艺理论研究》2003年第6期。

[30]付丽:《〈红楼梦〉情爱观构建的哲学解析》,《红楼梦学刊》2007年第3辑。

[31]宋子俊:《〈红楼梦〉中的哲学意蕴及曹雪芹思想的价值取向》,《红楼梦学刊》2006年第2辑。

[32]孙忠良:《论贾宝玉的同性恋情结》,《红楼梦研究》2006年第3辑。

[33]孟昭毅:《〈红楼梦〉研究的主题学视角》,《红楼梦学刊》2012年第2辑。

[34]韩伟:《〈红楼梦〉艺术哲学琐论》,《红楼梦学刊》1994年第2辑。

[35]李昌集:《〈红楼梦〉哲学内蕴分析》,《红楼梦学刊》1990年第4辑。

[36]孙逊:《着力开掘〈红楼梦〉的哲学意蕴》,《红楼梦学刊》1989年第2辑。

[37]白先勇:《贾宝玉的俗缘蒋玉菡与花袭人——兼论〈红楼梦〉的结局意义》,《红楼梦学刊》1990年第1辑。

[38]李广柏:《〈红楼梦〉与中国历史上的人文主义思潮》,《红楼梦学刊》2004年第4辑。

[39]徐卫卫:《论贾宝玉欲求之边缘性》,《红楼梦学刊》2004年第3辑。

[40]刘竞:《超越的幻灭》,《红楼梦学刊》2002年第2辑。

[41]杨庙平:《〈红楼梦〉悲剧精神的新境界》,《红楼梦学刊》2007年第3辑。

[42]徐子余:《曹雪芹哲学思想论辨》,《红楼梦学刊》1983年第3辑。

[43]吕启祥:《笔补造化 穿仄入幽——〈红楼梦〉与李贺诗(B)》,《红楼梦学刊》1988年第4辑。

[44]楼霏:《论贾宝玉的女儿观》,《红楼梦学刊》1995年第3辑。

[45]贺岩:《贾宝玉爱情体悟的三重境界》,《明清小说研究》2014年第1期。

[46]杜恒贵:《论〈红楼梦〉中"小人物"爱情描写的审美价值》,《学术交流》1993年第6期。

[47]刘秀玲:《〈红楼梦〉易理解析》,《学术交流》2017年第5期,第202页。

[48]贡华南:《节制的根源——中国传统哲学的视角》,《社会科学》2010年第8期。

[49]刘丰、杨寄:《先秦儒家情礼关系探论》,《社会科学辑刊》2002年第6期。

[50]陈鼓应:《〈易传·系辞〉所受老子思想的影响》,《哲学研究》1989年第1期。

[51]关四平、陈默:《柳湘莲人生悲剧索解》,《东北师大学报(哲学社会科学版)》1996年第6期。

[52]朱淡文:《〈红楼梦〉中曹雪芹哲学思想研究札记》,《上海师范大学学报》1991年第2期。

[53]姚会涛:《〈红楼梦〉的"情文化"与曹雪芹创作心理分析》,《重庆交通大学学报》2009年第2期。

[54]翟新格:《试论〈红楼梦〉"情"的文化人格模式》,《宁波大学学报(人文社会科学版)》2004年第2期。

[55]刘秀玲:《〈红楼梦〉儒道佛易理接受关系分析》,《佳木斯大学社会科学学报》2018年第1期。

[56]李丽华:《儒家和谐思想与群体文化差异的整合》,《求是学刊》2008年第2期。

[57]陈丛兰:《〈礼记〉婚姻伦理思想的哲学基础》,《兰州学刊》2006年第9期。

[58]刘秀玲:《〈红楼梦〉非儒思想易理关系分析》,《北方论丛》2018年第2期。

[59]林世芳:《论曹雪芹一生思想演变轨迹》,《福建师范大学福清分校学报》2002年第1期。

[60]刘衍青:《〈红楼梦〉"有情"世界的构建与毁灭》,《固原师专学报(社会科学版)》2006年第5期。

[61]陈才训:《宝黛染楚色 林贾影屈庄》,《宁夏社会科学》2005年第2期。

[62]陈才训:《楚文化:红楼梦创作的文化基石》,《南都学坛》2011年第5期。

[63]谭兴海:《贾宝玉形象的文化张力》,《广西师范学院学报(哲学社会科学版)》2006年第4期。

[64]谢德俊:《论贾宝玉的情理世界》,《泉州师范学院学报(社会科学版)》2003年第5期。

[65]许山河:《〈红楼梦〉的理想世界》,《海南师范学院学报(社会科学版)》2005年第5期。

[66]龙志坚:《论贾宝玉之精神世界》,《南华大学学报(社会科学版)》2004年第4期。

[67]刘秀玲:《情爱边缘的友情——秦钟与贾宝玉社会关系的现代透视》,《时代文学》2006年第4期。

[68]姚会涛:《〈红楼梦〉的"情文化"与曹雪芹创作心理分析》,《重庆交通大学学报》2009年第2期。

[69]裴新江:《曹雪芹与张岱的人生情怀》,《巢湖学院学报》2005年第2期。

[70]常雪鹰:《贾宝玉人生悲剧形成探因》,《内蒙古民族大学学报》2002年第2期。

[71]谢德俊:《论贾宝玉的情感世界》,《泉州师范学院学报》2003年第9期。

[72]闫焱:《论贾宝玉的人物形象》,《文化研究》2006年第10期。

[73]周寅宾:《论〈红楼梦〉中的气与数》,《中国文学研究》1985年第1期。

[74]杜瑾焕:《阴阳观念与〈红楼梦〉的人物命运》,《名作欣赏》2009年第9期。

[75]成穷:《〈红楼梦〉中的腐败及其成因的哲学思考》,《四川大学学报》2008年第1期。

[76]郝亦民:《〈红楼梦〉的阴阳两仪哲学观和钗黛合一意象美》,《晋阳学刊》1990年第3期。

[77]谢传荣:《贾宝玉的情友——秦钟》,《南都学坛》2005年第6期。

[78]郭杨:《还记石头成一梦 欲解红楼觅二秦》,《南都学坛》2005年第1期。

[79]王文元:《红楼梦研究的现状与问题》,《汕头大学学报(人文社会科学版)》2006年第3期。

[80]刘秀玲:《"诗意"裁判彰显尚"善"品质》,《东南大学学报(哲学社会科学版)》(增刊)2010年第12卷。

[81]郭征宇:《简论佛教的因果报应说》,《晋阳学刊》2005年第4期。

[82]郭孔生、佟晓彤:《〈红楼梦〉的易学意蕴研究》,《河南教育学院学报(哲学社会科学版)》2016年第2期。

[83]付晓蕾:《以生命情怀观红楼里的同性恋叙写》,《曹雪芹研究》2014年第4期。

[84]裴雪莱:《浅谈贾宝玉等人的同性恋问题》,《黑龙江教育学院学报》2011年第2期。

[85]李大博:《〈红楼梦〉"同性观"的回归性建构》,《赤峰学院学报(汉文哲学社会科学版)》2010年第10期。

[86]季惠杰:《过场匆匆自有用意——试论贾瑞、秦可卿、秦钟三人物的艺术作用》,《吉林师范学院学报》1997年第2期。